黑夜为什么越来越长

——虚幻与真实故事集（壹）

蒋中子 著

加拿大国际出版社

书名：黑夜为什么越来越长——虚幻与真实故事集（壹）

作者：蒋中子

出版：加拿大国际出版社

印刷版书号：978-1-998479-04-7

电子版：978-1-998479-05-4

Email: service@intlpressca.com

2024 年 8 月加拿大第一版

2024 年 8 月第一次印刷

Title: Why The Nights Getting Longer

Author: Zhongzi Jiang

Publisher: Canada International Press www.intlpressca.com

Email:service@intlpressca.com

First Edition in Canada, Aug 2024

First Printing, Aug 2024

Printed Edition ISBN: 978-1-998479-04-7

E-Book ISBN: 978-1-998479-05-4

中文写作的魔咒不在文字，而在语言；
当此语言成为思维的毒品时，
最好的解药却又是文字。

世上本来没有什么癞蛤蟆，
它们其实都是对环境过敏的青蛙

权力是一头猛兽，
它只以权利为食

viii　黑夜为什么越来越长

目　录

一、黑夜为什么越来越长

　　二流子潘逆哲像往常一样在街上随意地溜达，他的思绪不是落在迎面走来的女人的前胸上，就是回味于刚刚走远的异性的后臀里，没有什么可瞧可想时，他才记起了昨天的奇遇，那个不知从哪里冒出来的疯女人竟然劝说自己去寻找一个隐居的异人，来解开黑夜变长的秘密。此时，他正站在路口的红灯下，准备穿过大街走向对面人多的那一侧。让我爬山涉水去找什么高人，简直是个疯子，他想，不过黑夜确实越来越长了，更诡异的是，其他人竟然没有察觉。正这样想时，一根纤细却坚硬的钢丝从天而降，缠住了他的手腕，又迅速地升起，把他像蚂蚱一样挂在了红绿灯架子上。实时监控执法仪！潘逆哲顿时明白过来。他早就听说，这些红绿灯边的各种探头不仅可以监控图像、探测思维，还可以在必要时释放绳索束缚罪犯。我成了罪犯？他吓得一哆嗦，立即又想起了昨天的那个疯婆子。

　　当时他正扭头去看刚刚擦肩而过的一个姑娘，却被人重重地拍了一下肩膀。"你已经犯了思想不洁罪了！"一个形容枯槁的老太婆站在身后，用一幅高深莫测的深色墨镜盯着他的双眼，"你现在对异性的胡思乱想也可以算作思想流氓罪。"

　　"女孩子们十几岁时就已经习惯了陌生男人的贪婪眼光，她已经徐娘半老，早就不以为意反以为喜了。况且对异性的好奇是我探索这个世界的一部分。"潘逆哲转过身，调侃道，但马上就意识到了对方话语里隐含的危险，又小心地问：

"你可以看透我的大脑，知道我的所思所想？就像上面的那些探头一样？你是……思维治安官？或者裹脑官？"

"我知道你在说裹脑官时只是人云亦云。不用怕，我只是个算命的瞎子。"老太婆又拍了拍他的肩膀，这一次没有那么重了："但我确实可以看见某些大脑里的心起念灭。告诉我，你在屋里是不是思索过黑夜，是不是怀疑白昼越来越短？"

潘逆哲再次被吓了一跳。他后退了几步，与面前的瞎眼疯子拉开了一点距离。几天前，当他出于每日的习惯打开电视，准点收看综艺节目"脑种联播"时，主持人对日期的播报让他想起今天竟是最后一任女友与自己分手的周年纪念日，他还记得去年的这一天，女友在天寒地冻的门外伤心痛哭，自己没有理她，因为"脑种联播"刚好开始。在节目结束时，天依然明亮，他可以看见女友耸动着肩膀离开的身影。而一年后的同一天，节目尚未开始，天竟然已经黑了。难道这一年里白昼变短了？

"发现黑夜正在变长的不止你一个，但只有你在墙上做了记号，说明你想继续观察，要一探究竟。我知道一个人可以帮你揭开谜底。"

"别介，大姐！你刚才说我犯了思想不洁罪，现在又煽动我去犯政权颠覆罪，这不是让我罪加一等吗？黑夜要是真在变长，那也是上面的安排，我们去质疑那不是犯罪吗？"

现在倒好，在红绿灯下不经意间冒出这个念头正好被抓了现行，也许是颠覆这两个敏感词触发了执法仪？潘逆哲挂在上面，可以听见警笛声急促地由远而近。他没做多想，收紧平时为了吸引异性而练就的发达肌肉猛地一个拉伸，双手抓住了射出束缚绳的那两个探头，再使出浑身的力气，用力一拧一掰，硬生生地把它们拽了下来，自己也连着绳索一起摔到了地上，差点被急速而来的一辆摩托撞上。他一个骨碌滚到一边，又迅速爬起，一句话没说就跨上了摩托的后座。开车的是一位朋克少女，她并没有多问，一拧把手窜了出去。"你最好把那个破探头给扔了，不然条子会像跟屁虫一样一直追着我们的屁股。"少女这样说时，潘逆哲已经用双腿紧紧夹住了摩托，腾出双手，然后费力地把钢丝绳和探头从腕上解开，一扬手，扔到了边上反向行驶的一辆公交车顶上。

"让那个无手无腿的破执法仪给抓住，你他妈也真够倒霉的。"少女一边飙车，一边偏过头大声地问，"你丫的到底犯了什么事？"

潘逆哲好生羞愧，他觉得探头感知到的肯定不是自己对异性的痴想，否则每一天他都会被吊上去示众。今天与平常不同的思绪就是那个关于黑夜的疯狂念头。"呃…我也不太清楚，可能是我对黑夜想的太多…"

"黑夜怎么了？"

"我发现黑夜变得越来越长，担心总有一天我们会失去白昼…"

"黑夜越来越长？我怎么没察觉？要是真在变长，那也是上面的安排，你去瞎琢磨什么，抓你也是活该！"少女这么说时已经停了车，"你从这下去！对了，要是再被抓住，就说是你自己跳上来的，我发现后马上把你赶了下去，记住了吗？"

潘逆哲看了看四周，还好，这小妮子良心未泯，并没有把自己放在挂满了探头的路口。他失魂落魄地紧挨着路边往前走，不知道可以到哪里落脚，回家肯定是自投罗网。两边的居民小区和办公园区都有摄像，决不能冒然闯入。前方不远处好像有一个不大的街心花园，那里应当可以暂时躲避一下。他小心地挪到一条长椅边，紧张地环顾四周，除了正在锻炼的大爷大妈、推着婴儿车的少妇、两具生动的动物雕塑和一些半死不活的花草之外，再也没有其他生物。潘逆哲悬着的心放松下来。他摊开四肢，准备躺倒长椅上，忽然发现对面的那两个雕塑动了起来。便衣机器狗！潘逆哲像屁股被蛇咬了似地跳将起来，撒开脚丫子玩命地奔跑，但从身后金属撞击地面和齿轮滚动咬合的咔嚓声响判断，那两只缉捕狗也加快了速度。他不敢回头，只顾玩命飞奔，子弹从身旁和胯下嗖嗖地飞过，落在前方的水泥地上，冒出耀眼的火花，他感到左边的小腿一阵剧痛，身子一软，滚倒在地上，接着他又感觉到身子猛然悬空，好像掉进了被偷去井盖的下水道里。刚刚落入臭水沟，上面的子弹便密集地射了进来。他感到右脚被人拉住，然后整个人都被拽进了一个坑洞。

在黑暗中胡乱地把满脸的屎尿抹去之后，潘逆哲方才隐隐约约地看见几个人形。"多谢各位出手相救！"他抱起臭烘烘的拳头，朝着人形的方向胡乱地拱了拱手。

"你的腿在流血。"有人说道。

"被那狗日的机器狗给打的。"这时，他感到一双粗粝的大手抓住了自己的左腿，仔细地擦拭了伤口之后，用一条布带缠裹起来。

"你不需要告诉我们发生了什么。这里是明界，我们对上面暗界的事情不感兴趣。"听声音似乎是个老者，"不过，这个涵洞已经暴露，我们马上就要转移了，你可以跟着我们一起走，找到下一个洞子后，再好好调养。"

潘逆哲不知道在同谁说话，也不知道这里有几个人，但他觉得自己无需提防什么，便说："谢谢。我还是想回到上面去。那个瞎婆子临走时说的一句话我当时没有听懂，现在明白了。她说，有时候不是我们去找事情，而是事情来做我们，这就是命运。看来，我没有别的选择，只能去找她所说的那个智者，也许只有他能帮我解开黑夜的秘密，让我摆脱这一切麻烦了。"

"我不知道你在说什么。黑暗是可以适应的。你现在伸手不见五指，但时间长了就会像我们一样洞若观火。习惯了，这沟里流淌的就不是屎尿，而是黄金。"老者的语气缓慢而坚定，"要回到暗界，可以沿着这条河道一直走下去，不要拐弯，它通向的是一个杳无人烟的湖泊。记住，我们明界无时不刻不受着暗界的监控。在河流管网里走动时，不能进入水里，如果必须涉水而过，也要学会如何顺着水流不形成任何额外的水压或涡流，不然就会被抓住。"

"下水道里也有监控？"

"他们把探测潜艇的技术用在了搜捕明界人士上了，任何水压的变化都会招来无人潜航器的调查。"

不知跌跌撞撞地走了多久，潘逆哲终于来到了出口，看见了老者所说的湖泊，明亮的光线刺激着双眼，让他感觉眼前一片漆黑，他一下子理解了下水道里的那些居民为什么称呼外面为暗界。在湖水里浸泡良久，潘逆哲方才适应过来。上岸之后，他把衣服拧干，晾在石头上，然后赤身裸体地躺下来，享受着阳光的洗礼。山坡上鸟语花香，他仰望着蓝天，回想起那个瞎婆子关于裹脑官的话来。她说，现代裹脑官并不是人，但拥有好几副不同的人类面孔。对大脑的控制从来都是权力的最终渴望，为了这个目标，方法在进化，手段更隐蔽。在农耕时代，他们用布条裹足来限制女性对文化的获取，用文字狱封嘴来限制男人对信息的传输；在工业化时代，他们又用教义来洗刷所有人的脑髓；到了信息时代，他们更是综合了各种现代技术，创造了一种思维模因，潜移默化地缠裹了所有的大脑。其外在症状是耷拉的眼皮和满嘴的酸腐。前者表现为目光短浅，后者张嘴便是国家利益与民族大义。

正这样想着，潘逆哲忽然发现远方的天空出现了一群黑色的小鸟，他们像大雁一般排着人字队形，向自己无声地飞来。全智能自主攻击无人机群！他来不及穿上正在晾干的衣服，光着屁股连滚带爬地钻进了树林。荆棘划伤了大腿，藤条抽打着脸颊，更恐怖的是无数的子弹呼啸着撕扯着树皮。他不知道自己是否已经被击中，也分不清身上的疼痛来自那里，只要还能奔跑，就不能停下来。幸运的是，前方出现一个山洞，他不管不顾、跌跌撞撞地钻了进去。

洞穴不宽，也不是很深，里面的光线还算明亮。潘逆哲一眼就发现，右侧的石壁上坐靠着一具骷髅。惊吓过后，他倒平静下来，很高兴自己并不孤单，心想，反正都是赤身露体，我们俩也算是难兄难弟了。经过几天的跋涉和逃亡，他有些疲惫不堪，几次都差点合上眼睛昏睡过去，但树顶无人机群的盘旋声让他不敢有一丝懈怠。就在自己用最大的意志，努力支撑着沉重的眼皮时，一道亮光从洞外照了进来，落在了骷髅的脑壳上，那是光洁如镜的湖面对阳光的反射。

潘逆哲猛地坐直了身子。他想起来，刚才自己的眼皮像闸门一样掉下时，他明明感觉到了黑夜的降临，尽管此时洞外依然阳光灿烂。难道黑夜变长并不是白昼在慢慢缩短，而是因为眼皮在日渐下垂？对了，瞎婆子好像是说过，大脑被裹的症状之一就是耷拉的眼皮。所以，追根朔源，裹脑才是元凶？潘逆哲盯着骷髅头骨上的光亮，想起了柏拉图的洞穴隐喻，还有那个叫丹尼特的洋人哲学家的话，他说我们的大脑就是一堆牛粪，用来繁育文化模因或者其他人的观念，然后再把这些模因和观念像病毒一样复制给他人。瞎婆子是对的，解开谜团的确实是远方的一个异人，但这个人并不是坐在身旁脑门放光的骷髅，而是自己脑袋里那个一直目光如炬、好奇并怀疑的小人。是它引起了一系列的追捕，并把主人带到了柏拉图的洞穴里。他又想起了生活在下水道里的那些明界人，也许那是暗界人完全失去光明之后的唯一归宿。他很庆幸自己还没有完全失去光明，因而并不需要进入明界，更庆幸自己明白了其中的端倪，他只是不知道自己该如何赤身裸体地下山，并躲过各种追杀，把这个发现告诉给他人。唯一可以确定的是，自己再也不会整日无所事事地用目光抚摸各色女人的身体、再也不会是快活的二流子了。

二、偷渡路上

偷渡，无论是精神的还是肉体的，都是一段迫不得已的脱胎换骨的旅程，它会改变你的命运，也能夺走你的小命。我虽然对此早有准备，但只有在上路之后，才明白了其中的惊险和曲折。

从躲在冷柜车里相互拥抱取暖，到挤在货船底仓下各自艰难地呼吸，再到戈壁沙漠上近乎虚脱地跋涉，我们离目的地终于只剩下一个大洋的距离了。蛇头说，下一步只要坐一艘小船渡过那片大海，上岸后再穿越一片森林，我们便进入了遍地珠宝、人人富贵的梦想之国。但我们很多人的美梦恰恰在这扇梦幻大门打开之前变成了噩梦。先是狂涛巨浪的袭击，有三位同胞不幸葬身海底；在隐隐约约可以看见陆地时，又遭到了海岸警卫队的追逐，同胞们不是落水而亡，就是束手就擒。我凭着自小在河流里泡出来的水性，憋着气躲在水下，等海警船离开之后，我奋力地划水，试图游到岸上去，但终于体力不支，在平静却又不甘的思绪里失去了意识。

再次睁开双眼时，我的第一个意识是自己还活着，紧接着的第二个念头是我被海水冲回了故土，因为围绕着我的是与自己相同的面孔。但很快我又意识到，我无法听懂他们的交谈或问话。后来才知道这是一座孤岛，"现式德玛侬"，他们一直在告诉我这几个词，不知道是这个小岛的称谓，还是他们这个部落的名称。在慢慢恢复了体力、并同他们有了更多的交往之后，我才明白，他们可能是印第安人的后裔，救我一命的人叫"巫实·德·卑维"，是他看见我在海水里沉浮，然后把我拖上岸，倒提着控水，又用马鬃捅我的鼻孔，再用香蕉引诱猴子跳到我的胸上打斗，终于把我救活了过来。

　　为了报答救命之恩，也是为了与岛上的原住民处好关系，我试着教他们捕鱼。小岛的近海里有大量的蚁鳖鱼群，在老家时我们会用鸡鸭的内脏吸引它们钻入渔网，而这里的土著只会用竹竿和蚯蚓钓一些岸边的鲈鱼。好在他们还算聪明，也非常地手巧，很快便学会了用篾绳编织大网，又抓了很多海鸥掏出它们的内脏，然后按照我教的方法撒食布网。我们坐在十几只独木舟里围在渔网的四周，看着成群的蚁鳖从西面八方游过来，争抢鱼食，眼看时机成熟，我们同时把篾网提了起来。第一次就收获巨大，每一个人都兴高采烈，部落的首领宣布晚上用篝火和跳舞来庆祝丰收。在载歌载舞的欢快气氛里，巫实·德·卑维把我介绍给了酋长。我的第一感觉是他不苟言笑，眼神冷酷，不只是对我，对他的所有臣民都有些冷若冰霜，这与我们的热烈氛围非常地格格不入。

　　在接下来的几个月里，我们捕获的蚁鳖已经远远超出了岛上的需求，于是我说服了酋长，带领着几个见过世面的奴隶和一船的大鱼，横穿海湾去对面的大陆贩卖，其实我的私心是看看能不能联络上蛇头，完成我的偷渡之旅。虽然在这个岛上我已经成为了他们认可的一员，但我仍然能够感觉到每一个人的防备之心，我明白这并不单纯是针对我，而是整个部落里每一个臣民每一个奴隶都无不时时刻刻地相互提防，处处小心。本来我就只学会了那么几句当地的词句，就这样在每次开口前，都要思忖再三，考虑说出某句话后会不会被认为是某种不敬甚至冒犯，而被告发到酋长那里。这种压抑的氛围让我深感焦虑和不安。尽管如此，我们在对面大陆的贩卖却大获成功，所有的蚁鳖都被一抢而空，我们买了各种生活必需品，也带回了一些金银珠宝。所有的岛民包括酋长都非常高兴。我们打渔的热情更高了，这些原住民还积极地发挥聪明才智，编织了各种材料、各种规格的渔网，把海鸥的内脏也换成了野猪和麋鹿的大肠，收获更加丰盛了。我们与对岸的交易也从原先的摆摊散卖升级为由那些白人代理开着大船来亲自收购。而我也利用代理的关系与蛇头重新取得了联系，他为我办好了以假乱真的证件，堂而皇之地进入了理想之国。

"只要你不懒，就能很好地活下去，还能发财致富！"这是蛇头给我的最后忠告，我想也是他愿意费尽周折把我偷渡到这里的原因之一，他知道我吃苦耐劳，不用多久就会把偷渡的费用挣出来交还给他。多年之后，我也明白了这个国家为什么会一跃成为头号强国，部分原因正是我们这些初来乍到的移民都是那么信心满怀、干劲冲天，源源不断地为这个国家注入着活力。这就像池塘里忽然被放进了新的鱼群，所有的鱼都一下子活跃了起来一样。我从餐馆后厨洗碗打杂开始，到学会炒菜，学会接听电话和开车送外卖，再到华人超市里做职员，最后做到超市的店长，我觉得我的人生开始有了意义。这不仅是因为收入的增多，而是感觉到了这里人与人之间的善良和友好。无论到哪里旅行或者在外面散步，没有人会检查我的身份；相反，遇到的每一位都会向你微笑、点头或者问好，这与我之前在那个小岛上的感觉和经历完全不同。不过，十年之后，我又动了重回现式德玛侬小岛的念头，因为我已经有了商业的头脑，梦想着成为成功的商人，而且也因为这里的文化容忍一切看似疯狂的念头和想法，并鼓励尝试和创新。

在勤工俭学拿到工商管理学位之前，我就已经瞅准了商机。这里的市场对蚁鳖鱼片和鱼油的需求一直供不应求，虽然捕鱼的技术已经日新月异，但近海的鱼群资源早已枯竭。我琢磨着，这是我人生里一个千载难逢的商机。现式德玛侬小岛的四周有着大量的蚁鳖鱼群，如果我带着这个超级强国的最新捕鱼和加工科技，并利用之前与那些岛民的关系，一定可以大获成功。

再次回到现式德玛侬有种功成名就、锦衣凯旋的小人得志式快感，虽然我一再告诫自己不要得意忘形，但那种虚荣心还是不由自主地从内心升起。我顶着公司创始人和 CEO 的头衔，雇佣了近半的岛民，开始了本以为会很艰难的培训。没想到大多数的现式德玛侬都非常地聪明好学，很快就领会并接受了我们的现代化捕鱼科技。我们放弃了那些肮脏腥臭的动物大肠，改用兔子屎大小的电子疙瘩，它们会释放出某种频率的电波，把无论多远的鱼群都吸引过来。那些破旧的渔网也被我丢到了沙滩边上的礁石岩缝里，等大量的蚁鳖聚齐之后，我们会用一种电子栅栏把它们圈笼起来，然后再用特有的脉冲，让它们休眠，这样捕获的鱼儿不会痛苦地死亡，加工出的鱼片非常鲜嫩，鱼油也极富光泽。不到一年，公司就扩大了数倍，而我本人也成了酋长的尊贵嘉宾。但我没有想到，传统智慧里盛极而衰、祸福相倚的那句老话早已预言了我和我的公司的结局。

凭借着岛民们的勤劳和国外的科技，没用多久，我们就垄断了所有发达国家的蚁鳖市场，现式德玛侬小岛也从未像现在这样富足，所有的人都变得自信和骄傲起来，虽然我们依然小心翼翼地说话，各怀鬼胎地提防。酋长也开始摆出更加傲气的派头，对那些前来拜访的外国使节流露出鄙夷的神色。他当然有这样做的理由，此时那些国家正经历着前所未有的政治动荡和经济滑坡，而他的小岛却蒸蒸日上，日益强盛。根据我的人生经验和工商管理课上学到的原理，我有了某种不好的预感。果然，没过多久，我和我的公司因为所谓的技术盗窃和市场垄断被告上了法庭，我们被禁止与该国的任何公司或个人发生任何交易，我本人也因为法庭的传票成了被通缉的犯人。

如果只是被困在这个岛上，我倒也没有什么怨言，至多会把这看成是我的宿命。但随着公司的生意因为被封而日渐惨淡，我在岛上的好运也走到了尽头。当我们尚处顶峰时，我曾对已升为副手的巫实·德·卑维说，小岛的自闭和酋长的管控已经限制了岛民的创新，我们都聪明又勤奋，但我们的大脑因为自我封锁和洗脑宣传而日益萎缩，已经失去了想象和胆识。我们必须为它们松绑，必须帮助岛民跳出思维的牢笼，启发他们开发新技术，帮助公司转型，这样整个部落才能脱胎换骨，从模仿升级为创新，从富裕转变为强大，也只有这样才能不为他人所控，才能更加自立和自强。没想到在公司陷入困境、小岛也收入下降时，他却把我出卖了，向酋长告密，说这一切的冲突和困难都是因我这个外人而起，还诬陷我一直在蛊惑人心，阴谋篡权。

在被丢入大海之后，我并没有像十几年前偷渡跳船时那样拼命地划水，只是仰躺在咸得发苦的冰冷海水里，随着洋流缓慢地漂泊。面对着天空，我忽然对制度的差异和它对人类智慧和命运的影响失去了任何兴趣，深深地，我的内心充满了人性的悲凉。

类智慧和命运的影响失去了任何兴趣，深深地，我的内心充满了人性的悲凉。

三、如何把一只叫犬鬣的猛兽关进笼子里

　　草草埋葬了母亲的残肢之后，志恒带着红肿的双眼下了山。从坟地回家要经过小镇，临近晌午，集市早已散尽，只有一只脱毛乌鸦站在悬赏公告牌上，呱呱地冲他叫了两声。他没有理会，耷拉着脑袋像木偶人似地继续往家走；但很快又像是僵尸复活了一般，张牙舞爪地折了回来，气势汹汹的样子把乌鸦吓得惊叫一声舞动着仅剩下一半羽毛的翅膀，飞走了。他一把扯下满是鸟屎、字迹模糊的悬赏木牌，转上另外一条小道，向族长家走去。自从出生以来，这个牌子就一直立在那里，他早已司空见惯，但今天却好像成了自己的宿命。见到赏牌上血迹新鲜的手印，族长怔了片刻，默默收下木板，转身进了里屋，拿出一支判官笔，双手托举着，神情凝重地交给了来人。

　　直到丈夫进了家门，抱着儿子坐在窗前发愣的妻子才回过神来，正要搭话，张着嘴却怎么也发不出一丝声音。她看见了丈夫手上拿着的东西。刚刚为婆婆哭丧而已经干涸的双眼此时又湿润起来，她把孩子放进木桶，一把抱住了男人。祖祖辈辈以来，接过这快小巧铁片的族人没有一个能够善终，不管是出于贪婪赏金的私心，还是为了追求天理的公义，无不落得家破人亡。但丈夫今天别无选择。幼时父亲被害，如今母亲又遭毒手，只有除了那个妖孽，才能保证家人和种族的长治久安。她非常清楚，无论对丈夫自己，还是对

于家人，这都是一条不归之路。一旦不能擒获恶魔，守家的妇人和孩子就会被活活地绑在祖庙门前的柱子上，作为妖孽的献祭，以便为整个种族换来短暂的安宁。

进了遮天蔽日的丛林，志恒一边披荆斩棘，一边留意着脚下的痕迹。老人们说，狼王一般不会留下脚印，但它碰过的草木都会枯萎发黄。狼王只是没有见过市面的村民们对山中恶魔的俗称，其实它是一种古人称为官势、西域称为阿博馊瘤特犬鬣的似狼似犬的怪物。穿行在密不透风的林木里，志恒感到透不过气来，不同于屋后竹林里的鸟语花香，这座原始森林竟然听不到一声鸟鸣，看不见一朵野花。忽然，他感觉到头顶有破空的疾风传来，多年的打猎历练造就了他的灵活和机敏，没有抬头，他马上弯腰弓背，背上的竹笼就在这电光火石之际跨啦一声散了架。在野兽的利爪穿过破碎的竹笼，即将抠进自己的脖子时，志恒没有转身，反手把判官笔戳向背后，但它并没有刺进皮糙肉厚的猛兽身体，只是把它推开了稍许；感到手劲不对，他没有迟疑，又用左手捡起掉在地上的竹笼碎片，把尖利的竹片刺向走兽的头部，只听一声长长的干嚎，背上的活物慢慢滑下了自己的肩膀。又等了一会儿，志恒直起腰来，方才看清这不过是一只常见的普通犬鬣，可惜了早先在家费尽心血编织的竹笼，本来它是用来关押狼王的。根据前辈们总结的经验，只有把官势或阿博馊瘤特犬鬣关进笼子里，才能消除族人的威胁；打死它，只会繁衍出更多更凶残的犬鬣祸害人类。看来，只能先找片竹林，重新编织一个笼子了。

此后数月，志恒辗转于各个山头，刺杀了上百只走狗犬鬣，却从未见到狼王的影子。有一次，他顺着枯黄的草木，一路搜索，最终来到一个山洞；做好了各种准备之后，他小心翼翼地摸了进去，迎面相对的却是一条巨大的蟒蛇，幸好已是深秋，睡眼惺忪的大蛇并没有吃他的胃口，方才让自己逃过一劫。又是几个月过去了，除了杀死更多的鹰犬和落下一身的伤口之外，对狼王的藏身之所却依然没有一丝线索。看着水中蓬头垢面的倒影，志恒觉得自己倒先成了一个野人；思前想后，他决定活捉一只年幼犬鬣，带回去充当人质，说不定能把它的主子招引出来，顺便到家里看看夫人和年幼的儿子。

出了山，他先去了族长的屋子，虽然一年的期限未到，但中途出山，还是要详加解释。族长围着困在竹笼里的犬鬣转了一圈，忽然问道："你是如何把它关进去的？"

"我用了自己的手臂作为诱饵"，志恒如实答道，"我躲在挖好的坑洞里，用伪装的茅草盖住头部，只露出手臂放在笼外，当这个杂种在夜里过来啃食时，我一把将它捉住，拖进了笼子。"

族长尚未听完，就连叫了三声"不好！"，像是看见了妖怪似的偏过头去，冲着志恒一个劲地摆手："快快把它放了！贿赂及欺骗皆非人道之法，岂可为擒猛兽而违逆祖训？！"

虽然有些沮丧，但马上就要见到妻儿的喜悦还是让他振作起来。转过山角，自家的茅屋出现在了眼前。一想到他们见到自己时会是怎样一种惊喜，他便加快了步伐，恨不得一个箭步就迈进屋子。就在这时，他听见一声悠长的狼嚎。志恒停了下来，仔细地聆听，最后他确认，叫声应当是来自他自己家里。他飞奔起来，顺手抄起地上的一根木棍，一脚踹开了大门。他看见不到两岁的儿子正爬在一副骸骨上，怔怔地瞅着自己，然后仰起脖子，"嗷"地叫了一声。志恒一把将他拉开，虽然骸骨已经没有了多少皮肉，但他还是认出这正是自己日思夜想的妻子。那些狗日的杂种咬死并啃食了她，可怜的儿子这几个月来可能一直与这些野兽生活在这间屋子里。

把妻子的残肢与父母埋到一起之后，志恒再次走进了森林，这一次他背着的不仅是竹笼，还有年幼的儿子；他也没有马上去寻找狼王，而是专注采药，每一天，他都以这种药草充饥。三十天后，嘴里的牙齿开始松动，他知道时机到了。再一次回到密林里，他感到穿行愈加艰难。一边要小心背后的儿子不被茅草刺伤，另一边，药性开始慢慢发作，他整日头晕脑胀，很难保持警惕和机敏。顺着前辈们踏出的依稀可辨的小道，他走走停停，路上不时出现一些明显是人类的遗骨，还有早已破败的竹笼。山上的气温很低，刚走了几天，便飘起了鹅毛大雪。看见不远处有一片浓密的竹林，他赶紧走了进去，一是为了躲避暴雪，二来顺便简单休整。刚刚找了一块稍微有些干燥平整的地面坐下，他就注意到旁边的竹叶里隐隐露出一截手臂，扒开一看，是一具高大的人骨，蜷缩在一只破旧的竹笼里，皮肉早已不存，但骨骼尚且完整，手上握着一支与自己手中一模一样的判官笔。志恒看向他手臂边的毛竹，上面刻着几行清晰的大字："是兽也，因犬而变，可分身无数，遍在而无形，有死可复生，虽可笼之，亦难改其性。呜呼，吾计何出？吾族何保？"

　　"这就是了。"志恒一边在遗骨旁坐下，一边对它说，"即使把我们身上的枷锁脱下来，套在它的身上，也难以改变它的本性，何况是四处透风、一击即碎的竹笼？"

　　第二天，天空虽然依旧一片阴霾，但雪好像停了。自己吃了草药，又用干粮喂饱了儿子之后，志恒摇晃着身子走出了竹林。大雪覆盖了昨天还依稀可辨的小道，一脚下去，深可及膝。就在他举目四望，试图辨别方向时，背上的儿子冲着左前方嚎叫了一声。就这样顺着儿子断断续续叫喊的方向，他们走走停停。到了第七天的傍晚，来到了一片奇怪的洼地，四周巨树参天，但这里却寸草不生。儿子此时忽然安静下来，蜷缩在竹笼里，紧紧地贴在背上，不敢发出一丝声响。志恒选择了一颗又粗又高的楠木，撅着屁股倚靠着，同时小心留意着周遭的动静。

　　天完全黑了下来，只有雪光映照着树木和两人的身影。忽然，四面八方传出稀稀落落的叮当声响，接着，无数的荧光像是鬼火一般围拢过来。它们是犬鬣的眼睛！不大一会儿，前后左右便挤满了几乎是一模一样的犬狼，它们有的脖子上挂着铃铛。这可能是前辈们留下的唯一功绩了，志恒想。但声响只能用来示警，却不能阻挡这些禽兽的杀戮，所以与其说这些铃铛是对它们的约束，不如说是给它们的装饰。

　　"我要见狼王！"志恒喊道，狼群发出嗷嗷的叫声，混杂着铃铛的叮当声响，它们似乎在哄堂大笑。漫山遍野的嘲弄声甚至震落了参天大树上的厚厚积雪，把志恒的双腿埋了起来，让他动弹不得。

"看看这块竹片！它是阿博馊瘤特犬鱼的权杖！"志恒又喊道，背上被积雪埋没了一半的儿子也跟着朝狼群吼了一声。

一只壮硕的犬鱼小心地走了过来，儿子又嗷地叫了一声，从父亲身上的竹笼里溜了下来，晃晃悠悠地在积雪里向它爬去，另一只犬狼截住了他，小心翼翼地舔舐着他的脸颊。"你仔细看看这上面的文字。"志恒把在竹林里发现的那块竹片举过头顶，引诱那只像是头狼的禽兽走得更近一些，然后看准时机，以迅雷不及掩耳之势用另一只手把判官笔插进了它的屁股。头狼发出了撕心裂肺般的嚎叫，紧接着，天上像是打了一声炸雷，大地抖动起来，一声接一声更加震耳的嚎叫声响彻四面八方，所有的犬鱼都一下子匍匐下去，更多的积雪从树上滚落下来。乘着背后树干的晃动，志恒就势一跃，把双腿从积雪里抽脱出来，并一下子滚到了草地的中央，刚想站立起来，他感到一只大口咬住了自己，并被猛地扔进了自己背来的那只竹笼里，一块竹片刺得他差点叫出声来。

坐在笼子里，感受着那些恶魔呼出的臭气，志恒露出了微笑，他知道，按照犬鱼族的规矩，自己将会被献给狼王，也就是阿博馊瘤特犬鱼的头儿，让它首先享用，然后是头狼，最后是狼群，之前几十天服用的草药也会随同自己的血肉一起被它们吃进肚子里，不用多久，它们的尖牙和利爪就会像自己的牙齿一样，破碎、脱落。这比那些竹条笼子有效多了，这是对付贪婪与凶残的仁慈之道，族长是不会有什么意见的。志恒心平气和地坐在自己编织的笼子里，满意地闭上了眼睛。

四、皇上，您见过会飞的头吗

当御史大夫卫勑挺身而出，进谏皇上不要兴兵伐越时，上早朝的大臣们无不大吃一惊，他们虽然不敢交头接耳，却各自用眼睛的余光交流着共同的恐惧：这个糊涂老臣今天恐怕是要把脑袋留在这里了。就连光正皇上本人也吃惊不小。昨日，他刚刚发布了讨越檄文，紧接着又带领文武大臣去宗庙祭拜了先祖和神明，祈祷他们天灵保佑，确保伟国可以马到成功。如今万事俱备，只等着两天后黄辰吉日的到来，他将御驾亲征，活捉越王。

"卫勑，你不知道越王泽西与本王有杀父之仇吗？"所有大臣都能听出，皇上说话的口气已经充满了厌恶和愤怒。

"皇上英明！小臣对圣上亲拟的讨越檄文无一字不赞同，无一句不拥戴。泽西不仅惨无人道，违逆天理，残杀了先皇；他还有悖人伦，摧残越国百姓，把所有稍具姿色的妇人都虏至后宫，整日沉迷女色，荒淫无度，乃至百姓涂炭，国已不国。如今皇上征讨泽西，正是替天行道，拯救越国苍生与水火。"

"既然如此，御史大人为何又要进谏阻挠呢？"皇上的语气缓和下来，但仍然暗含着不满。

"皇上，微臣之所以阻挠，正是因为越王淫乱不堪、宠妃无度。"卫勑手持谏书，弓腰说道："臣听说，泽西极其宠爱一个叫芩的妃子，对她的宠溺甚至超过了周幽王用烽火戏诸侯来取悦的褒姒，唐玄宗用千骑取荔枝来逗笑的贵妃。他整日不理朝政，只与芩妃耳鬓厮磨，对她有求必应，予取予求。芩妃因为自己不能生育，就让越王下令杀死所有新产的婴儿，还把孕妇的胎盘收集起来，供自己享用。有一天，她梦见自己变成了一只在天上飞翔的凤凰，每一根羽毛上都有一只顾盼生辉的眼睛。第二天，她便向越王讨要这样一件可以让她飞到天上的凤凰羽衣。羽毛可以从各地上缴来的珍奇鸟儿身上获取，但眼睛却无处可得。芩妃特意指明这些眼睛必须明亮有神，于是无数幼童被挖去了双眼。稍后不久，泽西忽然感到视物不清，御医检查之后，发现他的眼珠已经变成了灰色，如同一潭浑水，里面有两只孑孓一般的虫子在缓慢地游动。"

说到这里，卫勑忽然砰地一声跪倒在地，叩起头来："皇上大恩大德，请饶恕微臣不报之罪。越王的御医正是卑职儿时的好友，他前天刚刚逃离越国，如今正躲藏在卑职家避难。微臣没有当日禀报，还望皇上开恩，待微臣禀明进谏之意后，再赐死不迟。"

"他为什么要逃离越王？"光正未置可否，迟疑了一会儿，问道。

"回皇上，因为他看见了不该看见的东西。七七四十九日后，泽西眼珠里的小虫像冬虫夏草一般从眼珠里长了出来，变成两颗含苞欲放的花骨。又过了七七四十九日，这些花骨绽放开来，不但颜色黢黑透亮，而且臭不可闻。腐肉般的臭味弥漫到整个皇宫，闻者无不恶心欲吐，后宫的妃嫔和太监还有等待上朝却不见皇上踪影的大臣们，整日以襟掩面，就连芩妃也躲在后宫里，再也不肯接受皇上的临幸。"

"哦，朕为何没有听说？如此说来，越王已惹神怒，此乃天赐良机，你又为何要以死相谏呢？"光正愈加迷惑了，质问的语气又恢复了愤怒。

卫勑跪在地上，不发一言，只顾着叩头，良久才缓缓地回道："皇上，微臣不担心越国被灭，而是担心伟国重蹈覆辙！"

"放肆！"光正勃然大怒，颤抖着从龙椅上站了起来，指着台阶下的御史大夫："伟国富甲天下，家给人足，岂可以越国相比？"

卫勑依然叩着响头，小心地申辩道："皇上息怒！小臣深知今日难逃一死，故愿披肝沥胆，剖心置腑。今日相谏实是为了皇上的子孙，为了伟国的百姓。臣听说，天道在于和谐，和谐源于阴阳相衡。越王迷于色，伟王痴于财，殊途而同归，皆悖于平衡之道；为色而淫乱不顾民生，为财而逐利压抑民智，皆是饮鸩止渴，不可为继。皇上英明，当今伟国繁华盛世，百姓丰衣足食，然则一国之强大在其智而非其财，一如将军之胜敌不在其体壮而在其多谋。羽觥时的赵国比我们现在还要富庶，结果仍然逃不过被灭亡的命运；远皲时的锩国有着比任何诸侯都要强大的军队，一场本该全胜的战役却让自己的国家瞬间灭亡，所以者何？皆因舍本逐末耳。如果皇上仍然不解臣意，将死之臣愿意给皇上讲一个飞头国的故事。"

这个国家本来叫做寮国，那里人人富贵荣华，家家堆金积玉，每念及此，寮王便志得意满，只是有一件事一直让他忧心忡忡。每当入夜，总有一些臣民的脑袋会在熟睡之际脱离躯体，以双耳为翼，飞往他国，然后在鸡鸣之前又返回房间，与床上的身体合二为一。寮王对于飞头本身并不介意，他只是非常愤怒这些贱民竟然未经允许私自飞往国外。他问群臣，有何良策可以防止尘民飞离故土？右侍郎献计说，欲阻其出国，必先阻其飞翔；欲阻其飞翔，必先断其翅膀。皇上只要下令割除所有贱民的双耳，他们的脑袋便再也飞不起来了。寮王深以为然，依计而行。在所有百姓的耳朵被割除百日之后，有地方县令上书皇上，说有一些头颅又开始了越境飞翔，且有愈演愈烈之势。寮王再次询问大臣，尚书进言，臣民之头飞往他国，皆因我大寮国民生富庶，布衣百姓饱暖而思稀奇，况且他们体肥而脑轻，解决之道乃在于喂养臣民使其体轻而脑重，肥胖沉重的头颅是断然飞不起来的。寮王颇为赞同，下令所有寮国的臣民日日三餐当以御医精心调配的汤药为食。百日之后，寮国从飞头国变成了被所有诸侯耻笑的猪头国；就在此时，巡抚大臣报告说，一夜之间，又有不计其数的猪头飞往了邻国。寮王震怒，把尚书像之前建议割耳的右侍郎一样砍了脑袋。他巡视着战战兢兢的大臣们，绝望地询问诸位爱卿还有何良策。丞相见无人应答，只好趋前一步，说道：既然难以防范，则根绝之道乃是阻其归体。皇上何不下令卫队逐户夜查，若有飞头者，则虏其床上颈项，头归而不能合体，如此以往，则贱民无不恐惧而坐以待明，以免其头飞离也。寮工虽觉此计歹毒不善，却也别无他计可施。百日之后，县令们报告说，离国之飞头已大为减少，然而无头之百姓已达大半。寮王龙心大悦，但就在那天晚上，一颗缺耳肥头飞到了皇室寝宫，扒在窗外彻夜嚎哭，诉说她难以归体之苦。此后数夜，宫外哭嚎之头愈聚愈多，不出七日，寮王便肝胆俱破，喷血而亡。

　　光正沉默良久，问道："御史大人的故事委实离奇有趣，然则与我大伟国何关？与我光正灭越何关？"

　　卫勒微微抬起了头，回答："臣本以为，皇上会很好奇这些寮国百姓的头颅为何要飞往他国，然则皇上质问如此，唉！微臣今日命数定也。皇上以富为强，越王以淫为乐，实乃二而为一，假以时日，终将与越王殊途同归。古人云，授人以鱼，不如授人以渔，缪也。世间以鱼为食者有三：不知道怎么捕鱼，只能以别人捕来的鱼为食的人，别人不给，只能饿死；跟别人学会了捕鱼，并自食其力用渔具养活自己的有知之人，在大旱之年无鱼可捕，或者鱼被捕光，也是饿死；唯有发明了捕鱼之术的有智之人，因其智在，仍可依之发明他术，或捕兽，或猎禽，几可苟活于乱世。伟国今日虽富，无非有知之人略懂捕鱼之术而收获颇丰尔，他日事变，必因无智而绝也。还望皇上三思！"

　　光正已被气得浑身发抖，却又不好当着众大臣的面猛然发作。他一屁股坐到龙椅上，过了良久，方才问道："各位爱卿对卫勒之谏有何见教？"

　　大臣们谁也不敢说话，只是把腰弓得更深了。卫勒等了良久，见无人应答，便又说道："皇上，还有最后一句话，臣不敢不说。昨日祭天时，越国御医与臣同坐一车，从帘内窥视了龙颜，回去后，他深感忧虑，劝我与他一起赶紧逃亡他国。"

　　伟王的好奇暂时战胜了愤怒，他貌似漫不经心地问道："这又是为何？"

　　卫勒抬起头来，盯着龙椅，镇静地回答："他说，七日之后，圣上您的双目也会像越王那样变得浑浊起来！"

五、小云说她知道活着的意义

小云躺在床上，辗转反侧，她不知道自己为什么会失眠，是因为今天的工作安排没有完成而明天又有新的任务吗？还是与男友的关系最近有点波折？她试图让自己的脑子完全清静下来，不去想任何事情。窗外，天空闪烁的繁星无边无际，地下昆虫的私语此起彼伏。在浩瀚宇宙中，我们如此渺小，而我却像一只夜晚的鸣虫在为琐事烦恼，小云想。这也是男友最近忽然变得颓废的原因吗？相处了四年，从未见他如此地消沉萎靡，对什么都失去了兴趣，甚至觉得与自己亲热也是恶心无聊的事。每次追问，他都只会用一句话回答:人生没什么意思。

"那你要怎样才算有意思呢？"小云问。

"我不知道。"他懒洋洋地斜靠在沙发上，眼神涣散地投向别处:"但总是违心地去迎合巴结别人当然不是，每天硬着头皮去完成繁琐无趣的工作肯定也不算。"

"亲爱的，有时候偶尔迷惘、困惑甚至绝望是正常的，因为我们只能活在当下，看不清前面的路，也无法快进到生命的尽头来回顾完整的一生。这就像在密林中迷了路，你不能拽着自己跳到天上去，看清森林的全貌，认出来时的路或找到想去的出口。"

"所以我很理解那些自我决断的人，他们不需要为了看清所谓的意义去痛苦地把剩下的路摸索着勉强走完。"

"但你知道他们离开人世时的思绪吗？"小云的声调忽然变了，"所有人在死亡的霎那都会迅速地回顾一生，并在那一刻猛然醒悟自己一生的意义到底是什么。那个在死亡瞬间自己仍然惦记着的人或舍不下的事，就是自己活着的意义！这就像数学解题，当你试图正面求解却无处着手、毫无头绪时，那唯一的解法就是反证。人生的意义只有死亡的反证才能得解！"

"瞧你这口气，就好像你知道什么是死亡、你就是俯瞰众生的神似的，醒醒吧你！"

小云睁开眼睛，不明白刚才究竟是打了个盹，还是仍在胡思乱想地走神，但她清晰地记得自己激动地回答：

"我不是神！但是我知道死亡！因为我曾经死过！"

男友当时怔怔地看着她，好像不认识她似的，好半天才悠悠地说道："你还记得大余吗？我昨天晚上梦见他了。他来跟我探讨，为什么他家庭那么和睦，与妻子执手恩爱了十年，可是在他死去时，在灵魂意外离体的刹那，浮现在脑海中的却是高中时单恋了三年的同学，虽然对方的手他碰都没有碰过。"

六、可疑的养殖场

　　赵渝民是我大学三年里睡在上铺的兄弟，本来以为再熬一年，我们就可走出校门，大展宏图；没想到在最后的关头会因为走上街头抛洒热血而被扫地出门。他丢了学籍遣返回乡，我则通过内部关系留在了京城的一家幼儿园当伙夫。

　　三十年转眼即逝，几个在首都发达起来的同学开始张罗着举办同学会。我费尽曲折，终于联系上了渝民，寒暄感慨之后是不知从何谈起的尴尬和沉默。我试探着问："听说你当上了猪倌成了养殖大户，现在肉价飞涨，肯定发了吧？""养猪？呵呵。我们养的牲口叫铜铜，不是猪。""狪狪？你是说《山海经》里样子像猪、怀抱珠宝的那个？你们把它复活了？""哪呀，是铜钱的铜，它的学名叫铜鱻。算了，电话里说不清楚。这样吧，你也别去什么同学会了，就到我这里来兄弟俩聚聚得了。听说你们那雾霾挺严重的，我们这山清水秀，鸟语花香，过来通通肺清醒清醒脑子。"

　　于是，我辗转来到了渝民的家乡，一个山峦重叠的革命老区。他在省城接上我之后，我们一起坐大巴去县城，从县城坐小巴去镇里，最后再坐上他存放在街头的摩托，赶往山沟里他的住处。在这将近四个小时的颠簸里，我们渐渐找回了当年亲如兄弟的友情。"你说的那个什么铜铜到底是个什么玩意儿？养的多么？是卖肉啊还是当宠物呀？"我一边紧紧地抱住摩托上他那肥胖的腰，一边偏着昏沉的脑袋，问他。

"它们比家猪还要大，站起来有成人这么高，怎么可以当宠物？当然是卖肉。我们养了不少，差不多是所有场子里最多的。"

"我怎么没听说过有这种肉卖？比猪肉好吃吗？"我有些疑惑地问。

"你没听说过很正常，老百姓都没见过，因为我们根本就不外卖，都是给…"渝民忽然卡了壳，过了一会儿又说："其实我也不清楚，我只管技术，不管销售。大老板是我们镇的老书记，他可能知道。"

"你小时候就养过猪，养这玩意儿应当不是很难吧？"

渝民笑了："没有什么事情是简单的。其实铜铜比什么牲畜都难养。"

我的好奇心被调动起来了，挪了挪被颠簸得有些麻木的屁股，挺了挺背，问他："即使是特种养殖或者野生养殖，一般只要给它们吃好喝好，防止生病，就不会有什么大的问题。难道铜铜口味特别，需要什么特殊的饲料比如人肉什么的？还是他们娇贵容易生病？"

渝民不吭声，沉思了好大一会儿，才压低了声音，说道："因为这些动物不对外销售，怎么养殖也牵扯到很多技术秘密，所以我们有着严格的制度规定。我请你来，可没想带你去看铜舍农场。但你远道而来，我们又是知根知底的老同学，就不妨跟你透露一些，但你一定要保密，以后跟谁也不许透露丝毫。知道了吗？"我有些惊讶，又有些不快，但还是点了点头。

"饲养铜铜最大的挑战，是要明白它们的生长周期，还有在不同的周期用什么不同的方法来潜移默化地改造它们的脑袋，让它们安心地呆在圈舍里吃喝睡觉。这些体格同人差不多大的动物其实也跟人一样地聪明，一不小心，就会在角形期发生骚乱。"感觉到我又偏过脑袋直盯着他，渝民连忙解释："铜铜一般有两个关键的成长期。第一个阶段是在八到二十一个月大的时候，叫饥渴期，它们好动，不安心呆在圈舍里，对什么东西都比较好奇，也是习惯和意识定格的阶段。这个阶段如果没有处理好，到了后面的角形期，就很难把它们的脑筋扭转过来。所以，这时候我们要潜移默化地让它们建立某种神经反射，让它们养成顺从的良好习惯，形成没有我们这些衣食父母就会饿死渴死的感恩意识。第二个危险期没有固定的时间跨度或者铜龄，它取决于好几个因素，比如周围农场里同类的成长等等。每个个体也有不同的表现，有的就压根没有这个角形期。这个阶段的铜铜会不信任饲养员，有时候甚至会有反叛的举动，还会鼓动同类，所以非常危险。我们有时会给那些进入角形期的铜铜停食，让它们饿上几天，必要时还会喂药，甚至采取强制措施。"

我听得有些似懂非懂，总是无意地去把他说的这些与我们人类的成长相比，看来铜铜也像我们一样有着不同的成长期。"为什么周围的农场会影响到你们的动物呢？"

"具体的机理我们还没有搞明白，但在进入角形期后，有些铜铜会发出一种莫名其妙的尖锐叫声，极其瘆人，我们无意中发现，一旦有一两个在某个农场发出这种叫声，其他的农场即使隔了好几座山，也会出现那么几个发出同样的声音，搅得其他铜铜坐卧不宁。"

"那你们怎么办呢？把它们杀了？它们叫是不是因为进入发情期了？"

　　"一般在进入饥渴期之前，它们就被骗干净了，怎么会发情呢？除了把那几个领头的关禁闭，也就是关到地窖里，我还没有找到更好的办法。老书记说，几十年前有个技术员会用一种以铜治铜的温割技法让它们进入另一种躁动，用以毒攻毒的方法抑制它们进入角形期，甚至可以阻止它们进入饥渴期，这样饲养的铜铜不肥不腻，肉质极佳。可惜那个老技术员在运动中死了。现在每年出现角形症状的铜铜越来越多，老书记让我帮他把那个技术给找回来。我这已经试验好几年了，今年的进展不错，到现在还没有一个出现症状。所以现在正是关键时期，这也是我不能带你去看养殖场的另一个原因，看见前面那个红屋子了吗？那就是其中至关重要的一环，我们称之为教育感化所，哈哈哈哈。"

　　渝民这样说时，我们已经坐着他的摩托跨过了三座大山，天也差不多要黑定了。随着他的手指，我看见左侧山脚下有个红砖红瓦的大院子，围墙的门楼上隐隐约约写着什么"…色…育基地"的字样。看来，山区就是比城市晚半拍，历史的印记到现在还没有抹去。我拍了拍老同学的肩膀，凑近他的耳朵，大声说："这都什么时代了，墙上的那些字怎么还不给它铲了？"渝民快速地扭头瞥了一眼，没有马上回答，等车速慢了下来，没有那么大的噪音时，才回复道："那有什么关系吗？根据我养铜铜的经验，人的脑子要是还停留在那个时代的话，墙上的标语去不去有什么关系吗？"

　　我们不再说话，直到进了他的家门。"三十年不见，这一路上聊下来，发现你在京城形成的有些思维同我们养殖场里的动物挺像的，还有你越来越近视了，瞧你这镜片的厚度，跟你鼓起来的肚皮都差不多了。"他的语气忽然有些异样，我以为这是我们找回了当初在宿舍里的互黑和调侃，便投桃送礼地回敬道：

"嘿嘿。你知道我今天见到你的第一印象是什么吗？你的最大变化，不是从天之骄子变成了天蓬元帅，而是你的眼睛上那时候架着的是副望远镜，现在看好像是两块铜钱。"

"呵呵，随你怎么说吧。晚上好好睡一觉，明天我带你去见老书记，他肯定会喜欢你，要把你留下来。"

我打趣地问："他要把我留下来跟你一起做技术员吗？"

渝民反手把门上了锁，看着我的眼睛，一字一句地认真回答到："不！是做铜铜！"

七、一条名叫围脖的鱼

　　我早就知道在我们的洄游途中会遇上一道水坝。从入海口溯流而上，历经千难万险，现在，终于来到了它的面前。拥挤在水坝下的湍急水流里，向上看去，宽阔高大的瀑布垂直而下，如同一面光滑的镜子映照着我们。躲在镜后的是一排虎视眈眈的棕熊。

　　作为一条鲑鱼，回归故土、繁衍后代是我们与生俱来的使命，鲨鱼和海獭挡不住我们，在这些棕熊面前，我们当然也不会退缩。没有谁能够阻止我们回家。"嗨，Web,你觉得我们可以跳上去吗？"领头鱼背疤游到身边，小声地问。背疤是条雄鱼，体格魁梧，在大海里同一条鲨鱼搏斗时背部曾被咬去一块而留下大片疤痕。虽然没有明媒正娶，但我们俩都心知肚明，认祖归宗之后，我会与他一起生育后代。我没有回答，只是轻轻地跃出水面。大坝更加清晰地呈现在眼前，它并没有高到我们跳不上去的程度，但占据了有利地形的捕食者正在上面严阵以待，队伍排列得不但整齐而且很有策略，我们强行闯关肯定是自投熊口。应对之道可以有三种：耐心地在坝下的水底等待，那些饥肠辘辘的狗熊会因为好几天都一无所获而选择离开大坝，来到下游入水捕食，我们那时就可以乘机跨越瀑布；或者让有经验的雄鱼跃出水面，尽量靠近坝体但又并不跳到坝上，张开大嘴的蠢熊们会伸长脖子试图咬住猎物而失足摔下大坝；第三种方案是让老弱病残的同伴跳上去作为献祭，他们要集中在一个位置跳跃，把敌人从一边引开，并引逗它们为了抢夺猎物和占领有利位置而在另一边自相残杀。第一种方案无所谓白天还是黑夜，而后两种只能在白天施行，因为随着夜幕的降临，黑熊会来换班，而我们在夜色下很难看清它们，冲过大坝将会更加艰难。在三种方案里，其实只有在水底耐心等待最为可行。引诱棕熊摔下大坝是把双刃剑，不是被它们抓住，就是耗尽了体力，再也不能跨越这道难关。用老弱病残充当诱饵实在有违鱼道，是迫不得已的下之下策。

"告诉大家尽量潜伏水底，耐心等待！"我吩咐背疤。

"大约需要几天？"背疤犹豫了一下，小声地问。

"至少三天。等棕熊饿得从上面走下来时，就可以翻坝了。"

我对这支鲑鱼队伍能否听从建议没有一丝信心。果然，他们你一言我一语地吵闹起来，开始焦躁地横冲直撞。这些我都可以理解。自从离开海洋进入内河，我们已经饿着肚子与湍急的河流搏斗了十几个日夜，所有的鱼儿都想马上回到故土，多耽搁一天，就会多出一分客死他乡的风险。理解我的建议需要智慧，可惜大多数同伴只有偏见。他们只闻到了从上游流下来的故土之水的香甜，脑子里充满了家乡的味道，对近在咫尺的棕熊流下的口水和发出的骚味却置若罔闻。他们中的每一位都是信息偏食症的患者。

我还记得大约两岁时的经历。当时我被人类抓走养在一个池子里，同其他鲑鱼一起供他们研究。有一天，一个满脸胡须、身穿白衣的家伙提了一桶颜色古怪的水，对我们说："嗨，伙计们，你们已经长成壮小伙大姑娘了，该吃些复合维生素了。你看，这美食的颜色多么诱人！"说完，他把桶里的水一股脑儿倒了进来。我们所有的鱼儿都马上用前鳍捂住了鼻子，那味儿太冲了。随着那怪味飘进来的还有五颜六色的各种小颗粒。我试着把每一种都尝了几颗，说实话有的味道还挺不错，但有的那真叫一个恶心。接下来的几周，给我们喂食的人每一天都会不同，但倒进来的水和颗粒并没有改变。大约两个月后，我们中间比较挑食的一些鱼儿已经变得非常消瘦，有的甚至肚皮朝上翘了辫子。那个大胡子男人捞了几条瘦得不成样子的兄弟去做解剖分析，我听见他对旁边一个好像是助手的女孩子说："咿呀呀，我怎么说来着，愚蠢不分物种。万维网并没有用改变我们的意志来塑造我们的习惯，而是用顺从我们的意愿改变了我们的思维。看来鱼类也是如此。你看看这几条可怜的鲑鱼，池子里有那么多营养丰富的饵料，它们就认定只吃自己熟悉的那一种，结果瘦成了这样。我敢打赌，它们的神经元连接一定遵循了郝布法则，已经形成了一种思维惯性的关键路径。"我当时恨不得跳出水池，用宽大的尾鳍去狠狠抽打他那胡子拉碴的肥脸。你有什么资格对我们鲑鱼评头论足？我们已经进化到消弭了任何媒介，可以直接用鱼鳃当作信息处理的芯片，在信息海洋里徜徉，与信息流共生。而你们人类还在依靠平面和立体的媒体来获得各种真假难辨的消息，要等到长出鳃来或者用神经直接与他人交流还早着呢；而且，你们的那些新闻和视频软件更是为了迎合受众而只推送他们喜欢的东西，让世界在他们的视野里歪曲成他们想要或以为的样子。我还要告诉他，你的不到十岁的女儿差点被人亲了！我昨天亲眼看见她和一个小男孩在池边玩耍，小男孩搂住她，试图跟她亲吻，小女孩一边用力推着一边说："不，不，不要。我爸爸说，初吻很重要，因为以后注册各种网络账号时都会遇到一个几岁初吻的安全提问！"

　　话虽这么说，我对他的评论倒也感同身受，尤其是在一场洪水把我们冲进河流并带入了大海之后。在浩瀚无边的海洋里，我们同其他地方来的鲑鱼结伴而行，我观察到的不止是偏食，还有偏智和偏行。历经了三年的咸水洗礼，我总结出的经验是，越是洋流急速和汹涌的地方，越需要冷静和思考。那些头脑发热和一意孤行的同伴早已进了鲸鱼、鲨鱼或者海狮海豹的肚子里。海洋之网是个野兽和强盗出没的丛林，我见过暴露癖和自恋狂、各种自以为是的圣人和利用洋流传播虚假消息的骗子，它们有的为了牟利而不择手段，有的自以为掌握了真理而判决其他鱼类死刑，还有的自立王国愚弄鱼群。在这个无知和暴力如同瘟疫蔓延的天然温床里，只有冷静和思考才能避开无处不在的凶险，存活下来。这是大自然的进化机制，智者生存；或者说，海洋之网是一个进化分拣器，它通过让愚蠢者更愚蠢、睿智者更睿智来淘汰浪费脑子的弱智鱼类。就像我们在准备洄游的那一天发生的惨剧。我们聚集在故乡之河的入海口，准备用三天时间来适应淡水、养精蓄锐，为将要到来的艰难而又漫长的溯流回乡做着准备，因为在接下来的旅途中，我们会不眠不休，不吃不喝，奋勇冲刺。这是我们离开危机四伏的大洋和进入凶险致命的内河前难得的一段平和时光，但这往往也是那些二楞子们闲得蛋疼而惹事生非的好机会。单相思小美的雄鱼斜眼儿围着她转来转去，做出各种花哨的动作，想要赢得她的青睐。早已被小美暗许芳心的大嘴看不下去了，与斜眼儿打了起来。他们俩你追我逐，上下翻飞，那些好事的看客也忘了潜伏水底的安全准则，跟着上蹿下跳，煽风点火。就在大嘴用胸鳍刺破斜眼儿的肚皮时，海鸥还有其他一些叫不出名字的鸟儿乘机叼走了几十条只顾着喝彩叫好的看客。斜眼儿的肚皮被刺破后，肠子露了出来，尚未消化的食物也流了出来，里面有其他鱼类金黄色的鱼卵，也有不知道是什么动物的金黄色的粪便。这并不让我们意外，他从来只喜欢吃金黄色的食物，即使它是粪便。这也是他被大嘴打败的原因；而且即使他今天不被杀死，在接下来的旅途中也会由于营养缺乏而体力不支。

现在，面对如此多饥肠辘辘的棕熊，我担心我的鲑鱼同伴们会再次犯下鲁莽急躁的错误。在急功近利的大众面前，睿智冷静的劝说往往被讥讽为懦弱，而冲动狂热的鼓噪却会一呼百应，瞬间点燃鱼群的战火。我的建议淹没在吵吵嚷嚷的鼓动声里，背疤无奈地看着我，眼神里满是无奈和心酸。鱼群开始你推我搡地往坝前冲锋，争抢着向上跳跃，试图越过瀑布，冲进上游的河流里。我不用抬头，不用浮出水面，也能知道他们的结局；更不用等到河水被鲜血染红，也能用鳃片预知，同伴们冤魂的哀嚎将要盖过瀑布的轰鸣。背疤和我紧紧地挨在一起，我们潜伏在水底，计算着同伴们累积的尸体。一只成年棕熊一天可以吃掉三十多条鲑鱼，但在最后它们会开始挑食，只吃鱼脑和鱼籽，而不是把整条鲑鱼吞进肚子。坝上大约有二十来只棕熊，所以我们必须计算精准，才能在轮班的黑熊到来之前找到突破的空当。

当我和背疤跳进坝上的河流时，我们看见还有十来只棕熊守候在破碎的镜子后面，它们大多是尚未成年、经验不足的幼崽，而与我们一起成功甩开捕猎者的鱼群不足原先的一半，那些掉队者的命运不是敌人的肚子，就是体力不支，再也不能跨越水坝，等待着被其他猎物捕食。我们不敢久留，奋勇地往上冲去，因为前方还有更大的挑战在迎接我们。

第二天一早，我们来到一个转弯处，水流稍微平缓了一些。头顶有两三只海鸥在飞翔盘旋，时而贴近水面，时而窜上高空。我知道它们是先头侦察部队，不用多久，就会有无以计数的海鸥飞到这里，遮蔽整片天空。我告诉大伙赶紧拉开距离，使出浑身的力气奋力向前，一定要尽快离开这段平缓的水域。这一次，从棕熊口里幸存下来的同伴们听取了我的建议，没有一条落下队伍，我猜，与其说它们是意识到了我之前在对付棕熊时的意见正确，不如说，它们对十几天前海鸥乘着大嘴和斜眼儿的打斗抓走同伴的情景记忆犹新。人类总是愚蠢地认为鱼儿的记忆很短，其实，我们在时隔七年之后仍然记得遥远的回家之路，我们的记忆怎么会只有七秒呢。在太阳升上地平线之前，我们终于进入了湍急的河段。我告诉大家暂时停止前进，尽量潜伏在水底，就地休息，在黑夜降临但子夜未至的时段再离开这里。之所以选择这段时间，是因为随着后半夜温度的急剧下降，上游的冰雪会停止融化，河流的水位也会快速降低，我们有可能会搁浅在河滩上，当黎明来临时，成为各种鸟儿的美味早餐。

夜里的河水有些冰冷，由于之前体力的消耗，我们此时都感到有些锥心刺骨，一个个疲惫地伏在水底，谁也不想说话，就连玩吐泡泡游戏的心情都没有。可能是为了向小美献殷勤，也可能是为了鼓舞士气，大嘴忽然开口说道：你们知道为什么初春和晚秋气温相同，而草木只在初春发芽，却在晚秋凋败吗？见没有谁搭话，他又自问自答地说：那是因为气温相同的是白天，晚上却会有天壤之别。是晚上温度的差异决定了草木的枯荣。为了不让他过于尴尬，我接过话茬：也许你是对的。也许大自然的法则就是黑暗决定了生存或者死亡，或者更准确一点说，是黑暗决定了生命如何成长。树木在黑暗里耐心地生长根须，在阳光下肆意地壮大枝叶。说到这里，我忽然想起了养殖所的那个小男孩，他倚靠在鱼池边用平板玩网络游戏，为了让自己的主角获胜，不惜把它送到伸手不见五指的地狱监牢里，接受极端摧残，以为经受了这样的魔鬼训练，便会所向披靡。它一开始确实通关顺利，但最终还是葬身沙场，以黑屏结束了自己的命运。小男孩气愤得把平板砸向水池，差点正中我的脑袋。看来他并没有在失败中成长，从黑屏里走出来，难怪他的初吻都会被推迟。在某种意义上，我们这些鲑鱼在大海里的历险也可以算作魔鬼训练，每一条鲑鱼都是在黑暗里成长起来的。我还记得在刚进入海洋的第一年差点丧命的经历。当时我们正沿着西海岸北上，在漆黑的海洋深处，我们一边用皮肤感知着水温和水压的变化，一边用双鳃处理着水流里的各种信息。有那么一会儿，我似乎探查到了附近有一条鲨鱼，但这个信号在无数种杂音里时有时无，最终被一大群毛鳞鱼正在靠近的信号掩盖了。我当时尚且年幼，对各种信息来者不拒，不懂得在复杂环境下如何用不同的鳃过滤掉不同的干扰信息，而且毛鳞鱼是我们求之不得的美食，进食的欲望驱使着我们迫不及待地向它们游去。大约离毛鳞鱼群有一百米远时，鲨鱼靠近的信号再次出现，而且越来越强烈。我猛然意识到，它是在利用我们的美食作为掩护。我和同伴们已经来不及掉头，只好猛地下潜，但鲨鱼的反应比我们更加机敏，速度也远胜一筹，当巨大的水压冲向我的左鳃时，我知道我的一生将在这里结束。就在此时，我感知到另外一股水压从反方向冲了过来，是背疤！他掉转头垂直地撞向鲨鱼的腹部，我乘机一个猛子扎向深处，背疤也紧随其后，当我们终于摆脱了危险时，我才发现，背疤的后背靠近尾鳍的地方已经被鲨鱼咬去了一口。

天亮之后，我们又等了大约两个时辰，当水面开始上升、水流逐渐加快时，我们才重新上路，继续回家的旅程。在抵达故土之前，我们还要跨越最后一道障碍：人类撒下的天罗地网。同之前的大坝一样，我们也只是知道会有一个甚至几个渔网等待着我们，只是不知道它们会在什么地方、会在何时让我们落入陷阱。白天的行军还算顺利，除了几个体力不支、衰竭而死的队员外，大部分同伴仍然斗志昂扬地奋勇前行，恨不得马上就能回到我们这些孤儿的摇篮。黑夜降临了，我决定充当头鱼，并让大家放慢速度。将近子夜时，我的右鳃感知到一些哀嚎，像是其他鱼类发出的。我很希望我的左鳃能够探测到它们确切的位置，可惜由于受过伤，它处理的信号总是断断续续，并不可靠。我停了下来，让背疤从队伍的尾部赶到前边，一起静静地感觉水流里的信息。过了一会儿，背疤跟我对视了一眼，我们确认那些哀嚎来自蓝鳃太阳鱼，它们大约有十条，都被困在了渔网里。我告诉大伙一定要注意我的手势，我的尾鳍晃动时，可以游动，右鳍竖起时，马上停下，左鳍划圈时，潜伏水底。又缓慢地游了大约一个钟头，所有的鱼儿都听到了太阳鱼的哭叫，我们当然也看见了一条宽大的渔网笔直地从河岸的一边延伸到另一边，它不但直坠河底，就连河面之上也露出了大约三尺有余。奇怪的是，这条网上并没有任何一条鱼，那些太阳鱼的哭声是来自上游。我想，队伍里那些聪明的同类已经明白了端倪。那个撒网的家伙设立了双重机关，如果有鲑鱼能够跳过第一道渔网，就会迫不及待地借着惯性急速上游，浑然不觉自己正在钻入下一个网眼。没想到我们鱼界一向鄙视物质、崇尚思想的太阳鱼跳过了充满铜臭味的第一道，却会被第二道攻心之网缠住了双鳍。

背疤和我再次对视了一眼，我们明白，队伍里当然会有一些睿智而又敏捷的好手可以凭借连环跳跃破解这双重陷阱，但大部分同伴早已筋疲力尽，就连第一道屏障都难以跨越。我们的目标是一个也不落下，队伍里所有的鲑鱼都必须回归故土。就在我苦思冥想时，有几个耐不住性子的家伙已经钻入了渔网，正在进退不得地使劲挣扎。我们有心相救，却也爱莫能助。我让大伙面对着渔网一字排开，然后喊道：各位父老乡亲，今晚能否回家，成败在此一举。你们已经看到了，我们既不能钻过去，也不能跳过去，因为后面还有一道渔网，它已经缠住了十几条太阳鱼。我思来想去，觉得唯一的破解之道就是我们齐心协力，合跳摇篮之舞。如果你们信任我，就请每一位咬住一段网线，在我喊一时，大家同时咬着网线向前冲，喊二时，同时咬着网线向后退，注意！任何时刻我们都不能松开嘴巴，否则有的同伴就会被网线缠住。我们必须动作一致，协调有力，才能让这段舞蹈发挥魔力，才能让两道渔网都被抬起，打开我们的生路！

我只是告诉大伙怎么跳舞，并没有解释这段舞蹈为什么会产生魔力。我知道渔网的主人正在梦乡里，摇篮之舞会将他唤醒，让他前来把渔网撤走。人类只有在睡梦中，在他们的大脑享有自由、能够独自玩耍时，他们的自我才会呈现出来，才会与我们的鱼鳃相通。这是我在鲑鱼研究所的池子里发现的第二个秘密。当我们在摇头摆尾地尽兴舞蹈时，那个贪婪却愚蠢的渔夫一定会梦见自己的渔网因为挂满了鲑鱼而正在猛烈地摆动，正在因不堪重负而被扯断、被撕破。

　　在黎明前黑暗的最后时刻，我看见堤岸上两道光束由远而近，接着，汽车的轰鸣盖过了太阳鱼的呻吟。"一二！一二！一二！"我更加大声地喊着号子，同时鼓励大家再坚持一下，继续协调一致地跳舞，等渔夫收起了上游的渔网来到这里时，就赶紧听我的口令一起松嘴并后退一步，准备着冲向黎明，冲向能让我们回归自我的家园。

八、在逃离太阳系的太空船上

刺耳的警报声猛然响起时，肖江诗和孙侯梓正倚靠在教室外的一个墙角边聊天，所有的灯光都熄灭了，只有刺眼的警灯在急促地一闪一灭，广播开始用温柔但仍具机器味的腔调播放戒严行为准则。两个女孩按照指示就地蹲下；依照规则，所有人都必须保持静默，于是她俩展开腕上的平板，用文字交流来缓解内心的恐慌。

"你觉得这次攻击我们的是地球人还是外星人？"

"不知道，也许都不是，但愿只是虚惊一场。"孙侯梓写道，"即使地球人和外星人一起攻击，我们也不会有事的。船长说我们的船有三层保护，与外界完全绝缘，就像一个水泄不通的铁皮桶一样。"

在漫长的星际航行中，这是喜闹轩号太空船经历的又一次惊险。十五年前，当科学家们发现太阳膨胀速率的放大效应时，他们才意识到此前对太阳寿命的计算存在着一个致命的错误，他们的模型是基于恒星稳定演化的假设，而没有考虑到加速效应，这也意味着，太空移民已是迫在眉睫。

"我好喜欢十年级的刘恒学长，他帅气中透着忧郁，简直就是我的理想男友。"肖江诗又写道。

"他？一点也不阳光。上次戒严时他爸爸被揪出来处死了，你的爱意可能只是一种同情。"

"也许有吧。你说他爸爸真的是地球人的间谍吗？地球人为什么一直不放过我们呢？老师和广播都说，现在还留在地球上的人类都是顽固不化分子，愚昧地认为地球气温升高是温室效应，而不是太阳红化。可是他们为什么要拦截我们、拉着我们一起陪葬呢？"

"我不知道。飞船离开地球时，我俩都刚出生。老师说，我们只需要按照船长的指示去做就行了。"

"那好吧，还是聊聊可爱的刘恒学长算了。你说他忧郁，但是昨天我们错肩而过时，我盯着他的眼睛看，他也回头直直地看着我，那一刻我的心都要化了，腿也软得迈不开步子。他的眼神那么温柔，就像一道光融进了我的瞳孔，我的眼睛一下子就湿润了。"肖江诗一边敲字，一边揉了揉双眼。

"就像你的斯贝每天看着我的样子吗？"孙侯梓调侃道。

斯贝是肖江诗口袋里的宠物鸟。她已经记不清这只可爱的鸟儿是怎么来的，反正从记事起，它就与自己形影不离了。同船上的很多基因改良人不同，斯贝完全是一只机器鸟，不过它惟妙惟肖，看不出与自然鸟有任何的不同，就连歌声都是那么婉转动听。每次两个小闺蜜呆在一起叽叽喳喳地聊天时，它就会歪着脑袋，专注地盯着孙侯梓看。

"我的可爱斯贝说不定爱上你了。"有一次肖江诗开玩笑说。孙侯梓也觉得这很好玩，虽然是只人工智能鸟，她却能感觉到小鸟的眼神里有一种炙热的能量，一种摄人心魄的魔力，每次与它对视，都有一种鸡皮疙瘩乍起的感觉，仿佛自己正与它进行着某种不可言喻的精神交流，这种感觉，她只是在第一次打开零重力思维通道与遥远的某个地球人神志接通的刹那才体验过。

"老师说，根据法律，我们太空船上的自然人没有生育后代的权力，只有基因改良人才能生孩子，但我要是同刘恒学长结婚了，我还是想同他生一个可爱的宝宝。"

"你就别花痴了。"孙侯梓在平板上画了一个用榔头敲头的表情包，然后写道："我也觉得用雌雄同体的基改人生孩子，同历史书上记载的那些恐怖分子把婴儿训练成人肉炸弹一样，真地很不人道。"

晚上回到爷爷的舱室，孙侯梓抑郁寡欢的神情并没有让他老人家感到惊讶，每一次戒严之后，她都会这样闷闷不乐。"你知道今天被抓的是谁吗？"她一边解开腕上的卷叠平板，背对着爷爷换下校服，一边用私语问道。舱室里只有爷孙两人，爷爷用很低的私语回答："我知道。是晓波叔叔，他曾教过你用私语传递不同的表情。对了，你的零重力思维训练有进展吗？昨天你说偶尔还有些阻碍。"

爷爷每一天都会例行公事地这么问自己，孙侯梓觉得此时他只是在转移话题，但她还是用私语轻轻地回复："昨天夜里顺畅多了，我同一个叫奥威尔的地球人谈了十几分钟，他说他是一个研究认知的神经科学家。"

爷爷看着孙女用压缩食品准备晚餐，沉吟了一会儿，又说："那就好，能够与地球人顺畅地交流，非常好。看来是时候告诉你一些真相了，这样的话，以后被抓，你就会知道该怎么做。总有一天会轮到我们的。你爸爸当年也是在戒严中被抓、被处死的。他去世时，刚刚给你过完三岁生日。抓他，是因为他破解了喜闹轩太空船的一个天大的秘密。"

你以前问过我，为什么在家里我们只能用私语交谈，其实在我们这个种族还没有开启太空移民之前，我们在地球上就已经使用私语了，当然用私语交流并不局限在家里，那时我们有很多同道中人，经常用这个美丽而又简洁的语言来交流信息和探讨时事。至于是谁发明了它，现在已无从知晓，唯一确定的是，没有它，我们的大脑就会成为公语的奴隶，就会最终硬化，我们行走在街上就如同一具具被无形的主人驱赶着的僵尸。在任何语境下，如果只有一种信息被获准听取，而且这唯一的信息还不准许质疑和批评，那么，这个语境下的所有人都是处在僵尸化的氤氲魔障之中，所有人的结局都是僵尸化，都将成为亚马逊原始森林里的行尸蚁，它们被真菌孢子控制了大脑，表面上在正常地生活，实则所有的思维和行动都是受着孢子的驱使。请记住，在任何语境下，如果所有其他的内在或外来的信息都被屏蔽，如果仅有的信息被赋予神圣的光环，只要信息的唯一性和权威性这两个要件同时成立，那么，此语境下的所有受众都将必然成为大脑钙化的充血僵尸。起初，当我们的前辈发现这个公理时，他们采取的应对之道是耳聋术，就是自主地损毁听力，让自己成为聋子，让耳朵与公语绝缘。直至今日，在我们这艘太空船上，你仍然能见到一些聋族的后代。在信息革命以前，这种自虐确实行之有效；但随着多媒体信息技术的发展，语音被降格为各种不同信息传输的一种，仅仅捂住耳朵或成为聋子已难以阻止公语的侵蚀。于是，为了挽救自己的大脑，避免成为充血僵尸，有人发明了私语，以便质疑者可以互相安全地交流批判性的思考。私语的另一个实际效果是把公语异化，让它成为一个它者，而不是被当作自己天然的一部分。认知科学史上有一个著名的"乞讨者实验"，一个科学家站在街头，说自己的手机丢了，随机向路人借用手机打个电话，大约有将近百分之三十的路人会大方地把自己的手机借给他。第二天，这名科学家又回到同一个街头，还是用同样的借口向路人借用手机，不过在借之前，他会小心地向对方询问时间，得到答复后，再提借手机打电话的事。这一次，愿意借给他的路人增加到了百分之七十。在第二种借法里，成功率提高了百分之一百三十，因为路人在同意告诉你无关紧要的时间后，便不好意思再拒绝出借手机；还有些路人会下意识地认为询问者正处在某种时间紧急的任务中。我觉得如果这位科学家在第三天继续实验并在询问时间后施以小恩小惠比如给一些钱财，愿意出借手机的比例会更高。这个试验的结论之所以重要，是因为公语就是这样潜移默化地让我们把它接受为无需防备甚至亲近的人，比如当作自己的父母，让我们自然而然地、下意识地会把它的信息接受为唯一的真相，虽然它是剥夺我们知情权和表达权的元凶，是控制我们的骗子，是在损害我们的切身利益。私语在地下很快得到了普及，但它必须与催吐法同时使用，才能有效地保持自己思维的独立。催吐法就是在夜晚喝下一种特制的饮料催发思想呕心感，或者与另一位私语者有意地激烈争吵，把白天被迫接受的或潜移默化的那些洗脑话术呕吐出去。但无论是耳聋术，催吐法，还是私语，都无法解决信息单一性的问题，这也是僵尸化的关键。既然我们不能像鸟儿那样择枝而栖，无法逃离身处的公语环境，那我们有没有什么办法突破公语的封锁，获取被禁止的信息呢？你爸爸在苦思冥想之后，发明了零重力思维，通过这种思维可以像量子隧迁那样实现思想与外界的沟通。你父亲能够发明这种思维，也是得益于他作为神经科学家的工作。

　　"爷爷，私语好像很容易掌握，只要愿意学，几个月后就可以顺畅地与别人交流。"孙侯梓用手势打断了爷爷，然后小心地问道，"可是零重力思维我花了差不多两年才慢慢地开窍，如果不是所有人都能自如地运用它，那它的实际意义不是值得疑问吗？"

"是啊，掌握一门语言容易，学会一种思维很难。这也是为什么你爸爸最后屈从胁迫，愿意登上这艘船的原因。他想利用这个机会来完善并简化这种全新的思维方式。"

他的梦想就是我们每一个人都可以像树一样，无论身处何处，都能不借助任何工具与其他任何一棵树进行沟通。对，树木虽然不能移动，虽然沉默无语，但它们确实与地球他处的树木存在着意识的交流。我们知道这一点，得益于另外一位叫弗里德曼的科学家的意外发现。他是一位生物学家，有一次他去墨西哥调查松树病害，当地几乎所有的松树都在分泌大量的类似于人类眼泪的油脂，他做了无数的采样，也做了各种分析，对土壤、空气和水分等环境因素做了仔细的研究，但还是对所有的松树同时分泌大量的油脂毫无头绪。直到一周之后，他无意中读到一条新闻，说东南亚的原始森林发生了大面积毛毛虫灾害。他灵光一闪，心想，墨西哥松树分泌油脂会不会是对东南亚毛毛虫泛滥的免疫反应呢？他觉得这种想法很有趣，便开始收集世界各地的博物志加以研究，最后的统计模型表明，地球一边的树木森林与另一边的树木森林确实存在着正相关的反馈关系。他觉得这太不可思议了，但今天我们知道这是可以理解的，因为所有树木的光合作用本质上是一种量子效应，量子相干性在光合生物系统的能量转移过程中起着关键的作用，所有的树木，无论身处何处，都是通过量子相干性保持着内在的联系，如同地球上的同一种空气和水分把它们联系在一起一样。你父亲生前的理想，便是把零重力思维改进为量子相干性，这样即使我们像树木一样不能迁徙，但我们与别处的同类仍然可以自由地交流。零重力是一种状态，在这种状态下，所有的思绪，无论是公语的还是私语的，都消失了，像太空中零引力的自由漂浮。在这个基础上，再生成量子态，便可以实现零重力思维，实现精神纠缠。有趣的是，你爸爸有一次纠正我说，零重力思维不是思想沟通，而是灵魂交流。

孙侯梓这时坐到了爷爷的身边，把已经打开的压缩食品重新关紧，再次问道："你之前说爸爸是在戒严时被抓的，他被处死是因为对零重力思维的研究吗？"

"嗯，是但也不全是。"

在我们被胁迫着登上喜闹轩号太空船，加入星际移民的队伍后，你爸爸一直在暗中利用零重力思维与认为地球升温完全是温室效应的人类保持着灵魂沟通。一开始，他像船上的大多数移民一样，对我们的目的地茫然不知，但从未怀疑过航行的方向和船长的决定。在太空中航行了三年后，他很纳闷自己为什么还可以同地球人畅通无阻地交流，按照日本著名科学家冬盛西江的理论，我们的太空船一旦越过冬盛西江点，与地球的任何信息交换都会因为进入黑瘴而出现至少四十九秒的中断。由于喜闹轩船是全屏蔽设计，你爸爸无法通过参照物或速度来推算出当时的具体方位，便请求地球上的一位朋友帮忙，这位朋友又找到在国家天文台的一位教授，得到了确切的信息。原来地球人政府一直掌握着喜闹轩号太空船的航行轨迹，不知出于什么原因，三年来，太空船一直无法驶出太阳系，只能在小行星带围绕着一块约有冥王星三分之一大小的岩石飞行，它也从来没有遭受到地球人或外星人的攻击。另外一个令他震惊的情报是，喜闹轩号飞船离开地球并非是担心太阳膨胀，而是恐惧人工智能革命会破坏它的公语屏蔽系统。你爸爸把这些信息通过私语告诉了几位船上的朋友。几天后，飞船发出受攻击警报，全体戒严。当时你爸爸正在第三层的第二三七号洗手间执行马桶压缩机的维修任务，在警报声响起后，他就地坐下，想着利用这个机会可以与地球人进行一次灵魂沟通，于是，他盯着对面的梳妆镜进入了状态，但他不知道镜子后面有一只人工鸟，正好与他投向镜子的眼神发生了对视，更不幸的是，与他进行神交的那个地球人恰好午休，他坐在办公室外一个公园的长椅上，而椅子对面那颗树上也正好有一个喜闹轩号启程前释放的无数机器鸟中的一只紧盯着他。你可以想象一下东西两个半球正在互相感知的树，此时同时飞来了两只同种同属的鸟儿，而且它们同时唱起了同样的歌曲，与各自的树木产生了同频共振，两颗树的量子纠缠效应便被破坏了。植物学家们把这种情景下的鸟儿歌声称为死神之歌。你爸爸当然也知道零重力思维中存在这种死神凝视的可能，但他无法预测或改变这些破坏者的存在，也就无法掌握被破解被抓捕的命运。

孙侯梓这时猛然想起了闺蜜口袋里的那只叫斯贝的鸟儿，想起了它那专注炙热的眼神。她张了张嘴，想要说些什么，但还没有出口，警报声又响了起来，刺眼的警灯旋转闪烁，晃得她睁不开眼睛。

"看来有人已经丧心病狂了，一天里竟然需要两次戒严。"爷爷抓住了她的手，小声地叮嘱："孩子，你已经能够自如地运用零重力思维了。记住，如果是你，就成全他们，把皮囊完整地交出去，让它成为他们想要的充血僵尸，我相信你的灵魂一定能够回家！"

九、集体的婚姻和个人的爱情

我在大学时的政治辅导员李梅经常教导我们要杜绝自私，学会奉献，舍弃小我，成就集体。隔三差五，她就会端出那碗从《读者文摘》里免费获取的陈年鸡汤，让我们一起品尝。鸡汤里的故事是这样说的。地狱里的人无不饥肠辘辘，愤怒焦躁，因为他们每个人手里都拿着一把长勺，但就是不能把锅里的汤羹舀到自己的嘴里；而天堂却是另外一番景象，一片欢歌笑语，其乐融融，他们每个人也都拿着同样的长勺，但他们并没有自顾自地只想着把汤送到自己的嘴里，而是你喂我，我喂你，既解决了勺把过长的困扰，又解决了每一个人的温饱，赋予了每一个人快乐。

同大多数政治辅导员一样，李梅总是一本正经，不苟言笑，激动时说话的语调会变得尖利高亢。我们有时在宿舍里，会偷偷地猜测她是不是个老处女，或者即使结了婚，也没有得到老公的周期性滋润，不然，怎么会一丝女人味也没有，整天那么哭丧着脸，跟每一个人都有仇似的？宿舍里睡觉前的闲聊甚至让我暗下决心，以后一定不要找这样的女人共度一生。但往往造化弄人，到了大三时她竟然同我渐渐地亲近起来，甚至到了无话不谈的地步，同学们既嫉妒又调侃地讥讽我说，这并不是因为我表现得多好，也不是因为我会说话，只不过是我长得帅罢了。无论如何，我们那时的关系已经超越了师生的友谊，乃至有一堂政治课上她又在用那把天堂地狱里的长勺来敲打我们时，我连手也没举，就调侃似地跟她斗起嘴来："你说的那个不就是天堂里的大锅饭吗！

只有那么一锅汤，而分食的人又那么多，你怎么能保证我喂给别人一满勺，而别人不喂给我半勺呢？怎么能保证我喂了别人，还有剩下的汤来喂我呢？"

"这个你放心，既然是天堂，肯定不会少你吃的。"李梅正在黑板上书写，头也没回地迅速回道。

"天堂有再多吃的，如果一辈子只能靠别人喂才能活下去，那也真够憋屈的。而且只有喂了别人，自己才有吃的，那就更那个什么了。我倒宁愿回到地狱去，想法子把勺把给截短喽，可以自食其力。我不觉得一个连自己都不能独立、自己不能照顾自己的人，可以去照顾他人。"若在平时，李梅一定会因为学生的挑衅而长篇大论，直到把被教育者说得痛哭流涕为止，最后还要让他写篇思想汇报才会善罢甘休。但那一天，她转过身来，只是怔怔地看着我，沉默了半晌，才转移了话题。

几天之后，从她聊天时的泪光中，我才明白，为什么那一段日子她总是心事重重，而那一天更是一反常态。虽然结婚已经十年有余，但婚姻的幸福甜蜜只是昙花一现，不到两年，另一半便开启了老夫老妻的搭伙过日子模式，很少与她说话，不愿照顾她的情绪，更是断了肌肤之亲。李梅同他谈过，与他吵过，但一切都无济于事。她痛苦于这种冷暴力的婚姻，但又觉得既然组成了家庭，有了孩子，除了自己闹闹之外，老公从不骂她，也不打她，同有些鸡飞狗跳的离婚夫妻相比，也许她应当感到知足才对。自己的父母就是这样劝说她的。但她知道自己没有哪一天不在抑郁和烦躁中度过，这样下去，迟早不是自己了断自己，就是被病魔抓住带走了事。终于有一天，她鼓起勇气，去看了一位稍有名气的婚姻咨询师。"你知道她的建议是什么吗？"李梅鼓着她那双大眼睛，瞪着我问，"她要我去找一个情人！"

"什么！"我也瞪大了眼睛，用她平时教育我们的口吻说，"那不是学西方国家的资产阶级，搞生活腐化吗？"

"她还真是从国外留学回来的。"李梅回答："我倒是觉得她说的有一点点道理。她说，我可以离开老公开始一段新的婚姻，但这未必能保证比现在更美满。她说既然你还爱着丈夫和孩子，一种解决办法是你可以去寻找心灵的甚至肉体的伴侣，但不解散家庭。所有的症结是在这个家里你自己不快乐，而你的丈夫和孩子倒是觉得一切都很好，或者他们感觉到了你不快乐，但他们觉得那是你自己的问题。所以，你可以试着先让自己快乐起来。如果你觉得与丈夫没有多少交流，那就在网络上找一个柏拉图式的知己时不时地聊聊天；如果你的痛苦是丈夫不愿意尽他的责任、不愿意给你肌肤之亲，那就怀着恋爱的心态，寻找一个可以相亲相爱的人。这些听起来与我们东方的文化有些相悖，但她说，只有在你自己快乐起来之后，你的家庭才会不受你的负面情绪影响，丈夫和孩子也才能感受到你的快乐，让家庭一起快乐起来。"

"我的妈呀，你这找的是什么专家呀！那你被说动了？你不会真要去搞婚外情吧？这不是为了一己私欲而损害家庭集体吗？"对于当时还在读大三的我来说，这种建议确实有些离经叛道、难以接受。三年之后，当我已经工作了两年，再从新闻里读到大学腐败风波及其引起的全民大讨论时，方才明白，我当时嘴里的所谓家庭集体纯粹是鹦鹉学舌、不知所云。

　　结束了半年的实习回到校园之后，再次见到梅姐时，她的满面红光似乎回答了我临行前问她会不会搞婚外情却没有得到回复的询问。我当时甚至很自恋地私下怀疑，她与我走近会不会就是来贪图我的美色。毕业工作之后，我们渐渐地断了联系。她不主动找我可能是因为有了甜蜜的爱情；我不理睬她是由于在单位里起早贪黑，没有哪一天不是身心俱疲。虽然得益于梅姐的大力推荐，我进的是人人羡慕的国家机关，但单位的要求很是奇葩。我们每天必须在太阳升起之际，顺着楼梯爬上三十层的楼顶，然后沿着楼顶的边缘一字排开，面向着红墙的方向，对着天空高喊政治口号。领导说这样我们每一天就会充满革命的精神，怀着对民族国家和单位集体的神圣使命感，满怀激情地工作。我有天生的恐高症，每一天早晨爬上高楼呼喊，对我来说都是无比痛苦的煎熬，但在所有人都积极地参与，甚至领导自己也身先士卒时，我不能逃避、更不能拒绝。我不能因为自己的先天毛病而破坏了集体的统一和领导的威信。

　　就这样煎熬了两年之后，我终于主动给梅姐打了电话，这倒不是我要去向她诉苦，而是出于对她安全的担心。当时我的母校因为一起集体贪腐大案名噪一时，几乎所有的政治辅导员都被牵扯了进去，他们被揭发利用组织活动或捐助贫弱的名义，把上面拨下的大部分组织经费和收来的个人捐款都中饱私囊。梅姐在电话里听出是我之后，爽朗地大笑起来："没想到你还惦记着我，看来我当初没有看错人哈。哈哈哈。不过，你毕业的时候，我就辞职了。不然，你梅姐还真给搭进去了。说起来也挺可笑的，他们贪的那些小钱在我眼里都不足挂齿。"忽然，她话锋一转，又恢复了当初的说教口气："你打电话过来，我挺感动的，不过，我跟你说，千万不要再去掺和这件事了。现在整个案件的性质变了，上面关心的根本不是什么贪污，而是对国家政策的中伤和攻击。有些人借机诋毁集体主义，说什么一个不能让个体受惠的集体就是无效的集体，一个只有益于某个群体而牺牲另一部分群体的集体是伪集体、恶集体。甚至还有人说，如果集体的代言人故意只提集体而不谈个人，只说公而不认私，那么这个集体就是某些利益集团明偷暗抢、中饱私囊的借口和托词。"

她说的这些讨论我当然也都知道，给她打电话除了想确认她还平安之外，也是为了了解一下她现在的个人状况，她的公开的婚姻和她那私密的爱情是否还相安无事，甚至相得益彰。但我还是没有深问下去，从她那如返青春的语调里我知道她现在活得很好。当天晚上，在辗转反侧之后、最终入睡之前，我做了一个决定，从明天开始，再也不去爬上高楼，再也不会随同他们一起对着空无一物的天空呼喊，让吐沫像细雨一般落在楼下那些吃早点的市民们的盘子上。

十、三目国历险记

　　我曾经拜访过很多国家，但印象最深的，还是至今都令我感到迷惑不解的三目王国。其奇怪之处，在我莫名其妙地被迫踏上它的土地时，就埋下了日后难以理清的种子。

　　那是多年前的一个夏天，我正筋疲力竭地随着抛肠蚁考察队在沙漠的深处艰难地挪动着沉重的双腿，突然，两个蒙面的家伙犹如天兵天将一般，不知从何处冒了出来，不由分说，一左一右架着我的胳膊，急速地朝沙漠深处奔去。我当时以为是遭到了绑架，但被投进大牢之后，才明白他们是这个称为三目王国的执法天使。可笑的是，一般国家，在抓捕时被蒙上双眼的是罪犯，而在这里却是警察。后来，利用吃饭和放风的时机同狱友混熟之后，才知道他们之所以蒙面，是因为他们都是天生的独眼大侠，双眼在出生时就凹陷成干涸的枯潭，那块黑布是为了遮挡可怖的死光。

　　"这么说，那就是一些瞎子，可是为什么又叫独眼龙呢？抓我时，我可没有看见他们有任何眼睛。"我有些不解。狱友看了看四周，凑近我的耳朵，嘀咕道：他们有一只天眼藏在前额里，可以看清所有对国家不利的人和不好的事。我恍然大悟，想起来自己被抓的罪名正是随身携带的手机里存有探讨制度优劣的文章和图片，虽然在出国前我早已小心地清理了内存，但其存在过的痕迹还是未能逃脱犀利的天眼。

　　尽管世界各地的人们有着不同的肤色，说着迥异的语言，但对黄金和美元的免疫力都是相同的。花去了藏在裤腰绳洞里的大半硬通货之后，我终于获得了在监狱外的街道上走动的自由。关于如何利用偷藏的金钱打通一个个关节，是我以后想要另外讲述的离奇故事。出来之后，我一开始有些胆怯和恐惧，以为这里的居民会像他们的执法者一样仇视外人。可是真正有了接触，才发现他们是如此的友善和好客，不时有人热情地邀我合影，或者慷慨地请我品尝他们的美食。我甚至交上了两个当地的好友。老实说，我很庆幸被强加了这次意外之旅，不然，无论如何也难以获得如此匪夷所思的种种见闻。

由于在监狱里听够了那些独眼天兵无处不在、无所不能的神通广大，一出狱门，我便处处小心谨慎，时时提心吊胆。但奇怪的是，一连几天，我连他们的影子也无缘得见。马路上，市场里，熙熙攘攘的人群都是同我一样睁着两只正常眼睛的民众。后来，我实在按捺不住好奇，又难以承受持续的紧张，便问一个微醉的酒友。他借口上厕所方便，把我拉进一个隔间，像间谍接头一样，神经兮兮地耳语说道：朋友，你最好不要打听，会掉脑袋的！但我可以带你去看几个三目狗。于是，我跟着他，去了市场外的一条宽阔而又笔直的大道。这里的马路都是由沙粒和石子胶合垒叠而成，一般高出沙漠将近半米，但它们的两边也有所谓的辅路，与沙漠大约持平。朋友用手指着辅路上几个把头埋在沙子里、屁股撅得老高的行人，用戏虐嘲弄的口吻对我说道：看，那就是三目狗。他们都是长了三只眼睛的怪胎，是我们这里独有的人形鸵鸟。"他们为什么要埋头行走呢？难道不会迷路或窒息吗？"我既担心又有点好奇地问。"没事的，朋友，没事的。他们必须这样做，不然，他们会看见非常不好的东西！他们那只凹陷进额头的多余眼睛也会把我们吓死的。"

　　我很想知道这些可怜的鸵鸟人到底会通过那第三只眼睛看见哪些不好的东西，但醉醺醺的当地朋友却异常地清醒，就像监狱里的那个朋友在谈到独眼龙时那样不肯透露半句。经过更多的打探和更久的相处，在终于解开了三目王国的眼睛之谜后，我才理解了这几个朋友不敢如实相告的苦衷。原来，三目国民的眼珠与外面世界的任何种族都迥然不同，独眼龙只有在这些特别的眼珠里才显影得见，在外人的眼中却隐藏不彰，所以，像我这样的洋人初来乍到，总会感到非常的惊奇，感叹这里见不到一个警察，一切却是那么地井然有序，和平安宁；其实，当地的土著对他们无处不在无时不显无不心知肚明。独眼龙的第三只眼睛天生就有，而三目狗的多余眼珠却是后天的异化。当地人之所以敬畏独眼天兵而唾弃三目沙狗，据说与他们的饮水有关。大漠国民一般都是利用夜晚空气中的一种雾汽来补充水分，奇怪的是，这种雾汽会难以预料地变换气味，有时会在一年之中变换数次，而有时又连续几年都保持稳定。当它含有酸味时，居民们的眼珠会自动呈现为大海一般的蓝色，这时无论在家在外，只要动脚，就必须保持右行；一旦雾气变为碱性，他们的眼珠又会成为鲜艳的红色，不管是步行还是开车，则一律只能靠左。这种瞳孔色彩和交通规则的变换让我当时感到非常地困惑。我所知道的只是三者的关系，却一直未能打听到这个规矩背后的主观考量或者客观原理。有一种说法是，酸性的雾气一般向西飘动，而碱性的雾气只会吹向东方，只有与这个风向保持一致，才能获取必需的水分。那些成年后在额头上长出额外眼睛的异类正是没有遵循酸右碱左的规矩而遭到了报应，让他们萌生了不该有的想法，看见了不该看的图景，落得余生只能埋头于沙土的命运。

只要有人的地方就有意见的不合和利益的冲突，这是几乎没有人能够否认的常识。但三目王国可能是唯一的例外。或许是由于资源匮乏的原因，这里的居民极其刻苦勤奋，更重要的是，他们从无怨言，所有人都无时不刻不保持着团结一致的信念和积极向上的姿态，或公或私的谈话和线上线下的聊天无不情绪正面、论调高昂。他们把这种情绪和交流称为传播正能量。值得一提的还有他们的自然环境。虽然放眼望去尽是沙尘和荒漠，但这并不意味着这个国家没有花朵的点缀和动物的吟嚎。每当碱性的雾气吹向东方时，一种鲜红的小花便会在沙漠里绽放开来，我有时候甚至怀疑大漠国民眼珠的红色就是从这些花朵映射而来。也是在这个季节，这个国家唯一的动物，一种粉红色的蜥蜴，会成群结队地不知从何处冒了出来，一边啃咬着花朵当作美食，一边唧唧鸣叫着追逐交配。我曾经试图去抓住一只，以便仔细地观察研究，却被随行的朋友严厉喝止了："不要去碰它，朋友！猴蛇是神的使者，打扰它会让你遭受天谴的！"

在历尽种种磨难，终于回到家乡之后，每当我跟朋友们说起三目王国的见闻时，他们不是哈哈大笑，就是嗤之以鼻，觉得我是在编造一些天方夜谭式的故事，或者在夸张地复述某晚的梦境。他们的嘲讽甚至让我自己都开始怀疑，这个三目王国是否真实存在，或者我是否真的驻足拜访过。每当这时，我就会习惯性地撩起裤腿，仔细地端详脚腕上那道类似脚镣勒痕的乌黑环口，那是我避开随行的朋友，用脚偷偷去触碰一条猴蛇的尾巴时被咬后留下的伤口。

十一、人性里的马屁

　　自从走出校门、迈进职场之后，我一直痛苦于不知如何与领导相处。一方面，我痛恨那些阿谀奉承的马屁，另一边，我又觉得愉悦是人之天性，没有人不想听到正面的赞美。但眼看那些手勤嘴甜的后辈一个个插队提拔，而自己想去有模学样，却又实在难以说出违心而又肉麻的话来，便觉得呆在办公室里的每一天都是痛苦和煎熬。于是下班之后就去附近的夜店借酒消愁，每一天都晕乎到打烊，才悻悻然地离去。这一天同我一起最后离开的是长发披肩的驻场歌手。他看我一副生无可恋的落魄模样，便好心地问我是不是跟女朋友闹掰了。我说是，但那不是我痛苦的源头。天下好姑娘多的是，但不喜欢甜言蜜语的领导几乎没有。

　　他仰起脖子，大笑起来。"你他妈说的太对了！"，他附和到，"我就是因为这个才跑到酒吧来唱歌的。"

　　三年前，我在一家会计师事务所做初级审计员，那是我大学毕业后的第一份工作。组里有一个叫何家梁的同事，他比我要晚来半年，但非常机灵，眼睛整天盯着的都是我们当时叫喜锦萍的经理，不是夸张地赞美她每一天的衣着，就是坚定地支持她的任何决定；发送邮件时，无论事无巨细，也都要越级抄送给她。我们一般称呼喜经理，而小何别出心裁，总是叫她萍经理。到了外面，比如去餐厅或酒吧聚会，他又会改口叫她萍姐。无论经理说些什么，他总是能恰到好处地接上话头，或者不露痕迹地表示效忠。比如，聊天时，经理抱怨家里琐事太多，男人也不体谅，连孩子都不去接送。小何就会半讨好半开玩笑地说：唉，我可以帮你去接呀！就怕你儿子害怕我把他给卖了，呵呵。每次在外面聚会，他都会主动地为经理点上她爱喝的饮料，在最后结账前为她买单。在办公室里，哪怕经理是随口说说自己有些不舒服，他也会屁颠屁颠地马上跑到外面的药店里，给她买上好几种不同的药来。有时，我们都觉得他的做法简直过于露骨，但他却好像颇为享受，乐此不疲。

大多数员工一般都喜欢在领导的背后说些闲话，而小何最厉害的地方在于，无论何时何地，即使是在背后，他也会一以贯之地讲领导的好话。有时被派到客户那里，他会有意无意地向对方大加夸赞自己的经理多么能力超群、领导有方，而客户出于自己的需要，也很乐意和知趣地把这些好话传回到喜经理的耳朵里。果然，一般需要三至五年才可以升迁的资深职位，何家梁在第二年就意外拿到了。尝到甜头之后，小何更加亦步亦趋地紧随着经理，倒好像他不是刚刚被提拔为资深审计师，而是降格成了她的前台秘书。一年之后，就在我们都倍感不满和沮丧之时，喜锦萍忽然被宣布开除，小何鹊巢鸠占成了我们的新任经理，所有人都开始四处打探变故的线索和原委。有一个说法是，小何在紧跟着喜经理的同时，又无时不刻地巴结着更高一级的财务总监；而且由于走得很近，他也掌握了自己顶头上司的不少黑料，并把这些致命的黑料抖漏给了上司的上司。说实话，我到现在也不知道，这个爆料是真是假，因为在送喜锦萍离职的那天，小何还是同往常一样，毕恭毕敬，恭维有加，一点也没有显露出自己是幕后黑手的心虚模样。我当时甚至觉得刚刚跟我提出分手的女友是不是也采用了同样的招术。她在踹我的同时，还不忘使劲地夸奖，说我这么优秀，一定会找到一个比她更加漂亮温柔的女友。我当时甚至感动到还特意给她买了一份极其贵重的分手礼物，内心里期待着如果我找不到更好的对象，她一定会回来投怀送抱的。

本来是后辈，现在却成了自己的直接领导，这当然让我有些郁闷和不爽，但除了忍气吞声，也实在没有更好的办法。好在这个资历浅能力弱的新经理只干了一年出头，便因为行贿受贿进了大牢，连累得我们的财务总监也被查出了很多问题，跟着一起进了号子。我们那个组本来就业绩惨淡，这下正好被解散了事。

"你们办公室的这些狗血还真有点像乌鸦与狐狸的故事。"我说，"蹲在树枝上的乌鸦听了狐狸说它唱歌好听的马屁，便想高歌一曲，结果嘴里的肥肉掉了下去，被等在底下的狐狸给吃了。"

歌手小遥表示同意："是有那么一点意思，不过这块肥肉可能被农夫下了毒，结果，以为诡计得逞、占了便宜的狐狸却被毒死了。"

"要是我们公司就这样乌烟瘴气，我也倒不至于有这么痛苦。"我说，"当初在面试时，女老板问我，假如我们发生了冲突，你会怎么做？我说，我为什么要跟你发生冲突呢？我的一生有一半的时间是在单位度过的，我为什么要与任何人闹别扭让自己的一半人生都不愉快呢？但真地上了班，发现在单位里的不快很多时候并不是因为冲突而起。有时候我想，如果不去赞美同事或领导，也不愿去接受别人的夸奖，我在那个团体里是不是就少了很多快乐的东西。"

　　小遥再次表示同意："确实，我们生而为人，虽然谈不上像基督教声称的那样有着某种原罪，但我们眼睛喜欢看帅哥美女，耳朵喜欢听美妙的音乐，鼻子喜欢闻香喷喷的气味，嘴巴喜欢尝可口的美食，这一切都植根于我们基因的固有本性。所以阿谀奉承颇有市场，接受吹捧和享受马屁也是人之常情。但另一方面，如果单位和社会里充斥的都是这些虚伪狡黠的东西，那迟早有一天，我们都会被扭曲被毒害，不是成了乌鸦，就是成了狐狸。那些拍马的人也并不是什么情商高，只不过是带着面具因而脸皮厚而已。"

　　我一下子对小遥有些刮目相看，平时在酒吧里只顾着酗酒买醉或者觊觎美女，从来只是把他当作一个可有可无的点缀，没想到他不但与我有着同样的际遇，还深藏着哲学的思考。我决定下次再去酒吧时，一定要用心听歌，好好享受他的弹唱。第二天傍晚，当我找了个角落坐下时，已经有不少女孩献上了鲜花，还有的在不断地向他飞吻，而他只是埋着头，拨弄着那把破旧的吉他，偶尔扬起脖子，作一声呐喊。嘈杂喧哗的人声里，就听他唱到：

　　　　娇艳的花朵肆意地绽放
　　　　游人夸张的赞美
　　　　相机无尽的闪光
　　　　定格的是阳光的照耀
　　　　错过的是黑夜里雨露的滋养
　　　　蜜蜂的亲吻点缀着娇滴花蕊
　　　　无人留意毒刺的划伤
　　　　大自然的面孔犹如重叠的花瓣

美丽的丑陋无需迎合
蛰刺的营养永葆健康

美丽的丑陋无需迎合
蛰刺的营养永葆健康

十二、寻找形上人

　　领导形下遗址的发掘，是我考古生涯中最为荣耀辉煌的时刻，这倒不是因为该遗址被评为本世纪世界十大考古发现之首，也不是因为这次发掘让我成了家喻户晓的公众人物。一夕之间成为名人，那些认识和不认识的人，都争着向我打听，希望我透露一些进展或内幕，仿佛这个遗址隐藏着一些与他们有关的某种秘密，每一个人都像做贼心虚的嫌犯似地混在人群里，偷偷地向警察打探案件的进展。

　　我感到自豪和兴奋的原因只有一个：在这次发掘中，我们与其说是枯燥无味、食古不化的考古专家，不如说成了心思缜密、抽丝剥茧的便衣侦探。而解开这个文明的秘密也确实如同侦破一件陈年悬案，紧张而又曲折。

　　一切缘起于我在古玩市场的偶然闲逛。刚看到那件又黑又小的物件时，我以为是店主随手在地上捡起来压住宣纸的普通石头，但仔细端详，才发觉它非同凡响。这个小物件类似于捣蒜石杵，却又细到经受不住冲力；说它是缝针，却既无针眼又上下同粗。使劲揉搓之后，发现它原来底色深黄，可以肯定是出自较远的年代，而且经过精心的打磨；在放大镜下，竟然可以依稀辨认出末端的细缝里有类似人体皮肤的组织残留。出于职业的好奇，我把它买下之后便开始仔细地研究。由于在史料里找不到任何线索，我只能从材质和产地入手，最终确认，这种叫大黄的独有石材只出产于一个叫形下的地方。

"石头是这儿的石头，但这玩意儿倒从来没有见过。"胡须斑白的老汉耷拉着眼皮，只瞅了一眼，就打发掉来者，又低头忙活脚下的粮食去了。"这种石头我们这儿现在也不常见了。"田头的后生停下手中的活计，端详着石杵，迟疑地说。他也同样低垂着双目，不敢直视，不知道是出于对陌生人的拘谨，还是来自天生的腼腆。"不过，在后山采药时，我倒是在顶上见过一块大一点的石头。"这后一句话成了我们在形下村走访所获得的唯一有意义的线索。

但它也就此揭开了一段遗失文明的帷幕。在披荆斩棘爬上山头并挖开泥土之后，我们发现那块大黄原来是某种建筑的巨大石柱，棱角工整，雕刻细腻，显露出非同凡响的工艺，预示着古老却先进的文明。我们激动无比，扩大范围，继续挖掘，终于把庞大却已倾圮的形下遗址完全暴露了出来。面对着数量繁多的石制容器和工具，我们无不惊叹于它们设计的巧妙和雕工的精美，花纹细腻繁杂，构图对称工整。挖掘清理工作由其他同事接手之后，我和学生们便开始抽丝剥茧，研究起这个文明，试图寻找出它发达和没落的线索。

有很多谜题困扰着我们。比如世界各地的不同文明一般都建立在离水较近的冲击平原上，这里也有一条较大的河流，但不知为何形下人却选择聚居于高高的僻窄山顶，而不是宽阔的山脚或者不远处的一片平原。既然山势已然如此的陡峭和耸拔，为何还要把下山取水的道路修建得如迷宫一般曲折复杂呢？但更让我们吃惊的，是压在石柱之下东倒西歪的人体残骸。他们的眼窝同任何已知人种的眼睛结构都完全不同。上眉骨异乎寻常的突起和脖颈处近乎病态的弯曲，无不表明形下人的眼睛只能俯视脚下，而无法仰望天空。在收集了成百上千具的骸骨、并发现所有的眼窝和脖颈都如出一辙之后，在场专家们的意见出现了严重分歧。文化派断定，这很可能是形下文化以低眉顺目为美，长期俯首帖耳所形成的生理病变，眼皮浅这个俗语很可能就是由此而来。这些专家后来又被戏称为后生派，他们举出缅甸和非洲长颈族的例子，来说明文化对身体的长期影响。而生理派则坚定地认为，文化可能会造成脖颈的弯曲，但低垂的眼帘无论如何也不会形成如此明显的眉骨突起，这些解剖特征更多地指向这个种族的不同生理构造。相应地，持这类观点的学者们又被戏称为先天派。

既然无法达成一致的意见，一时也难以找到说服对方的证据，我和学生们便把精力转移到对类似石杵的寻找上；可惜在整个遗址的轮廓和地基都发掘完毕之后，我们依然没有找到同样的东西，连一块碎片也难见踪影。面对无数支横七竖八的箭镞和被扒拉得沟豁纵横的灰烬，我们感到有些不解，也充满了绝望。看起来这个种族及其文明葬送于一场战争和大火，奇怪的是在山顶之上并没有发现一具敌人的遗骸。我突然想起了在附近走访时听到的一个古老传说。

很久很久以前，山顶之上住着地灵，云彩里住着天神。地灵选择离群索居，既不去关心帮助地上的布衣百姓，也不去敬拜祭奉天上的诸神。这引起了天神的愤怒，指责他们目光短浅，自私自利，只知吃喝享乐，不愿格物致知。天长日久，天神们终于忍无可忍，撒下天火，把地灵和他们的宫殿烧成了灰烬。有一些地灵逃了出来，躲进山下的洞窟里，天神便轰响天雷，震塌了洞口，要把他们永远地封死在里面。

山洞里的地灵挖呀挖呀，可是挖开多少石头又塌下来多少石头。他们只好向天神求饶，还扣出眼珠向他们献祭，保证再也不会只贪图眼前小利，再也不会只注视脚底不仰望天空了。天神最终选择了宽恕，在绝望的地灵们改造了眼睛之后，打开洞口，放他们逃生去了。

难道还有另外一支居住在洞穴里的形下人？天火一说倒是与遗址里已经挖掘出的大量灰烬比较相符，虽然我们专家的意见是大火来源于山下攻击者的弓箭所携带的火苗。村里没有一个人知道这附近有什么洞穴，但我们自然会有办法。经过连续几晚对蝙蝠的跟踪，我们终于找到了半山腰上的一个隐蔽洞窟和形下文明的第二块遗址，也就此得到了山顶之上那些令人困惑的谜题的线索。洞前坡地的挖掘发现了大量短兵相接的利器，和无数不同于形下人眼窝的骸骨；洞内残留的同类石杵和精美壁画向我们讲述了这个文明的一段隐秘历史，也揭开了他们的一个最大秘密。

原来，洞窟的主人确实是来自山顶之上的一个分支。自古以来，形下人一直认为水是他们的最大威胁，脚下河堤的崩溃是天塌地陷般的噩梦；但有很多人并不认同，他们相信真正的敌人是火，灭顶之灾只可能来自头上的天空。因为受到排挤和打压，这些异见者索性分道扬镳，在山腰上建立了自己的部落。他们白天在外劳作，夜晚睡进山洞。为了防范天空，他们还有意地改造双眼，以便能随时向上了望。他们用一种麻线把上眼帘穿吊起来，系住发髻；又打造了精致的石杵，一端用来削锉眉骨，令其扁平，另一端用来敲打颧骨，令其突起，如此便可把眼珠衬托上去。经过世世代代、日日夜夜的努力，这些形下人的双眼终于可以翻动上扬，看见了太阳和白云，月亮和星星，但也看见了如飞蝗般飘向山顶的箭火。他们知道那是形上人在攻击自己的同胞，便与来敌拼死相搏，却不幸最终惨遭屠杀。

如今，有十几把品相上乘的石杵就摆放在形下博物馆里作为常年的展出，但我淘到的编号为零的那一件仍旧充当着我的镇纸，躺在我的书桌上。在我的学生们还没有解开剩下的谜团之前，我是不会把它上交给国家的。作为我入土为安的献祭，我希望他们能够找出躲在洞穴里逃过一劫并留下那些珍贵壁画的形下人的去向，或者至少找到如今成为了另一个谜团的形上人的遗址，我确信，他们的后代就活在我们这个星球上；我担心，那天空的流火会突然再次降临。

十三、以嘴为天的囚徒

当那些脑袋上除了一张大嘴、没有任何其他五官的人群围上来时，宫知博士正在田间为自己唯一的母牛接生。小牛犊不安分地向这个世界晃动着沾满了血污的屁股，以此来宣告自己的降临，而头却卡在母亲的产道里。当眼睛的余光扫到那些大嘴时，他一时有些恍惚，以为自己正在做一场噩梦，但牛犊的后退踹了他一下，才让他猛地清醒，内心的恐慌瞬间从每一根竖立的汗毛里逃逸出来。想要逃回身后的山洞，已然来不及了；但愿他们不会认出我来，他想。这些家伙对于异类从来都是心狠手毒，恨不得一个个赶尽杀绝；当年能够侥幸逃脱，与其说是由于自己机智，不如说是因为他们愚蠢。

"真新鲜嘿，你看那个小牛崽子不去妈妈肚子底下吃奶，却咬着她的屁股喝尿。"他听见其中一个家伙叫道。

"愚蠢！一看就知道是那个小崽子追妈妈跑得太快，一头扎进她的屁股里了！"另一个沙哑嗓子驳斥说。

说话间，一群人已然来到了面前，又都一起吃惊地叫了起来："飞裆猿！"。这是大嘴族对所有那些没有嘴巴的异类的统一蔑称，因为相比于自己的温顺和服帖，那些没有嘴巴的人类都是莫名其妙地难以管控，不守规矩却热衷批判，其实他们就是一群散漫而又叛逆的猴子。宫知博士明白，此时的处境非常凶险，他决定即使被折磨致死，也要紧闭住隐藏在下巴下的嘴巴，一旦开口，就会死无葬身之地。于是，他举起沾满了鲜血和屎尿的双手，在空中划了两个圆圈，然后摇了摇头，又垂下双臂在下面画了两个圆圈，上面的一大一小，下面的一小一大；告诉他们，他宁愿被送进监牢承受菊花从小变大，也不愿像他们一样接受头脑由大变小。

"什么意思？嘲笑我们只会吹泡泡是不是？"站到他面前、沙哑着嗓子发出厉声质问的好像是他们的头儿，"说！你是不是在讽刺我们！你这个没有嘴巴的异类！"

"头儿，他没有嘴巴不能回答。"

"废话！我说了他没有嘴巴！我还不知道猿猴不会说话吗？来，你就比划一下，跟我们说，你刚才是不是在讥讽我们？拍一下手，表示不是；拍两下，表示是。"

宫知博士看了他们一眼，使劲地拍了两下，手中的血水溅得到处都是，有的甚至飘到了他们的嘴里。"头儿，他说不是不是。"一个黄牙马上点头哈腰地向领导讨好说道。

在领导和黄牙说话的刹那，宫知博士看清楚了他们的口腔，对几年来一直困惑不解的谜题顿时有了一些线索。

三年前，第一次遭遇到这些异化的同类时，他还误以为这是一群僵尸，在偷听了他们的谈话之后，才大致推测出他们是"光兄"的喽啰。"光兄"的称号来自于他那句"我就是光"的口头禅；另一种说法是，"光兄"并不是某个人，而是一个个手背上刻着"党"字的黑帮。虽然对他们早有耳闻，但那一次落到他们的手里之后，他才真正地意识到，无论是在思维方式还是在思考内容上，他们与自己都是迥然不同。在被他们那些大嘴生吞之前，他侥幸地逃脱，之后便一直在远离都市的山洞里研究大嘴的成因和后果。他知道，思维和语言是一枚硬币的两面，思维无非是外向语言的内化，因此，语言也构筑了思想的边界。通过刚才对他们口腔的观察，他明白了，语言还会实质性地改变人类的五官，会形成一口永久吞噬了头颅的深井。而他们的大嘴之所以无一例外地占据了整个脑袋，可能是长期浸润在某种噬脑的话语之中，被它的话术所害。他为自己的这个发现感到高兴，同时又觉得有些悲哀。以前，他一直以为这些大嘴是形成于他们对吃喝的执着和贪婪，现在才知道它们原来是一口口语言的深井。看来，他们已经完全适应了这种异化，只能从这口井来评判他人、了解世界，甚至从井底不动的青蛙演化成了可以带着这口井四处远游的旅客，因为今天找上门来的大嘴们说着电视里才有的那种字正腔圆的调子，完全不同于本地的方言，他们只可能来自遥远的都市。

"虽然你没有嘲笑我们，虽然你同我们一样都是人类，虽然你甚至是我们的同胞，但你是异己分子，无异于活在我们信仰之外的猴子，所以我们还是要把你人道消灭。来，把这只飞裆猿的脑袋给我撕成两半！"头儿招了招手，两个喽啰马上一左一右揪住了博士的耳朵，就要行车裂的酷刑。正在这时，小牛犊啪的一声掉到了地上，它终于将自己的头颅从娘胎里解放了出来，急着站起来想要仔细地看清这些人和这个世界，却踉踉跄跄地总是又摔倒在地。宫博士使劲一甩，挣脱了两个喽啰的双手，赶紧上前一边处理母牛那仍在流血的产道，一边安抚有些惊慌的牛仔。他小心地把蒙在牛犊眼睛上的胎衣剥离，小牛终于可以稳稳地站立了，也不再那么慌乱和焦躁。博士忽然有了一个主意。他转过身来，对着头儿打起了手势，又指了指小牛，拍了拍它的屁股和嘴。

"他说新生的小牛崽子虽然也像我们一样有张大嘴，但它却不能在前面说话，只能从背后放屁。"黄牙又开始为头儿翻译起来："这只猿猴还说，他要做一场法事，来消灾祈福，让小牛崽子转邪归正。"

"嗯，把这只猴子处死之后，水牛母子我们都是要带走的。现在就洗礼，也好，也好。让它皈依正统，那是再好不过了，不然可惜了它们的嘴巴。"头儿一边说，一边先跪了下去。

宫博士就着血水和尿液，把撕成了碎片的胎衣一片片蒙在一张张大开的嘴上。在蒙到第三张时，他想起了小时候目睹赤脚医生治愈癔病的见闻。那时自己只有七岁，一个叫常时的赤脚医生下放到了村里，母亲领着生活可以自理但智力如同幼儿的叔叔去请他治疗。常医生仔仔细细地做了检查，问母亲，病人是不是一直活在自己的世界里，别人觉得不正常的话语和行为，他却习以为常，还说脑子里住着一个马神，他一切都得听神灵的。母亲连忙说是。"这是一种常见的叫'胎形失忆'的认知障碍症"，常医生说，"治疗其实也不难，只要把浸泡过童子尿的黑纱布蒙住他的耳朵和嘴巴，坚持两个月，症状就会有所改善。你也不用把他带来，我每天去你们家做就行了"。当初，自己之所以决定学医并远赴海外读取博士，正是受到了这次经历的影响；现在要用同样的方法来治疗这么多同样症状的井族病人，他觉得无比自豪，不禁昂起了头颅。

"嘴巴嘴巴！他他他有嘴巴！"有人突然尖声叫道。原来宫博士昂起头时，下巴处隐藏的小嘴露了出来，正好被最后一个正跪在地上准备接受胎衣的大嘴看了个清楚。所有人都像被蛇咬了一般跳将起来，他们扔掉嘴上的胎衣，把博士围在了中间。

"原来不是飞裆猿，倒是个精巫，一个精神受到了污染的疯子，装得还挺像。"头儿好像并未因为受到愚弄而非常生气，相反却有些高兴。"来，把他的小嘴给我撬开！"

在舌头被他们用绳子穿孔拴住，并牵着走向不远处的水井时，博士想起了一个笑话。一个男人下了班回到家，刚进门就看到老婆在打孩子，他没有说话，径直走到厨房，添了一大碗鸡汤，喝了个饱，然后回到客厅，见老婆还在教训儿子，便很生气，说，他还是个孩子，犯了什么错，你这么不依不饶地非要把他打个屁滚尿流的？老婆没好气地回答，我好好地熬了一锅鸡汤，他却偷偷地往里面撒尿！宫博士觉得自己就是那个纠正无知孩子的妈妈，现在却被爸爸拽着舌头，好像自己才是犯错的人。

井族的头儿领着一众喽啰，牵扯着犯人，很快便来到了行刑之地。"来，在推进去之前，先念诵一遍给他超度的经文！"宫知博士站在井边，听到"…紧紧围绕在…周围"时，觉得这口圆井与这句经文真是再贴切不过了，砖石一圈圈紧紧地围绕在一起，砌成了这口深井。他探头向里面看去，不禁大吃一惊。井底浅水的倒影里，他的嘴巴明显地开始扩大，几乎爬上了下巴。在几个钟头前见到这些大嘴时，他觉得今天只有两个结局，不是你死，就是我亡，却没有想到还有第三种可能·自己会被困在一口井里，而且正在变成他们的一员。

十四、抑郁时，我们正塑造着人类的未来

收到小雨的电话，我非常地惊讶，大学毕业已经十年有余，她从来没有回复过我的任何一封邮件或短信，更让我讶异的，是她此时竟然在用一种哭腔跟我说话："中子，谢谢你这十几年来一直默默地喜欢我，对不起，我从来没有给过你任何回应，恐怕以后也不会了。我希望下辈子可以爱上你。谢谢你。"

我一下子有些懵，怔了一下，小心地问："小雨，谢谢你打电话给我。你能告诉我，发生了什么吗？"

小雨没有说话，过了好一会儿，我听见她开始抽泣，然后咕哝着说："没什么，我就是有些不开心。"

我觉得事情可能没有她所轻描淡写的那么简单，便问："那你跟爸爸妈妈或者妹妹聊了没有？"

"我已经给所有的亲人都留下告别信了。只有你，我想打个电话说一声，因为我忽然觉得，这么多年来，我那么对你有些残忍，你内心肯定也非常痛苦。"

"爱一个人只有快乐，怎么会痛苦呢？"我尴尬地试图遮掩自己差点夺眶而出的泪水，赶忙岔开话题，继续问道："你心里不开心已经很长时间了吗？就是这几天还是已经超过两个礼拜了？"我曾经在一个心理医生那儿做过一次抑郁症测试，其中一个判断标准就是忧郁的时间跨度是否超过两个礼拜。当听说她处在这样的状态下已经有两年多时，我的

心就像胃酸返流时引起的绞痛一般针扎似的难受，我可以想象在这么长的时间里她该受着怎样的煎熬，又是如何撑到现在的。

　　"小雨，在你走之前，可以帮我一个忙吗？我的内心隐藏着一个秘密，一直想亲口告诉你，但从来没有得到机会；还有，我很想给你看一样东西，它现在就在我家的后院里，所以，我希望你能跟我见一面。可以吗，小雨？"电话那边没有回应，只有抽泣声在渐渐转弱。"好吗？小雨，就算我求你了！或者就算你对我这么多年来单相思的一个补偿？"我的本意是让她离开现在所处的环境，而且我觉得她迫切需要一个可以信赖的朋友好好地谈心。

　　等了一会儿，见小雨还是没有出声，我继续说道："这样吧，你现在好好睡一觉，我一会儿就把明天一早的航班定好，发给你。"我知道抑郁的人一般都有睡眠障碍，便又说："等你躺倒床上后，告诉我，我会陪你一起入睡…好了吗，现在请你闭上眼睛，把嘴张大，使劲吸气，像青蛙鼓起下巴那样憋住十秒，然后把所有吸进去的气从鼻子里缓慢地释放出来。好，现在再把所有的注意力都放在鼻尖上，跟着我一起感受呼吸在慢慢减弱，鼻尖在慢慢虚化、消失…。"

　　尽管几乎一夜未眠，但第二天早上在机场接到小雨后，听说她在飞机上打了个盹，我还是感到非常高兴。"既然你已经睡了一觉，那就直接陪我去看一场线下演出吧！"我说，"反正也顺路，回家正好经过。"

　　这是一个我比较喜欢的脱口秀演员的巡回演出专场，当我们找到座位时，他已经在台上渐入佳境："我非常爱我的前女友，她也很爱我，但她养了一条德牧，每次我去女友家，这个家伙都用情敌特有的那种仇视目光盯着我，让我心里很是发毛；每次跟女友亲热时，我们都必须带上耳塞，因为把它关在门外后，它还是会大声地嚎叫，把门抓得哗哗地响。有一天，我又到了女友家，她说先去冲澡，我和那条德牧就那样大眼对小眼地对坐着，我觉得今天说不定可以把它关在阳台上，于是就打开了阳台的门。但它一点也不知趣，还是坐在那儿盯着我，动也不动。我看见茶几上有几个苹果，便顺手拿了一个，往阳台上一丢，没想到这一招非常管用，那条健壮的德牧刷地一下冲了过去，我本来想着趁它跑进阳台就赶紧把门关上，没想到阳台上的一个窗子是开着的，苹果也被我不偏不倚地扔向了那扇窗子，等我意识到时，狗狗早已不见了踪影，而且我此时还想到女友是住在二十四层。没大一会儿，我的前女友裹着浴巾，擦着头发，走了出来。她乜斜着眼睛看了我一眼，又转了一圈，问道：'我的牛牛呢？'我坐在沙发上，不敢看她，嗫喏着回答：'呃，亲爱的，你知道，我懂一点心理学，我觉得你的狗狗最近好像有些抑郁…。'我前面说了，我非常爱我的女友。被她甩了之后，我痛不欲生，决定一了百了，索性学着那条狗狗结束一生，这样我的前女友就会知道我有多么爱她，乃至要用同样的方式为自己的错误赎罪。于是我走上阳台，打开窗子，犹豫了很久，最后终于下定了决心。刚爬上窗台准备往下跳，忽然看见对面楼上挂着一副长条标语，上面写着：请勿高空抛物或向窗外丢弃垃圾。作为一个受过高等教育并遵纪守法的高素质有成就的文明公民，我决定还是遵守社区规定为好，而且我也不想自降身价。既然不能跳楼，我就想先去图书馆借一本关于如何自杀的书，看看别人都是怎么做的。图书管理员听了我的询问后，用一种怀疑的目光盯着我，说：我可以把这本书借给你，但你能保证亲自把它还回来吗？……"

散场之后，我开车带着小雨回家，"我想让你知道，我带你来看这场脱口秀，并不是想逗你开心，其实你也没笑。我只是想让你认识一下这个哥们，他是我的好朋友，你可能不知道，他以前曾经重度抑郁，后来好不容易走了出来。即使现在，你看他在台上活蹦乱跳、把观众逗得前仰后合的，每次演出结束后，他都会一个人躲在一个黑暗的角落里呆上一会儿。用他的话来说，抑郁不会在欢笑里消解，只是被欢乐隐藏；抑郁源于存在的本质，因而只有另一种存在才能将它消融。"

小雨没有吭声，她端坐在副驾上，直视着前方，动也不动。等红灯时，两边的司机好奇地看着我们，他们一定觉得我们这对小两口是在闹别扭、打冷战。为了缓解尴尬和沉默，我打开了音乐，正好是"感觉还行"（Phil Good）的一首老歌"一切都会好起来"（Everything's good）：

老实说

我内心深处也有过萌动

想要成为更好的自己

为此我曾接受过治疗，但收效不愿再提

儿时以为长大之后

我一定会大有作为

没错，我是说

我以前觉得长大之后

自己一定会大有作为

但我并没有如妈妈所愿变得聪明

因为我没有像朋友们那样考上大学

现在甚至没有一个子儿来付租金

不过一切都会好起来，嗯，一切都会好起来……

进了家门，我发现小雨稍微放松了一些，便让她给我当帮手，一起做顿午饭。当我们肩并肩在厨房里忙活时，我谈起了大学里的诸多往事，入学第二天新生晚会上的青涩和尴尬，第二年班级出游途中的兴奋和惊险，第三年同学间恋情的猜疑和嫉妒，毕业前操场草坪上一起躺着看星星时的各种叫喊。自始至终，小雨只是听着，没有插嘴，也没有情绪的起伏。吃饭时，我敬了她一杯红酒，感谢她过来与我见面。"我有好长时间没有跟一个女生单独吃饭了，在这个屋子更是从来没有单独接待过一个女生。"我说，虽然情感空白，但事业还算有所成就，当然也遭受了不少挫折和挑战。我跟她分享了工作中的一件臭事。一次上班时，因为赶时间不想在一个所有领导都参加的会议上迟到，匆忙中踩到了路边的一泡狗屎，整个鞋帮上都是，我使劲跺脚，想把它们甩掉，结果更糟，双腿裤脚上粘得大一块小一块，又臭又恶心。到了公司，我赶紧躲进厕所，想把鞋和裤子擦洗干净，但这是我当天早上犯的第三个错误，那些狗屎团子被水稀释后，抹得到处都是，整条裤子和球鞋愈发地难看，也更加臭不可闻，当时有个同事刚推开厕所的门，马上被熏得退了出去。会议就要开始了，我的脑子冷静下来，想着对策，是请假逃避还是就这样勇闯大会？最后我决定把长裤和运动鞋都脱下来，丢进垃圾桶里，然后借了邻座女同事的一条毯子，像穿了一条裙子一样去参加会议。当同事和领导们看见我如此着装还神色淡定、大摇大摆地走进房间时，都愣住了。我跟大家打了声招呼，解释了上班路上还有刚才厕所里的故事，所有人都盯着我，很快他们爆发出哄堂大笑，人事处的一个同事笑着说：我还纳闷我们什么时候招了一个印度员工呢！那一天，我成了公司的名人。后来我想，如果有一天我踩上了人生的狗屎，我还会那么机智、淡定和坦然吗？

　　小雨忽然开了口，这是我们今天相见后直到现在她说的第一句话："你昨天说有一个东西要给我看，现在可以吗？我今天还要赶回去。"作为答应的条件，我昨天给她定了当天往返的航班。我一边快速收拾碗筷，一边回答："这就去看，你不用着急，返程航班是晚上的，我们还有一整个下午。"然后，我带她去了后院。外面阳光灿烂，一走出屋子，就有一种心旷神怡的感觉。以前，每当心情不好时，我就喜欢坐到院子里，闭着眼睛享受阳光的抚摸和温暖。院子里还有一口不大的池塘，里面有几只金鱼和两座莲花。刚站到水边，一只貌似青蛙却又更像是蛤蟆的小家伙就游了过来。我转身对小雨说："你看，这就是我想让你看的东西，它叫蛙王子思壮。"小雨往池塘边靠近了些，弯下腰，仔细地盯着它看，我的小精灵浮在水里，也睁着一双大眼睛看着她。"这是我的好朋友，叫小雨。"我学着小雨弯下腰，对它说。

　　走出院子，是一条两边开满了野花的乡间小道，我和小雨一边散步，一边跟她说起了思壮的故事。它本来是一只漂亮可爱的青蛙小王子，平时我只喂它一种从宠物店买来的蛙食，但一个月前的一天，我有些心不在焉，把吃剩下的一颗红豆随手放进了它的嘴里。第二天我吃惊地发现，它的身体肿大了一倍，而且浑身长满了疙瘩，一夜之间，从漂亮的小王子变成了让人起鸡皮疙瘩的癞蛤蟆。我非常地内疚，觉得它肯定是食物过敏了，赶紧带它去看了医生。它现在的样子已经好多了，当时那叫一个恶心和难看。医生说，只要每天坚持吃药，再过两个礼拜，它就会恢复原貌，又变回漂亮的小王子了。医生还说，它的药与我的是同一种。早晨我带你认识的那个喜剧大师当年也是得益于药物才走出困境的，一开始他很抗拒，但医生告诉他，抑郁症看起来是精神问题，其实是神经传导的小故障，所以只有药物才能有效地治疗。

"没想到青蛙也会过敏，而且症状跟人一样。"小雨接过话茬说道。

听见她终于愿意多说话了，我真心地感到高兴，便从路边摘了一支虞美人送给她，说："是啊，有时候我就想，也许这世上本来没有什么癞蛤蟆，它们其实都是对食物或环境过敏的青蛙，而且因为没有得到医治，所以一直不能变回原貌。我很佩服这些小生灵，你看它们经历了这么大的变故，却没有任何的委屈或自卑，依然自在地活着。人的一生总有那么一段必须闭着眼睛走过，可你看这些小生灵，什么情况下都是那么依然故我；看着它们，我总是想，这就是存在的本质，这就是自然的面目。"

肩并着肩与小雨走在阳光明媚、鸟语花香的小道上，我忽然生起一种冲动，想拉起她的手，或者搂住她的腰，但我终于还是忍住了。见她欲言又止，我鼓励道："你想要说什么吗？"她微微地摇了摇头，轻声说："没什么。"我看了她一眼，说："嗯，我就是喜欢跟你说话，你要是也想说或者不爱听，可以随时打断我。还记得我朋友早上说的那个笑话吗？他骗前女友说她的狗狗最近有些抑郁，从生理学上来说，那倒真有可能。这世上的动物有千万种，但能够抑郁的却是屈指可数，狗狗便是其中之一。生物学家们认为，智人是由古猿进化来的，但最近《自然》杂志发表了一篇重磅文章，结合神经学、心理学和考古学，认为这只进化成人类祖先的古猿竟是抑郁症患者，说那个古猿的头骨明显显示出抑郁的痕迹，并推断出，这个古猿可能是被群体排挤，或是其他的什么原因，导致她的思维更加深入和持久，乃至产生了大脑结构和容量的改变，具有了人类的特征，这也从侧面解释了为什么并不是所有的古猿或猩猩都进化成了智人。在读这篇大作时，我马上想到了另一篇文献，说抑郁症患者的大脑神经一般要比普通人多出来高达百分之二十，这导致他们的思维更复杂，内心也更痛苦。我当时想，难怪很多推动了人类文明进步的著名科学家和艺术家都曾遭受过精神的煎熬。也许情绪波动甚至精神痛苦比如抑郁都是源于我们肉体的进化不足，是我们的社会和身体有时适应不了我们的非常规思维，这就像用离合换档的老式汽车，一旦离合与油门配合不当，汽车就会抖动乃至熄火。如今汽车完全自动化了，我们在换档时只管踩油门就行，再也不用去操心什么离合的事，我相信在不远的将来我们人类的大脑和社会也会进化到适应那些多出来的神经。也许，这个全新的人类说不定就像七百万年前的那个古猿进化成智人一样也是从一个抑郁的人进化出来的呢。"

"我们往回走吧！"小雨一边把玩着虞美人，一边说，"我挺喜欢听你说这些的，但我不想让你送我去机场时着急开快车。昨天你还说要告诉我一个秘密，现在我可以知道了吗？"

"本来我是想在你上飞机前告诉你的。但现在说也好。"我停下脚步，向她靠近了些，把十几年来一直深藏在心底的那个秘密悄声地送进了她的耳朵。

听完之后，小雨看了我一眼，与我拉开了一点距离，但我看出，她的嘴角露出了一丝不易察觉的微笑。

十五、我那光荣、伟大却错误的一生

　　虽然尚未进入而立之年，漫长的人生才刚展开，但我已经感觉到，我这一生必定是光荣而又伟大的，因为每一天我都把我们肖家村的荣誉作为自己的荣誉，维护肖家村的利益胜过自己的利益，服从肖书记的指示当作自己的信念。我的这种自豪感从未动摇过，直到梅家找上门来。

　　其实梅家就是一个破落户，虽然它也算一个大家族，以前更是方圆百里的首富，但现在已经大不如前了。与它发生冲突早在我们预料之中，毕竟这么多年来，我们肖家同它和它的那些狐朋狗友一直纠纷不断。我那时尚在求学，不能亲自上阵，但多年的集体教育告诉我，无论在什么年龄，无论是哪个岗位，我们都能为我们肖家村作出自己的贡献。我第一次领悟到什么是集体的荣誉和自豪，是在六年级时我们村造出了大炮竹的那一天。

　　我记得，早晨刚入学，校长就站在门口，一改往日严肃刻板的嘴脸，满面笑容地迎接我们，说今天所有的课程都改为村史教育课了，下午还要带领全校师生观看我们村即将改变历史的一个伟大成就。我们所有人都紧张而又兴奋地期待着下午的到来，坐在校后的山坡上，我们远远地翘首以待。听说书记会在试射场亲自观摩，所有人的心情都格外地激动。傍晚时，三道火光直冲云霄，我们兴奋地蹦啊跳啊，大声地欢呼，手掌都拍红了，脚底板也被地上的石子膈得生疼，但我们的心中只有自豪。校长说，我们村炮竹的飞行高度已经超过平流层了，应当与人造卫星和太空站位于同一个高度，就是说，只要书记允许，我们村已经可以发射卫星甚至太空站了。为了庆祝，学校第二天放假，我们几个死党约着一起到后山去放炮竹庆贺。我们放的当然不是村工厂制造的成品，那些太贵，买不起，但我们可以把小毛竹的竹节掰下来，将纸揉成一团，塞进去，点着了，然后扔到空中，那些竹节就会噼噼啪啪地爆炸开来。一整个下午，我们都在后山玩得不亦乐乎，几乎把竹林里够得着的枝桠都给掰没了。就在我爬到肖马青的肩膀上，准备去够更高的竹枝时，肖武茅气喘吁吁地跑了上来，大声喊道：快快快到街上集合去去去批斗肖誏国，他他他又在放炮了，竟然说我们的家族英英英雄肖河雄是是是个大罪人！

"他妈的！"我一听就心跳加速，头脑发热，张口骂道："这个崇洋媚外的傻逼，我肖分宏今天非把他裤子给扒下来，看看他有什么卵球，敢这么横！"

这个肖誏国早就与我们不对付了。他仗着老爹在外面做生意跑江湖见多识广，从外姓那里听来一些胡说八道，就经常拿来怼我们，说这段历史是错的，那个说法是宣传，村书记不能成为土皇帝，等等，简直是臭屁不断，满嘴喷粪。我们今天一定要跟他做个了断，不然就对不起我肖分宏的名声，也对不起我们书记的威望，更对不起我们家族英雄肖河雄的在天之灵。当年，老书记的儿子肖河雄烈士为了保卫我们家族，冲在打斗的最前面，不幸在韩家被殴打致死。这个肖誏国王八蛋竟然说他上前线是为了捞取政治资本，被打死只是因为他偷吃了一只鸡蛋，简直是个吃里爬外、十恶不赦的叛徒！

到了街上，看见那个大傻逼还在兴致昂扬地跟人说着话，我们就气不打一处来，上去几脚就把他踹翻在地。小伙伴们有的踢头，有的跺肚子，我则专门负责他的那张破嘴，几砖头就把两排牙齿给敲掉了，嘴也被我打得成了猴子撅着的红屁股，看起来真是可笑极了。出于给他留条小命的怜悯，我把不知道是谁踢飞的又臭又脏的布鞋塞进了他那没有了牙齿和嘴唇的窟窿里，不然就凭他那汩汩往外直冒的鲜血，不等吃晚饭，恐怕就要上天见他祖宗去了。收工时，我们当然不会忘了对付阶级敌人的另一个专政手段，捣毁了他店铺里的物品，然后一把火烧了了事。

回到家，天还没黑，家里人还没有收工，我们几个小伙伴依然情绪高涨，鸡屁眼儿嚷嚷着饿了，从怀里掏出来一盒桶装方便面，就那样干嚼起来。我当然知道他丫的是从哪儿拿的。我自己倒不觉得很饿，平时饥一餐饱一顿早就习惯了，厨房里还有早上吃剩的锅巴和昨天活剥兔子皮剩下的一点肉放在碗里，但我一点也不想吃，现在满脑子转的都是刚才激动人心的场景和充满了成就感的无比自豪，根本轮不到肚子来叽里咕噜。当这种饱满的情绪一直持续到一个月后的游行打砸时，我才知道今天对一个内贼的批斗只是一场对外寇的更大历史胜利的预演。

不知什么原因，我们肖姓一族祖祖辈辈都有聋哑的遗传病症，不管是哪一代，生下来大多是哑巴，即使可以说话，也多多少少是个结巴。古代时，我们吃够了各种中药，到了现代，我们又试遍了所有西医，结果还是无济于事。就在我们感到绝望、以为这是我们肖姓家族的绝症时，欧家村的一个药厂研发出了一款新药，专门治疗说话口吃。欧家药厂在我们村大作广告，电视上狂轰乱炸，墙壁上四处张贴，让这款叫做"消解粑"、形状像蒿子粑粑的神药一下子变得家喻户晓。也正因为人人皆知，它的真实面具才能够被人民群众的火眼金睛识破，露出其真实的险恶嘴脸。原来欧家研发这款药物并不是真的想要治疗我们的口吃，而是变着花样来羞辱我们。"消解粑"就是骂我们肖姓一族都是"肖结巴"，这是要把我们所有姓肖的人都打上结巴的丑恶标签。更可恶的是，"消解粑"又同"小鸡巴"谐音，这是对我们整个肖家村的人格羞辱。这些解读绝不是无中生有，你想想，欧家要是真心地来替我们治病，他们为什么不悄无声息地给我们吃药，而是大张旗鼓地营造声势，生怕其他族姓不知道我们肖家的这个隐私似的呢？

听说了欧家的这个羞辱阴谋，我义愤填膺，二话不说带领着小伙伴们上了街，正好碰到其他几支队伍，我们合并一处，一下子显得声势浩大起来。我们高喊着口号，咒骂着欧家的男女老少，见到正在播放"消解粑"的电视，就把它砸掉；贴了广告纸的墙壁，就把它推倒；正在卖这个粑粑的药店，就把它捣毁。我们的队伍浩浩荡荡，一路排除险阻，高歌猛进，终于抵达了最终的目的地：肖家村中心医院。我指挥队伍兵分多路，每一层都必须有一个小分队负责盘查，对于那些服用羞辱药的同胞，绝不手软，一定要让他们通过血的教训彻底明白，族群的荣誉大于家人的健康，集体的自尊高于个体的荣辱。

　　搜寻到第九层时，我和小伙伴们的手已经被血染红了，便想找个地方洗洗，不成想走进了女厕所。这女厕所就是比我们男人的漂亮，光滑的墙壁和明净的地面居然比我们家的厨房还要光鲜亮堂；探头探脑地打开所有的隔间看了一会儿，我们不禁都有了尿意，于是行动一致地掏出了家伙，挤在同一个小隔间里，围着马桶滋滋滋地方便起来。我看了一眼对面的肖武茅，不禁有些恨铁不成钢，骂道："难怪那些外姓讥讽我们小鸡巴，你看你，也不争口气，稍微长那么长一点！"肖武茅哼哧了半天，才说："我我我我不短！"一边说，一边拽着他那还在滴水的玩意儿，把它抻得老长。其他几个就像也怕我骂似的，有样学样，个个用手指把命根子往前拉着，弄得我都不好意思，害怕拖了集体的后退，也对着他们，将自己的鸡鸡拉拽起来。我们互相比试着，看谁拽的最长，渐渐地，我们都硬了起来。忽然，一丝莫名的快感涌上心头，一股乳白色的液体喷射而出，滋了肖武茅一身，但他没有责怪，其他人也没有嘲笑或说话，没大一会儿，小伙伴们都或远或近地射了出来。我觉得，这是我们今天庆祝革命胜利的最好方式，也是我们抗议行动的高潮。

　　一整个夏天，我都在观察和思考。通过在村工厂里打工，通过每天收看电视和阅读报纸，我觉得自己更加成熟了，对我们村的现状和未来也有了更好的了解。我的看法是，我们村这些年来取得了明显的进步，这正说明了我们村书记领导有力，方向正确。当然肖家村也存在一些不足，有一些不好的现象，这更加说明我们需要书记的领导，让他带领我们一起慢慢地发展进步。不管现状怎么样，你如果认为我们肖家村不好，那你怎么知道外姓不是更烂？我们的炮竹都可以飞到天外了，外姓哪一家可以做到？我就算有时候对村领导失望，也不会无故产生外姓外村就比我们好的想法。我个人乃至我们家当然还不算富足，收入较低，房子很小，但我觉得，当个人的生活充满了艰辛、无奈和毫无希望时，只有参与高大的、神圣的事业才会让自己得到升华，忘却当下的不幸。更不要说，有很多困难和挑战都是外姓捣的鬼；更不要说，书记他们操心的都是大决策，是书写历史的大事件，根本就不应当被我们这些柴米油盐、鸡毛蒜皮的琐事分了心、拖了后腿。

暑假过后，进入了高中，学习一下子紧张起来，这对于我来说不算什么，我不能忍受的是一些老师的教学方式，还有他们的一些歪理邪说。昨天在上历史课时，我就差点同老师打了起来。当时学的是土肥革命的章节，说的是我们肖家村第一任老书记如何领导村民们推翻地主老财的罪恶统治，建立新乡村的革命事迹。老师讲着讲着，就贩卖起了私货，竟然说，土肥革命是老书记和他的帮派的成功，却是肖家村人民的失败，因为他用胡萝卜和大棒控制了村民的大脑，从此肖家人失去了独立思考的本能和批判思维的权力。

我把书本往课桌上使劲一拍，抗议道："丑化老书记就是丑化我们肖家村。你说的这些歪理邪说来自书本的哪一页哪一段？教科书里如果没有，那你就是偏离了教学大纲，就是在放屁。我们就有权不听，就有权举报你！"

老师看也不看我一眼，只是在讲台上低着头踱步，说："我说的这些书本上当然没有，我之所以说，只是想让你们意识到，我们其实活在一个扭曲的时空里。"

"扭曲的时空？什么意思？"我看了一眼邻座的肖马青，他也很茫然地看着我。

"如果我们得到的信息是被过滤被修改的，我们的眼界是被限制被遮蔽的，而我们的视野也只局限于吃喝拉撒的当下，不能抵达显示历史大势的未来，那我们的时空就是扭曲的。"

"你说的那个扭不扭曲跟我们平民老百姓有什么关系？我觉得我们肖家村现在挺好的。"我又看了一眼肖马青，想要确认在他的眼中我肖分宏并没有装怂认输。

"当然有很大的关系。在这样的环境里，我们只能以自己被限制的眼光来看待自己，但一个人一个家族一个社会要想取得真正的进步，这个人这个家族这个社会就必须具备完整的视野，更要学会如何用外人和外姓的眼光来审视自己。生活在扭曲的时空里并不可怕，可悲的是我们被剥夺了批判性思考的能力，不能看出这种扭曲，一直以为我们的乡村才是最好的，我们是最聪明的，可实际上，别人的思维和武器已经超出了我们好几个维度。我们每天都在呼吸空气，但你知道，这个空气可以成为炮弹杀人吗？河对岸的梅家就在做这样的试验和研究。"

"那个破落户梅家？他们要是能把空气变成炮弹，那我们就能把河水铸成利剑！"说完，我得意地笑了，肖马青和班里我的其他小伙伴们也都哄堂大笑起来。

一年之后，当我们真的与梅家打起来时，我想起了这堂课，想起了老师看着我们笑时的无奈眼神。

随着全球气温的急剧上升，每年夏天，我们都会遭受洪涝灾害。这一年的夏天更是千年一遇，所有的农田都被淹没了。洪水退去之后，我们发现，湍急的河流把我们农田里的肥沃土地都冲到了对岸梅家的田里。土地是立身之本，如果不把那些沃土运回来，我们肖家从此就失去了粮食自给；我们今年不行动，要是明年洪水把我们的屋子冲到了对岸，我们甚至会无家可归。所以，无论从哪方面考虑，我们都必须去把属于自己的东西拿回来。书记一声令下，我们搭桥的搭桥，铲土的铲土，开始忙活起来。还没有把一只箩筐装满，梅家的精壮汉子们就把我们围了个结实，说那是他们的土地，谁也不能动。我们把对岸只剩下沙砾的肖家农田指给他们看，说这些黑土本来就是我们的。他们的村长竟然说，你们的土地怎么会过河跑到我们的田里来？它们早就被水冲走了！书记与他们交涉良久，最后的协议是，我们只能挖河堤内侧的土壤，外侧的一粒也不能动。虽然河畔内测的土质与沙子无异，但毕竟人在屋檐下不得不低头，谁让那些狗日的梅家汉子们乘着交涉，把我们好不容易搭建起来的简易桥梁给拆了、让我们没有了退路呢？

当天夜里，书记把我们肖家老少再次组织起来，乘着夜色，我们悄无声息地把河堤外侧梅家农田里的所有黑土都挖了出来，装满了几十艘渔船，来回倒腾了七八趟，直到公鸡打鸣，方才得胜回朝。我以前说过，我们的书记绝对值得我们信赖，他深谋远虑，早就料到梅家不会善罢甘休。我们按照他的指示，不敢松懈，没作任何休息，早饭也没吃，赶紧把所有的冲天炮沿着河岸一字排开，只要敌人胆敢渡河来抢肥土，我们就会用这些炮竹送他们上天。果然，当晨光映照下的肖家山阴影爬上我们的后背时，梅家的汉子们也站在了对面的河堤上。他们站在那，静静地看着我们，中间好像是他们的村长，手上提着一个黑色的小箱子。我们就这样对峙着，谁也不说话。我的肚子咕噜噜地直叫，提心吊胆地紧张忙活了一夜，早饭也没来得及吃，现在感到有些精疲力竭。书记深知民心，他决定先下手为强，悄悄地传令，点火放炮。我颤抖着双手，闭上眼睛，点着了引信。

当我再次睁开眼时，发现自己正衣不蔽体地挂在山顶的一颗枯树上，我认得这颗树，它是在去年冬天被一个干雷劈死的。我不明白自己如何来到了山顶，又为何挂在了这颗死树上面，更不记得在这之前发生了什么。我忽然想起了历史老师的话，他说梅家的科技可以把巨量的空气压缩到诺米级弹丸里，其杀伤效果如同宇宙的奇点大爆炸，威力惊人。难道我们就是被这个气泡弹毁灭的？我努力保持着身子不动，以免掉下山谷，只是小心地扭转脖子，看向我们的村庄。高耸的山顶和巍峨的树木让我的眼光像雄鹰一般锐利深远，我看见肖家村所有的房屋都已荡然无存，只有书记家的墙壁还依稀可辨。我之所以认定那是书记家的墙壁，并不是因为上面还有两个字让我想起了曾经醒目的标语，而是他的屋子曾是我一直梦想进入的地方，我了解它的一砖一瓦。最接近于登堂入室的一次是去书记家吃喜酒，我交了自以为足够让书记高兴的份子钱，却只能坐到外面靠近大门的一桌，可以听到屋内贵宾席的谈笑。就在我悲愤绝望，想要跳下树枝，去追随同胞们的在天之灵时，忽然看见一条大蛇正从书记家的残垣断壁里缓慢地飞出来，它好像受了重伤，挣扎着想要升得更高，但尾巴就像被什么东西缠住了一样，怎么也不能摆脱。难怪有天夜里我偷摸到他家屋后，想要向内窥探时，却发现一张好大好长的蛇皮从屋檐一直延伸到后山的洞里。我闭上眼睛，开始回忆自己的一生，想象着肖姓一族的命运。我忽然又想起了老师的话，似乎明白了他的用心和所指。我改变了主意，觉得自己不能就这样死去，我肖分宏要好好地活下去，作为肖家村的唯一火种活下去，而且就活在山顶的这颗树上，赤身裸体，眼光敏锐。

十六、史嬷嬷的儿子喊了声妈妈

　　因为受够了各种流言蜚语，也为了解开心中的疑惑，华为来决定暂缓学业，回家同父亲作一次推心置腹的交谈，希望他把所有别人的和自己的疑问都解释个明明白白。

　　华家是在地球的另一边，回到家里已近黄昏。推开院子大门，他看见熟悉的庭院依然小桥流水，优美如画。池塘里的莲花开得正旺，几只蜻蜓已经停留在藕叶上，准备栖息；华为来记得，如果是在白天，清澈的水面上可以看见它们的倒影，随着微风的拂动，它们长长的尾巴会高高低低地晃动，与水中的倒影偶尔衔接在一起，犹如在同自己交尾一般。横穿莲花池的九曲长桥打扫得干干净净，小时候，每一天他都会在这上面玩耍，熟悉到闭着眼睛也可以自如地行走，但此时，它让自己想起了此前同父亲的所有谈话，同样的扭扭曲曲，遮遮掩掩。发现了这种关联和比喻，他不禁有些暗自神伤，并一下子记起了五岁时的一件往事。

　　那一天，他正在花园里追逐蝴蝶，却发现，有几个人颤颤巍巍地正从外面试图爬上围墙内的一颗榆树，伸出墙外的树枝早已光秃，他们爬上来可能是为了采摘这一边尚且茂盛的叶子。他们慢慢地爬上几步，就停下来，喘着气，然后够着树枝，把上面的叶子胡乱地塞进嘴里。他吃惊地看着，不知道他们为什么要吃叶子，正要告诉他们旁边有一颗树上有好多桑葚时，一个人扑通一声掉了下来，摔在墙内的石板小道上，紧接着，又有一个人掉了下来，摔在他的旁边，两个人哼唧呻吟着，没大一会儿，就挺着气球一般的肚子，不动了。此后几天，更多的人爬上墙边的不同树木，也有更多的人掉下来，或摔在院外，或死在墙内。父亲在假山边上挖了一个大坑，只要有人掉下来，就捡起放到坑里。有一天晚上，他偷听到了父亲和嬷嬷的对话，说外面有什么饥荒，爬树的人会越来越多，这一段就把孩子关在屋子里。第二天吃早饭时，他问爸爸，什么是饥荒。"饥荒嘛…"爸爸咳了几声，"就是老天长期不下雨导致干旱，结果粮食颗粒无收，老百姓没有饭吃。"畏惧于父亲平时的威严，他没有继续追问，心想，这些老百姓要是有我们家院子里的天气就好了，因为这里隔三岔五就下一场雨，害得自己都不能出去玩儿。

当听到身后有人说话时，华为来才意识到自己站在了假山下的坟包前："你回来不向我问安，却先到这里祭奠与我们无关的死人？"

"我也不知道怎么会来到这里。"他没有回身，缓缓地回答，"或许是因为小时候我一直非常疑惑，你为什么只把掉在院里的人捡到坑里，而不去管死在墙外的人。"

"我们没有出去捡拾那些死在外面的人，是因为那些活着的还需要食物，但这些食物我们并不需要。"

华为来转过身，面对着父亲，虽然在昏暗的路灯下，看不清他的眼睛，但他依然保持着直视的姿势："在去外地读书之前，我一直以为我们家不同于那些布衣百姓，我们之所以没有饿死，是因为我们家的天气都与外面的不同。但后来我听说这些千万冤魂之所以饿死是另有缘由。"

父亲低下头，开始往回走，"当然，也有外姓逼迫的原因。你知道那些外姓对我们一直是虎视眈眈，从太爷爷那一辈起，我们华家就从未安宁过。"

　　开门进了堂屋，香味扑鼻而来，透过厢房餐厅敞开的房门，可以看见圆形餐桌上已经摆满了各式各样的山珍野味。"说到外姓，我有着更多的疑问。"华为来一边挪动椅子坐下，一边接过父亲在花园里的话茬，生怕他又转移了话题。"在我出生之前，我们同夷家发生了械斗，你说是你同他们作了殊死搏斗，最后身受重伤，但还是把他们赶出了村子。可我听说，你当时并不在家。"

　　"当夷姓一族找上门来时，我正好在家，只不过同管家有些意见不合，他把我推出了门外，让我赶紧外逃。虽然我最终还是离开了，但我一直在外围同他们抗争，回来后，更是以命相搏，这才保住了家园。"

　　"在外求学时，我结交了很多朋友，其中就有同我们家发生过瓜葛的几个外姓，他们都说，是管家一直在拼死抵抗，甚至牺牲了自己的孩子。等到夷家成了强弩之末时，你才回来的。"

　　"简直是一派胡言。那些外姓对我们家从来都是虎视眈眈，他们的狗嘴里会吐出什么象牙来？你难道宁愿去相信仇人，也不愿意相信你亲生父亲？"

　　"我当然愿意相信你，但他们给我看了一些你当时与夷家来往的信函……"

　　父亲没有说话，夹了一些菜放到儿子的碗里，"这都是我让史嬷嬷做的你小时候最爱吃的海鲜和野味，你不想尝尝吗？"当然，在外求学，他已经吃腻了西式快餐，每次肚子咕咕叫时，他都非常想念家里的这些美食。但此刻，他不知道自己为什么没有一丝胃口。"既然你不想吃，那我们就去书房谈吧。"父亲一边站起来，一边向厨房里喊道，"嬷嬷，你过来把菜收一下，自己也在后面吃些东西。"华为来没有动，看着史嬷嬷一瘸一拐地慢慢走了过来，不太合身的衣服五颜六色，与她的年龄和身份完全不符。从小时候记事起，他就知道父亲喜欢这么打扮史嬷嬷，给她穿上各种他觉得好看的衣服，戴上他觉得可以彰显自己作为华家主人威严的首饰。长大后，他曾经问过父亲，他回答说史嬷嬷本来就是任人打扮的小姑娘。"一切真历史都是当代史，所有好奴仆都是韭菜花。"说完，他摸了摸儿子的头。华为来觉得这句话有些无厘头，却又非常深奥；在结束今天的谈话之前，直到现在，他仍然感到困惑不解。

书房位于屋后藕塘边的另一侧厢房，整齐的书架排满四壁，直抵天花。华为来知道，这些装帧精美、封面统一的全集都是父亲赖以立身的经典，也是华家族规的依据。全集的对面是父亲的著述，更是汗牛充栋。在出国读书前，自己曾经问他，为什么要写这么多；父亲的回答是，皇言是一种非常特别的古老语言，要解释清楚它的任何一个字符，都需要皇言里成百上千个其他的字符来加以佐证和修饰。华为来环视着这些书籍，忽然想起了以前一直想问却不敢开口的问题："我们家所有房间的墙壁上不是书，就是家规和你的各种警言，为什么没有一幅我们的全家合影或者我们的单独照片？"

"每一年每一天都有人死，也有人生，人的生命是短暂的，但家训和信条却不会改变。"

"我依稀记得还有一个哥哥，他也死了吗？"

"你这个哥哥前前后后经历了很多场风波，我已经不记得他是死在哪一场了，先是因为露富而被夺了财产，还要被殴被打；接着又管不住自己的嘴巴，让他畅所欲言，他就出口伤人；最后又不诚心接受家人和朋友的教育和改造。也许他生来就是死的命，我们每帮助他一次，他就死一次，不是心死，就是身亡。"

华为来走到窗前，看见藕塘里，白天似镜面一般光洁明亮的池水在夜色下却黑如墨汁。他记得小时候喜欢用一根树枝去搅动底下的淤泥，看着好多泡泡冒出来，有的还发出啪啪的脆响，便高兴地拍起手来。有一次父亲发现了，夺过树枝，使劲抽打着他的屁股，骂他不懂得欣赏上面莲花的美，却热衷于闻底下淤泥的臭。那时他已经有五六岁了，第一次顶嘴说，那你怎么不去打旁边的河水？每次下大雨，他们就冲进来，也会把藕塘的淤泥翻上来！自那以后，父亲就在藕塘和小河间筑了一道高高的堤坝。后来，上了大学，读到"一切权力都是飘着莲花的池塘，只有搅动起来，才知道底下隐藏着脏臭无比的淤泥"时，便一下子想起了儿时的这段往事。

"老爷，包子好了。"史嬷嬷打破了沉默，在门外喊道。这是他们家的固有习惯，晚上喜欢吃韭菜馅儿的包子，而且把这称作宵夜。闻着包子的特有香味，还有嬷嬷的熟悉腔调，华为来的记忆一下子复活了。他的脑中浮现出一幅清晰的画面：自己被嬷嬷抱在怀里吃奶，哥哥把正在吃的包子递到自己的嘴边，逗着他，看会不会接受诱惑丢掉乳头。他伸出小手，一把将哥哥手中的包子打掉了。这个画面把他在外面读到和听到的所有线索连到了一起。原来史嬷嬷正是用乳汁喂养自己长大的亲生母亲！那个同夷家打斗身负重伤的管家是自己的亲生父亲；眼前的这个男人才是真正的管家，他谋害了哥哥，摧残了母亲，夺取了庭院，一直在用谎言遮蔽真相、涂改家史。

看见华为来喊着妈妈，跟她拥抱在一起，管家知道自己正在失去对这个家庭的控制，而这是他最为恐惧的。"你知道，我做的一切都是为了华家的未来！"他站到母子的背后，嗫嚅着："你知道，那些外姓仍然对我们虎视眈眈，我们必须牢记血仇大恨，必须……"

华为来松开妈妈，替她擦去眼角的泪水，转过身，直视着眼前这个自称为父亲的男人："这正是我一直在寻找我们家历史真相的原因！不理清和明白过去，我们就只有欺骗和仇恨的现实，而没有智慧和友爱的未来。虚假的历史教育不出诚实的后代，仇恨的宣传培养不出阳光的子孙。现在一切都明白了，我们华家与其说是被外姓所害，不如说是被内贼所毁；从今往后，我只希望我们的新管家能做好自己的本分；作为华家的未来，我也不想活在愤怒和扭曲的心态中，只想看清历史的方向，平和地对待所有人，过上睿智和诚实的一生。"说完，他再次紧紧地抱住了依然被打扮得花枝招展的妈妈，一边擦拭着她的泪水，一边安慰道："从明天起，你再也不是任人打扮的小姑娘了。"

十七、北斗是条小蛇

　　我知道这一天迟早都会到来。在说出离婚两个字时，我的感觉是释然，但同时也充满着深深的内疚。表面上，争吵的线索是我受不了公司领导的虚伪和欺压而选择愤然辞职，实质上，我明白它是源于我内心里的那条抑郁小蛇，它一直在我的骨髓里游走，如今已逐渐盘踞了整个大脑。无论是在工作中，还是在家庭里，我总是试图扮演好自己的角色，但对人性的失望和对世事的悲悯往往让我难以合群。别人在我的眼中都是那么地自私和庸俗，而我在他人的眼里是个孤僻的怪人。在几乎同时说出那两个字后，我和妻子都吃了一惊，慢慢冷静下来。我敞开心扉，把大脑里的那条小蛇展示给她看。彻夜长谈之后，我们拥抱在一起，一致同意，我的精神疾病有恶化为反社会人格的危险。作为治疗手段之一，她同意我每个月有一个周末可以去邻省的高山上离群索居，禅修净心。

　　我为这个安排感到高兴。内心里，我明白自己是个理想主义者，过往的每一个经历都被我打磨成人生望远镜的一段，用来时时检视自己，也审视他人。现在，我要在山巅之上、在夜深之时把它的镜头放到深不见底的夜空里，或许可以借用星光的映射，将抑郁稀释为麻木，将绝望解脱成虚无。选好地址、撑起帐篷之后，我坐在山坡上，看着身边五颜六色的花儿自在地绽放，形态各异的蝴蝶翩翩飞舞，还有很多叫不出名字的昆虫忙忙碌碌，一整个下午，我就坐在那里，四周没有一丝声音，但我能听出大自然的脉动和呼吸。

夜色降临之后，无数的星星在漆黑的幕布里显露出来。宇宙是如此地深邃和浩瀚，身处其中，我们这个星球显得如此渺小、如此无足轻重，甚至不如大洋里的一滴水或者海滩上的一粒沙，而我们人类还有我们自以为波澜壮阔的思绪和惊心动魄的心斗，在这个无边无垠的宇宙里都变得那么可笑和不足挂齿。我就那样躺着，凝视着夜空，想象自己失去了身体，而精神融入了星云。我决定用一个小小的仪式，一步步一件件把我这一个月里的所有思考和所有观察都投射到银河之外的星空里。我引导着那条小蛇缓慢地爬出，帮助它攀附着月光升入空中，渐升渐远，如同一条飞龙，消失在星星间的黑暗里，不见了踪影。

将近午夜时，我正盯着天边一个忽明忽暗的光点出神，突然听见一种奇怪的声响，我扭过头去，惊讶地发现不远处有一只金黄色的狐狸正保持着直立的姿势，一边对着远方做出作揖的模样，一边发出嘤嘤的怪声蹦跳着行走。我的毛发一下子竖立起来，但慢慢地好奇心战胜了恐惧，便决定远远地跟着，想看看它到底所欲何为。在跨过一个山谷，来到对面一座大山时，我猜想着附近是不是有它的洞窟，忽然脚下一绊，接着啪的一声脆响，我吃了一惊，差点摔倒，回头想看看发生了什么，却见到一个黑影快速地向这边跑来，等它到了跟前，我们俩都同时吓了一跳。我们都没有想到，在这荒无人烟的深更半夜会有另外一个人出现在这里。试探着互相了解之后，我才明白，刚才绊倒我的是这个叫大 Jue 的家伙设置的捕兽夹子，好在我并没有成为他的猎物。我问他的名字是觉醒的觉，决然的决，还是抉择的抉。他说哪个都可以，反正在这座山上没有重名的顾虑。

　　大决长发披肩，胡须杂乱，给我的第一感觉像是个野人，但没想到这位自我定位为智者的修行人会有如此先进的天文观察设备。我随着他来到山顶，看他如何利用这些仪器观察并记录天象。这是你的职业还是你的爱好？我问。他没有回答，反问道："你知道人的智力在出生的那一刻就被决定了吗？后天的勤奋只是让你努力去达到它的阈值，有些人不用刻苦天生就比你聪明。人类的很多社会行为其实也是这样被先天的基因就暗中决定了。"看我有些迷惑，大决跟我讲起了他来到这座山上离群索居、夜观天象的缘由。

　　我以前是研究社会学和心理学的，他说。我们并肩坐在有些凉意的石头上，俯视着远处的灯火和星光，此情此景让我突然生起一种小时候在屋外纳凉时听爷爷讲故事的错觉。但大决所说的并不是故事。在梳理一些案件和分析罪犯的心理时，我被一种叫做无缘由犯罪所困惑，它不同于激情犯罪，或者冲动犯罪，更不同于有预谋犯罪。所有的嫌疑人都说，他们自己也不清楚当时为什么会突然升起一种要伤害无辜对象的念头，只知道脑子里有一种声音，说"把她推下去"，或者"捅他"之类的教唆。我也有过这样一次经历。有一天我走在路上时，对面的一个家伙猛地撞了我一下，然后若无其事地继续往前走，好像什么也没有发生似的，看也不看我一眼，非常地莫名其妙。我知道他是故意的。我后来的想法是，人的很多社会性疾病如反社会人格其实植根于其自然性，或者说，人的自然性被很多社会性遮盖了，就像恋爱不是因为你心里喜欢女孩子，而是你的身体到了发情的阶段。所以，我很想离开社会，来好好地研究人的自然面目，因为即使是那些有缘由有线索的案件，不管是出于情杀、仇杀、财杀，还是来自更复杂更隐蔽的政治或宗教谋杀，人作为一个智慧和情感动物，为什么会产生并接受这些影响，而作出灭绝人性的事来，其背后的根基一定来源于人之为人的原始种子。当然，这并不是唯一的原因。我对那些摧残人性的工作也失去了任何兴趣。有时候，我想，我们就是街头艺人手中的猴子，我们尽力表演以换取那可怜的食物。我们卖命地工作，也无非是为了那一点点工资。所以决定彻底地解放自己。我们正处在人类文明的一段黑暗期，放眼世界，都是小丑当道，奸人为政。如果你不能阻挡冬天的到来，那就退而求其次，选择做一只候鸟，飞往温暖的远方。

我没有说话，只是在想，他的心路历程倒与我的内心纠结似乎有某种相通之处，但又找不出它们是在何处交叉、在何处缠结。不知怎么地，我想起了爷爷以前在回忆大饥荒时对我说的话："那一段日子，家里养的那条小狗已经瘦成了皮包骨头，一天到晚摇晃着尾巴跟在我屁股后面，我能看出来，它满脑子的念头都是：主人怎么不吃肉、不给骨头了？怎么现在每天只有一顿与浑水无异的稀粥了？其实它不知道，我的脑子里一直在转的是要不要把它打死吃掉，以免自己饿死。"

你看那北斗七星！大决指着天空，似是问我又似是自言自语。古人说它们是一把舀酒的勺子，但你不觉得那是造物者画在天上给我们所有人看的一个大问号吗？问号的背后是一些深不可测的黑洞，我想一探究竟的就是我们人性的黑洞。我一直对那个有名的明安人性实验很不以为然，认为明光建和安灰全那两个教授打着研究人类自然本能的旗号，强行把两个双胞胎私生子从医院里抱走，又让他们在与社会完全隔离的环境里成长，长大后，又人为地制造两个人在种种不同情景下的相遇，来观察他们在没有社会性污染的条件下会显示出什么样的自然本能。我觉得，他们的那个实验还不如我对天体的观察，因为我们所有动物都可能是来自太空。我们大脑里的神经节点就像布朗运动里的那些微粒，或者天上这些无数的星星，无时无刻不在跳动、不在闪烁。我们自以为自己控制着思维，在休息或出神时，我们自以为自己的大脑是一片空白，其实它们仍然在暗中独自运转。

　　下山回家之后，我总是想起大决，想起他的那些厚厚的笔记。一个月过去了，又到了该上山的周末，妻子看见我没有动静，好奇地问我是不是病了，我摇了摇头。那你为什么还不出发，不然天黑了就无法上山了，她说。我没有回答，默默地拿起剃刀走进了厕所。等我出来时，她依然不安地等在厕所的门口，我低下头，把光秃秃的脑袋展示给她看，不知道她是否依然记得当初关于里面那条小蛇的对话。

十八、冒火的中指

"请听好，我再说最后一遍，保持住你的视线，千万不要眨眼，更不要有片刻的犹疑，不然眼前的一切都会瞬间消失，你也将重新回到酒池肉林的俗世。请记住，稍有不慎，映照出天机的火光就会反噬自身，让你死无葬身之地。"

我屏气敛息，不敢有丝毫疏忽，顺着觉星中指上的火苗向上看去，只见天空的圆穹慢慢地像是被利剑划出了一条很短的白线，又像是冰顶被融化成一个窟窿。我忽然有一种开了天眼的错觉，透过穹顶缝隙，宇宙的诸般联接犹如蛛网一般清晰呈现出来。"你想看看尘世吗？"话音未落，我就看见了一条残垣断壁的街道，一个人正在疯狂地奔跑，试图摆脱后面人群的追杀。我觉得那个可怜猎物的背影非常眼熟，但还没有等我看出究竟，天眼关闭了，穹顶恢复了原先的形状和颜色。

"你还想成为我们的一员吗？精神的自由可以让你肆意地探索宇宙的奥秘，但也会让你看见人世的血腥和残酷，虽然那都是真相。"觉星是一位天人，他把天眼的开启和意念的纠缠称为精神的自由和思想的交流，但我知道他们这个圈子有着不同于我们这个世界的术语和规则。天人是我们这些俗人对他们的尊称，其实他们是虽有躯体但只以灵魂活着的人。我接触到这个群体完全是一次幸运的意外。

那段时间，我对人性乃至人世充满了绝望，作为一种治疗，每个月的某个周末我都会独自登上邻省的高山，在那儿禅修冥想，去意净心。一天晚上，我正躺在山顶，看着遥不可及却又近在咫尺的繁星，眼神忽然迷离起来，意绪仿佛离开了肉体。我感到自己好像有了一双可以透视一切的眼睛，每一颗星星都清晰可见，每一户人家都失去了隐私。我看见一对夫妻在激烈地争吵，身旁的幼女拽着爸爸的裤腿嚎啕大哭；我看见包间里两个面红耳赤的官员在交头接耳，桌下的文件箱里是成叠的钞票。"悲观的双眼只能看见悲伤的世界。"我忽然听见脑子里有一个陌生的声音，"这是你第一次离体神游，是吗？"我未置可否，因为我不知道是谁在跟我说话，也不知道他同我搭腔有何用意，但他好像看穿了我的心思，"一个孤单的灵魂在神界漫无头绪地游荡，是无力且渺小的。其实你根器可造，若奋发精进，再有所成，就可以加入所有其他的灵魂，一起探索宇宙的真相，看透生命的未来。"接着，他谈起了他们这个群体的来历。原来他们以前同我一样也是些对世界反感厌恶的俗人。"但是，当你跳出那个物质的坑井，能够俯视那些蝇营狗苟的众生时，当你摆脱肉体经济的束缚，可以同其他灵魂自由地交流时，你就会明白，人性是人类自由精神的一个必然部分，而且它可以是美好的。"

"肉体经济？这倒是一个挺新颖的词。"我回道，与其说是好奇，不如说是调侃。

"对，肉体经济。人类的一切活动最终都是出于肉体的需求：吃喝拉撒，穿戴住行，听看娱乐。人们每天忙忙碌碌、勾心斗角，不是为了满足生理，就是为了讨好心理；即使是那些所谓纯粹的人，高尚的人，打着推动人类文明进步旗号的人，也会为了五斗米折腰。为了肉体的满足，他们甚至会用灵魂作交易，而灵魂本来只能用于交流。所以，很多时候，为了保住或争夺自己所处的那些利益，他们大多喜欢用屁股决定脑袋，因为他们只能看见也只在意自己身居何处，不愿挪动屁股去设身处地为他人着想，更不能驾驭灵魂傲游他途。"

听起来好像有些道理。也许我对人世的厌恶和绝望，正是因为看到了太多为一块腐肉你死我活的争夺。那些所谓的艺术，还有那些似乎与金钱无关的发明，无不是为了争夺利益，并最终满足生理和心理的肉体宿主；而人类文明的进步，也只是让我们以凡身之躯活得更好的代名词而已。

"你刚才说，如果我再有所成，就可以加入你们。那我该如何奋发精进呢？"我问。

"每日用灵魂而不是脑袋或屁股思考，再加以离体练习，必然会让你脱胎换骨。你可以从离体反视开始，再到神游远眺；从离体之魂的被动俯视，再到主动巡游。一般的步骤是反视自身，到反观他人，再到涵盖万有。那时，你会感到自己如渠水入海，落叶化泥。毕竟肉体经济都是拘束被动的小生存，而灵魂交流是自由主动的大自在。"

"那么，你那根竖起的手指还有上面的火苗又是怎么回事？我也需要练习吗？"

"当你的灵魂可以稳定地离体傲游之后，当你能够看见权利狡诈邪恶而又无处不在、众生可怜可恨而又难以唤醒之后，你的中指就会自然而然地竖立起来。至于火苗，如果你的灵魂进一步升华，总有一天，你会发现，所有人世的五颜六色都开始变得稀薄透明，然后一个巨大的泡沫呈现出来，你会猛然醒悟，原来我们一直活在其中，原来我们思想自由的深度竟是泡沫的边界，这时你的觉醒会自然地变换为一簇灵火，你会从烧破的泡沫里涅磐重生，从此在自然的本性里自由地翱翔。知道可以竖起中指已经是不错的觉醒，而修炼出火苗并烧破泡沫，才是智者能做的事，可惜俗世的尘民只会用大拇指来点赞那泡沫里的彩虹。"

三年之后，当我不仅可以透视一切，而且也能像觉星一样预知未来时，我才明白，在我们相遇的那一天，他为什么不愿意把那个追杀事故完整地展示出来，因为那个夺命狂奔的主人正是我自己。以下是我所看见的自己的命运：

最后的篇章起始于一个熙熙攘攘的农贸市场，我站在一块案板之上，拎起一片肥肉，目不转睛地凝视着它，片刻之后，它化为一滩脏水漂浮在半空之中。我又对着这滩脏水缓缓地吹气，渐渐地，一个晶莹剔透的水泡膨胀开来，并迅速笼罩住了市场里的所有人。正当我举起右手，要施展最后的招法时，一个人眼疾手快，一把扣住我的手腕，将我的右臂拧到了背后，同时训斥道：走！跟我回去，爷爷让你回家！我认出了来人是我们的大哥，还未等我开口，看客们嘈杂愤怒地叫了起来：哎，抓他干嘛？他的魔术还没玩完呐！大哥头也不回地嘟嚷道：等他玩完，你们也都玩完了，谁都不会有好下场！

大哥令牌上的爷爷是我们家的老祖宗，也是我们这个大家族的当家人。像所有的大爷一样，他老态龙钟，但威严犹在，即使是那些德高望重的姑父叔伯，在他面前也必须毕恭毕敬、低眉顺眼。家里事无巨细，无不要经过他的首肯。大哥像拎着小鸡一样把我往堂屋的地上一扔，长辈和晚辈无数的人围拢过来，七嘴八舌地开始痛骂指责。我们家枝繁叶茂，大多数的亲人我只认其面，难叫其名。一个大学生模样的后生大声地训斥道：你那破手指除了能在外面蛊惑人心，搞些虚假的幻象之外，还能有什么鸟用？能变出吃的来吗？我勉强抬起被按着的头，看着他：如果你理解不了虚拟网络的免费资源与实体世界的高昂物价之间的关系，那你就看不出我中指上火苗的意义。"看你还嘴硬！"大哥一边说，一边把我拖到了爷爷的面前。爷爷正懒洋洋地躺在床上，虽然他已经没有了当年挑担百斤疾行十里的威武，但举手投足气势犹存；虽然他也只有小学文化，但说出的话依然句句威严："你-的-手-指-怎-么-了？"我举起中指，让火苗烧旺起来，试图像觉星当初展示的那样，我要让他老人家知道有人已经识破了这个世界运行的秘密；但就在此时，刀光一闪，我下意识地旋转右臂，乘机跳将起来，从敞开的窗子跳了出去。我想起了当初没有看完的那个未来事故，此时我正像那个事故里的猎物一样在一条破败的街道上玩命地奔跑，回头看时，我惊讶地发现，我们家族的大屋正在熊熊烈火中燃烧，猜想着当时混乱之中很可能是我的火苗点燃了蚊帐。就在这惊诧之间，乌泱泱的族人蜂拥而上，把我打倒在地。我能看见的自己命运的最后一个镜头是我的中指被剁了下来，树立着供奉在爷爷的灵前。至于灵堂坍塌，中指石化，并成为支撑着大梁的柱子，那已是几代人之后的事了。

十九、裤子大对面的脑袋小悬案

劳代小学杨勉老师失踪案是当年轰动全国的一件罗生门，并最终随着其丈夫的意外死亡，成了至今仍然是众说纷纭的悬案。

劳代小学位于科技大学的对面，在分不清鼻音的当地方言中，它又被戏称为"脑袋小"，正好当作对面"裤子大"的陪衬。杨勉在这所小学教五年级语文，他的老公金毛是"裤子大"的著名生物学教授。五年前的一个深夜，他走进派出所，说自己的老婆杨勉失踪了。金杨夫妇在郊区有一幢面积宽敞、装修豪华的房子，但为了上下班方便，平时工作日他们都是舍远求近，住在"脑袋小"的教师宿舍里。警方在两所住处都进行了仔细的搜索和取证，除了宿舍楼前的摄像捕捉到了案发当晚她回家的身影之外，再也没有其他的任何线索指明她的去向。

在所有朋友和同事们的眼中，金毛杨勉夫妇是真正的一对模范夫妻，二人都是那么温文尔雅，一向相敬如宾，从未有过脸红或争吵。失踪的那一天，杨勉没有显示出任何不同寻常之处，她非常开心地下课之后，还约一个同事兼闺蜜第二天下班去逛街，因为附近有一家新建的商城开业了。金毛回忆说，杨勉那天晚上确实回到了家，两人一起做菜，吃饭，然后她去洗碗，他到卧室给学生们上网课，那是他为了赚外快私下接的一个活儿。但约一个小时的网课结束之后，他发现妻子不在家，一开始还以为她是吃完饭出去散步了，并没有在意，等到了睡觉的时间还是不见她回来，便担心起来，给她打电话，才发现她的手机和钱包都落在家里。

宿舍楼前的摄像显示，杨勉那一天晚上并未走出大楼。脑袋小的宿舍楼共有五层，只有一个入口兼出口，总共住了十五位老师和他们的家属，没有任何房间出租给外人。在询问和调查了所有住户，并对楼道上下仔细地勘察取证之后，警方还是把金毛列为了重点怀疑对象，因为他是最后一个见过杨勉的人。

专案组把调查力量分为三队。一队的任务是查明杨勉的去向，生要见人，死要见尸；另一队则是理清金杨二人各自的社会关系，婚前的男女朋友，婚后的线上线下交往等等；第三队着重于银行账户的资金流动，还有保险情况。但三个月下来，除了一些毫无实质意义的线索之外，案件没有任何突破性的进展。第一分队甚至把整个宿舍楼翻了个底朝天，连下水道都被开肠破肚清理了一遍，水表电表马桶等等更是拆了个七零八碎，最终还是一无所获。二队的人马倒是找出了不少类似于花边新闻的好料，但交叉核实之后，都被证明与案件无关。比如，几个月前，杨勉在校外取外卖时，被一个路过的小青年调戏，而那个流氓被扭送到公安局之后又被查出其他案底，所以至今仍然呆在号子里。还有，在大学时就一直暗恋着杨勉的一个同班同学一直与她保持着联系，案发以后，还在给她发送信息，但这个痴情郎一直生活在外省，案发时并未外出。相比自己的妻子，金毛的社交相对要简单纯洁得多，除了与郊外房子的租户之间关于房租和维修等联系之外，他的所有网络交流几乎都是围绕着学生和教学，他手机里的联系人加上同事们的担保确认了他是个单纯而又高尚的人。

但金毛最终还是以谋杀妻子的罪名受到了起诉，证据是他在公安局里接受审讯后签字画押的供词。根据这份供词，金毛爱上了租住在他们郊外房子里的单身女性，便计划除掉妻子，以便与自己暗恋的年轻女租户结合，证据之一，是他在案发前一个月发送给该女租户的信息，那条短信说虽然别人每年都要涨租费，但鉴于该租户年轻而又漂亮，他可以把下一年的租金每月降低一百元。法院审判的结果，是屈打成招的辩护未被采纳，金毛被判刑十五年。

不管警方的证词是否成立，法院的判决有无公正，如果没有后来的离奇转折，脑袋小案件也不会一下子成为轰动全国的一桩悬案。

就在金毛已经服刑三年、他的律师仍在为申诉奔走之际，省外公安成功比对上了杨勉的 DNA。这是一个女性流浪汉，她为了一个瓶子与另一位拾荒者发生了肢体冲突，被一位负责任的辅警带回派出所进行调解时，因为不能证明身份而留下了生物检材。被转送到劳代派出所之后，大家一眼就认出她正是杨勉本人，但对于她为什么会流浪到外省，而且变成如今这般神志不清的样子，还有她失踪的当晚到底发生了什么，警察们仍然是一头雾水，因为她对所有询问的回答都是驴头不对马嘴。

几个月后，在医生们的精心护理和治疗下，杨勉终于多少恢复了一些神智，对于一些简单的问题，也可以准确地回答了。而此时，金毛因为案情不明仍然被关在监狱里，对于关乎其自由和声誉的这么一个重大问题，杨勉的回忆是，当晚，他和老公一起做了晚饭，然后又一起吃饭。收拾了碗筷之后，老公要去卧室给学生上网课，而她准备洗碗。她一边走向厨房，一边接着饭桌上的话题埋怨了一句什么，然后她就感到脖子被掐住了，一下子喘不过气来，也发不出声。她感到自己就要死了，于是决定干脆装死，双腿使劲一蹬，头一歪，背后的人慢慢松了手，她微微睁开眼，看见那个人面容扭曲，青筋暴起，还未等她再看个仔细，就被他抱了起来从打开的后窗扔了出去。宿舍楼的背后是一条湍急的河流，她沉到水里，呛得头晕目眩，但终于又被急流冲上了水面，并幸运地抓住一根木头，漂到了外省。"

"那你当时看清了袭击者的样貌吗？是不是你老公？"

"那张脸挺狰狞的，我老公的脸平时很英俊。"

脑袋小悬案发生第三次转折是在金毛被释放回家四天之后，杨勉报案说她老公从后窗跳楼了。这一次，他并没有被水流冲走，遗体当晚就被打捞了上来。至于金毛为什么在获得了自由并与老婆团聚之后，又选择自尽，它是否与杨勉被袭一案有关，警方同当初调查他是凶手一样，也是毫无头绪，一筹莫展。

对于这起目前尚无官方定论的悬案，网民们争吵不休，各种评论铺天盖地，以下是一些节选：

"女的装疯卖傻，反杀成功，太聪明了。"

"男的绝对是凶手，不然也不会畏罪自杀。"

"如果男的真是凶手，那倒跟国外的一个案子很相似，忘了是哪个国家的了。"

"你说的是十五年前美国女议员杀夫案吧。如果说这两个案子有任何相似的地方，那就是它们都是案发突然又动机不明。那位女议员同老公也是模范夫妻，她本人更是深孚众望，知性理智，所有人都觉得她绝对不会是杀夫的凶手。但在那个案子里，警方掌握了确凿的证据，指向这个女议员就是凶手。女议员的辩护律师当时劝说她拒绝了检方的激情犯罪认罪协议，因为那样她虽然会获得减刑，但仍会坐牢。他做的是无罪辩护，邀请了一位心理学教授和一位动物进化专家作为证人，证明这位女议员行凶的那一刹那完全是动物本能的突然释放，是佛洛依德所说的本我的苏醒，是她的自我或超我所不能控制的莫名冲动，因而不应当成为定案的依据。"

"哈哈，谢谢楼上老兄的科普，其实人类社会区别于狼群或羊群的地方就在于，那些认为自己已经不是狼的，无非是觉得身上披上了一块羊皮；而那些把自己当作一条狗的，不过是可以从主人那儿得到一块骨头。可悲的是，就像狼披着再逼真的羊皮仍然是狼一样，对主人亲密如父母的狗一旦发了疯，就又成了狗。"

二十、性格的种子

　　经过锅巴和咸菜的十二年哺育，我跳出了农门；又经过四年勤工俭学的磨砺，终于完成学业，落户京城，伟大的首都，国人仰慕之地。

　　母亲开始在家唠叨：我家老二分到了中央，怎么天天晚上看电视，就是没看到他出来呢，一次脸也没露过。过年回来我倒要问问他。乡亲们抬头看了看四周的群山和上面屁股大的天空，也不知所以，但都会尽力地安慰：那他还能把你这老娘给忘了！中子可不是那样的人。他不在电视上出来看你，还不是想着亲自回来给你看看？带着儿子跟城里头的媳妇，大包小包见都没见过的稀奇玩意，来孝敬你。母亲的眼睛灿烂地笑了，两角的皱纹竖立起来，如同渐黄的枝叶，扶持着仍然噙含着露珠的盛开的花朵。听说他们那儿茅厕都比我们住的屋子鲜亮呢，母亲找回了自信，又诉说起来：地上墙上都贴满了瓷砖，又敞亮又光趟。手只要那么一按，就着了，不像我们家，拉的屙的还要储存着当肥料用，人家根本就不留，一股脑儿都用水冲走了。要讲我家老二呀，小时候我摸都没摸过他，不像其他几个，打也打过骂也骂过，对老二，我看的就是不一样。

　　母亲一生中养育了七个子女，独自把每一个拉扯成人，又操持着让其中的六个或嫁或娶，成家立业；然后，看着外孙和外孙女一个个相继出生，一个个被送到自己的怀中；再然后，便是最后的牵挂也是最大的寄托，家中男孩里的老二终于托祖坟发热的阴福，成了城里人，有了国家户口，当上了正经的干部。他爸还在世时，受够了他的打骂，谁让自己一口气生了四个丫头呢；观世音菩萨保佑，末尾终于添了几个带把的，他倒好，一撒手都抛给了自己。田分了，地包了，不像大包干时可以糊弄，现在都需要劳力，求爹爹拜奶奶，受尽了白眼和欺辱，以为这一辈子再也没有出头之日。谁知道老二倒知道争气，方圆百里就他考上了学校，轰动了山里山外，谁不知道我们老蒋家还有我这个老太太呢。总算挣回了脸面。老表嫂，你还不收拾收拾到你家老二那儿去到北京去？坐坐火车看看高楼！乡亲们总是这样劝叨母亲。

　　于是，我把她接了过来。内心中，在这个世界上，还有谁能替代母亲的位置呢。我尽力向她展示城市里的每一道风景，让她享受现代化的每一种便利。汽车，地铁，超市，电梯，公园，餐厅。但母亲渐渐地失去了兴趣，宁愿呆在家里，而且在家中，仍然像宝贝一样看护着我。小时候，我曾触电死过，但又被救了回来。如今，每当我摆弄电器，甚至开电视放音响时，她都会紧张地盯着，再三地叮嘱。同时她也满含着好奇，对吸尘器和影碟机、燃气灶和电脑几次都欲言又止。

　　那一天，我抱着脏衣服上搂，像往常一样借用同事家的洗衣机。衣服一件件地放进去，再加两勺洗衣粉，我忽然发觉母亲正站在身后，踮着脚，伸着脖子，聚精会神地窥探，不禁有些生气：妈妈，这是别人家！还不快回去，门开着不放心！母亲有些愧疚，红着脸下楼去了。见到她脸上扭捏尴尬的神情，我的内心突然升起一丝内疚。她，第一次来到都市的农妇，以前只是听说过这种机器，不用手搓，只须把衣物放进去就行了，但从来想不出，机器里怎么会伸出像人一样的双手，怎么会像在搓板上一样把衣服揉来揉去。而这一次，我的愠怒打破了她那一窥天机的梦想，而且这个梦想再也不会实现了。两个月后，我把她送回了老家。

　　每当一个人时，便可以静静地回想，而且会把内心里的隐痛放大。但母亲依然在山村里为我骄傲，依然喜欢向别人讲述她的人生已过大半才得以在京城体验的所见所闻，似乎对我那一次的粗鲁与不孝已遗忘得一干二尽。只是，当时她眼中的羞愧和脸上的尴尬成了一道抹不去的烙痕印在了我的心里。我曾在心中为她在京城的幸福生活作出诸多许诺，最后却以粗暴和伤害收场，每念及此，便会深深地自责。大学的教育单位的磨练都未能改变情感上的自私和性格上的粗鲁，它们已深入骨髓，而且，我也知道它们所来何自。

　　母亲随着头发转白也逐渐改变了话题，开始喜欢诉说我小时候的聪明与可爱了。但在我自己的印象中，那是完全不同的另外一段时光。我所记得的只有生活的艰辛和她的不同面孔，在我们面前往往暴跳如雷，而在干部来时则是那么地毕恭毕敬。我想起了小时候一次生病的经历。那时大概五岁，我发着高烧，一个人躺在家里冰冷的床上，忽然生起深深的恐惧。黑暗的房间里，窗外透进的一缕树影，地上跑过的几只老鼠，在风中吱呀作响的屋梁，一切都是那么地恐怖。我大哭起来，可着嗓门，希望招引大人们归来，陪伴我，抱抱我。母亲拖着泥腿被屋外玩耍的哥哥从田里叫了回来。她摸了摸我的头，忽然劈头盖脸地怒斥吼道：你嚎什么嚎！不就是发烧么，就这么大呼小叫哭爹叫娘的！你没看见我这一身泥水忙得腰都直不起来！你怎么不去死呢！

如今，每当我对自己的孩子发火，或者闭眼领受他们的怒吼时，我都会想起自己在楼上同事家里对窥探洗衣机秘密的母亲的指责，还有小时候她对我的打骂。原来沉默的基因和沉重的生活可以合谋，把性格的种子埋藏得如此深邃、如许之久。

二十一、凶犯大脑解剖记

　　高考结束了，本以为我们一家人总算可以喘口粗气，没想到又为报考什么学校和专业争执起来。我和老伴都希望女儿去学文科，毕业后可以更容易找到工作，比如去做公务员，最不济还能当个老师；而女儿下定了决心，要去治病救人，读五年医学。说实在的，医生是我们夫妻俩最不希望她去做的职业之一，原因当然有很多，比如工作要加班加点非常辛苦，医患关系紧张会有生命危险，收入不错但大多昧着良心，等等等等。正当我们在家里闹得鸡飞狗跳时，好久未联系的儿时好友大觉打来了电话，向我咨询国外一所大学的情况，原来他正在为他家公子办理出国留学的手续，而我曾在这所世界著名的学府做过三年的客座教授。"你打来这个电话正是时候！这样吧，"我在电话里对这位如今已是首席法医的好友说道，"你们那儿最近有什么解剖手术吗？我女儿非要学医，有的话，我想带她过来观摩一下，如果她真想当医生，正好可以学习学习，了解一些医学和解剖常识；如果她被吓着了，那就最好不过了。完事后，我们找个地方吃饭，我会把那所大学给你家公子讲解得明明白白。"

　　"好啊好啊。"大觉附和道，"我明天就有个手术，不过不是解剖内脏和躯体，而是大脑，是个杀人犯的，老王家的孩子，说不定你还记得。"

　　"老王家的孩子？你是说王晨民？"我的好奇心被调动起来了，心想即使女儿不愿去观摩，我也一定要去看看打听个仔细，"他犯了什么事竟成了杀人犯，还死了？"

　　第二天，我让女儿推掉了中午的同学聚餐，我自己也称病告假缺席了周二的部门例会，无论什么安排也阻挡不了我们去见我的首席法医朋友。大觉把我们接进警卫森严的市局法医室，换上防菌服后，我们跟着他来到手术台前。助手早已把尸体和各种器械摆放整齐，大觉让我们站到两位助手背后，因为他们要进行详细的观察和记录。我踮起脚尖，朝前看去，这可不是老王家的儿子吗？几年不见，已经发福到臃肿的地步。我把胆怯地躲在后面的女儿往前拉了拉，跟她说，这是王叔叔家的王晨民，他以前只要见到我，就一口一个"朱伯伯"，嘴可甜呢。我上次见到他还是在他的婚礼上。

　　"那你肯定也见到了他的媳妇。"大觉带上手套，拿起手术刀，接口道："他就是为了那个女人才落得现在这个下场。"

　　在高考的最后冲刺阶段，我和老伴几乎是两耳不闻窗外事，昨天听说老王家孩子死了，才赶忙恶补了最近所有内政外交和社会新闻，也特意搜集了很多关于这个案子的各种消息和评论。网上比较认同的一种说法是，小王和他媳妇在同一个事业单位工作，但最近夫妻关系比较紧张，甚至在工作时也公开地争吵。渐渐地，同事们的工作都受到了影响，谁也不敢同他俩任何一个说话，以免引起另一位的记恨。一周前，部门主任把小王叫到办公室里谈话，建议他把夫妻关系处理好，最好不要把家庭矛盾带到单位里来，如果在同一个部门实在无法相处的话，也可以考虑调到别的部门或单位，无论是调和夫妻矛盾，还是在调整工作上，主任都愿意提供帮助。没想到，第二天早晨上班，小王在包里偷带了一把尖刀，见到主任，就疯了似地朝他身上乱捅，一边捅还一边歇斯底里地嚎叫，说主任想把他赶走，是不怀好意想乘机霸占自己的媳妇，自己同媳妇闹别扭是家事，外人掺和就是别有所图，等等。等到警察赶来，主任早已被血水淹没；此时，小王攥着刀子，一下子怂了，他喊着媳妇的名字，又哭着说不想去坐牢或吃枪子，僵持了好大一会儿，还是下定决心，砸破窗子，跳了下去。

"你今天解剖他的脑子，就是为了看看他为什么会有那种领导帮他就是为了占他媳妇便宜的奇怪想法？"我问大觉。

"差不多吧。老王特意上门求我，怎么说也是老熟人，我怎么好推辞？"

"这老王也跟他儿子一样，想法好奇怪。这王晨民不是已经死了吗，让你在他脑子里找证据，还能减轻他的罪行不成？或者他是为了维护他们家的名誉？"我又不解地问。

大觉开始在王晨民剃光的脑袋上划线做标记，划完了，他直起腰，说："老王这个人你还不了解，他可不傻。如果他儿子是激情犯罪，或者是出于不可控的客观因素，赔偿金额会完全不同的。"

"明白了。"我说，"我昨天还在纳闷呢，你说你自己有个手术，我还以为听错了。心想，你不是早就只动嘴不动手了吗，难道那些徒弟翅膀硬了，不听招呼了？"

大觉不再说话，小心翼翼地开始切割小王的头骨。我还沉浸在刚才的问题里，不明白王晨民的思维怎么会那么奇怪，等我回过神来，他的大脑已经被完全打开了。

"左侧扣带回峡部，脑沟回年轮状闭合。"大觉对身后的两个助手说，"准备好器皿，我要在显微镜下进一步解剖，一般来说，出现这样的闭合，里面至少还有三层逐渐内敛的年轮。"我虽然对大脑的结构和医学术语都不是很懂，但还是紧张起来，知道他一定是有了什么发现。果然，在显微镜下操作了半天之后，大觉喊我女儿过去透过镜片观看。

"嗯，一圈一圈的，确实像是树的年轮。"女儿说。我赶忙附和道："大觉你就给我女儿讲讲，那些年轮都是干什么用的，为什么那么重要，不然你不会让助手都详细地拍照保存下来。"

大觉犹疑了一下，解释说，就像喝咖啡、吸毒或者锻炼会造成大脑内某些结构的改变一样，长期的思维习性也会改变扣带回及其附近沟回的形状，这些闭合的年轮说明大脑的主人从小就在思想上受到压制，或者被教育要顺从，不能质疑或挑战家长、老师、领导、社会或者社会的管理者，长期以往，他的沟回就愈加内敛。这些一圈圈不同的年轮代表着不同年龄段受到的不同压制。我猛地一拍巴掌，把他的两个助手吓了一跳，赶忙不好意思冲他们报以微笑，又对大觉说："这么说，老王要找的证据就有了？"大觉摇了摇头，"这要看你从哪个维度来看。单纯从解剖结果来说，在这样的思维闭环下，小王的脑子里确实会产生很多不合逻辑的奇怪想法；但另一方面，我解剖过成千上万的大脑，有嫌疑人的，也有被害人的，这样的沟回年轮状闭合非常普遍，而且也都是一圈又一圈有好几层。老实说，如果把你我的脑袋打开，我们的沟回也是这样的。所以，小王的这个并不具有特异性。"

"这些年轮怎么是花花绿绿的，还有色彩呀？"女儿还在透过镜头仔细地观察，这时插嘴问道。大觉看也没看，随口回答："低纬度思维比如二元思维的人看问题和想事情都带有强烈的情感，就像孙隆基在《中国文化的深层结构》中说的'智力感情化'；开放性思维或者批判性思维的沟回一般就是正常的白色。"

　　我对刚才大觉关于年轮闭环的解释还是有些似懂非懂，便把话题又岔了回去："你刚才说我们俩的大脑也有年轮闭环是什么意思？你是说我们也会成为罪犯或者成为受害人？我怎么觉得你的话有些绝对甚至还带着绝望呢？"

　　大觉看着远处，不像是对我而是对着窗外的人说："从情感上，你当然觉得是胡扯，我只是从解剖学观察上进行概括而已。事实上我们所有人都是在这样的思维环境下长大的，成人后就更难改变了。别的不说，就说我们怎么教育孩子吧，我们管理操控着孩子的高考学习，还影响着他们对专业志愿的选择，他们以后的工作和婚姻我们也要参与甚至想要主导，还记得很久以前我们聊天，说两个孩子青梅竹马，我们俩要结为亲家吗？"

　　我看了一眼女儿，赶忙打断了他："你儿子本来都已经保送北大了，怎么忽然又想要出国了呢？"

　　"我让他去的！"大觉转过身子，开始脱下手套，"我跟他说，你看我们几千年的历史都没有发展出现代文明的任何理论或技术，因为我们的思维是形而下的，世俗的，终其一生，它不是落在衣食住行上，就是落在尔虞我诈上。我觉得我们的文化培养的思维更适宜生活，而不是探索，我不相信未来的千年我们凭着这种思维忽然就会有认知的突破，可以发现大自然的什么秘密，更不要说去引领人类的文明。我的理解是，文明的进步不是我们所追求的变得更加富有，而是人与人的相处更民主，人与自然的相处更自由。我希望我的后代能走出我们的文化，去打开眼界，转换视角，回来后能够用自然的逻辑去研究自然。"

吃完晚饭，我开车带女儿回家，一路上她一直在闷着头玩手机，我没好气地说："把手机关上，跟爸爸说说，你今天从觉叔叔那儿学到了什么没有？"

女儿抬起头，看着前方笔直宽阔却拥挤得水泄不通的马路，回答："我在给同学们发信息，告诉他们我不想学医了！"

我慢慢地挪着车，挨到亮着绿灯的路口时，对她说："这就对了。你看前苏联的布尔加科夫，还有我们国家的鲁迅，他们一开始都想当医生，后来不都弃医从文了吗？如果你真想学医，我也不反对，但最好去学脑科，你说呢？"

二十二、蝙蝠的传说

　　吃晚饭时，我告诉妈妈，今天去附近的一个洞穴探险，竟然在伸手不见五指的黑暗中遇见了一个瞎子。但我们现在已经是好朋友了，她叫氓氓。我说。妈妈知道我的乐趣之一是认识新的朋友，并同他们一起玩耍。氓氓是不是长得丑丑的，脑袋向下倒挂着？她问。对呀，我觉得非常好玩，还问她来着。我回答。蒙蒙，你明天不要再去找她了，好吗？妈妈似是央求似是命令地说。这还是她第一次禁止我跟一个朋友玩耍，我吃惊地问，为什么？

　　妈妈用力把嘴里的虫子咽进肚子，又清了清嗓门，看着我说："我不让你跟她玩耍，不是因为它的样貌，儿子。你又不是在找对象，我干嘛关心她是否貌美？她是一只蝙蝠。对于整个蝙蝠家族，我们都要敬而远之。"我还是有些不太明白，但并没有争辩，我知道妈妈从我出生时起便一直小心翼翼地保护着我。她那么说肯定是为了我好。

　　看到我蜷缩在巢边不想睡觉、一直闷闷不乐的样子，妈妈用她额头柔软的羽毛蹭了蹭我的脸颊，又用长喙碰了碰我开始长硬的嘴角，给我说起了蝙蝠种族的往事。

　　很久很久以前，蝙蝠是这个星球上最受尊敬的生灵。他们有着比任何一只鸟儿都美丽的羽毛，比所有的猛兽都飞快的双腿；但他们并不是因为这些受到敬重，也不是因为既是走兽又是飞鸟而受到爱戴。尊敬来自于他们所扮演的独特角色。那时，地上的野兽残暴，天上的飞禽凶猛；那时，蝙蝠的名字也并不含有虫子，他们被尊称为执事，又因为时常怒怼猛兽或斥责凶禽而被叫作怂仔。其实，那正是他们的职责。作为唯一一种因为跨界而具有大局观的生灵，他们总是站在丛林统治者的反面，总是对着漫天叽喳的狂热发出怒吼，以此来保护弱者的生命，维持着生态的平衡。因为受到这种令人厌烦却又无法躲避的反派掣肘，高高在上的鸟类渐渐地放弃了食肉，开始以果实为生；所向无敌的猛兽也不再偏爱鲜血，学会了以腐尸果腹，那些落单被弃的幼崽和行动缓慢的孕兽再也没有了被捕食的恐惧。

唉！妈妈长长地叹了口气，停了一会儿，接着说：可惜啊，好景不长，一个叫羽白魈的丛林之王在两只蜘蛛的蛊惑下，将这些正直的执事怂仔抓了起来。等到被放出来时，动物们发现，他们已经被打断了双腿，刺瞎了双眼，剥去了羽毛。他们还被命令不能接触任何其他生物，不准享受阳光和光明，而且在飞行之外，必须倒挂着头颅。

我气愤地蹦了起来，差点从巢里掉了下去，叫道："这两只蜘蛛太坏了。它们为什么要害这些蝙蝠？这些执事怂仔？"

唉！妈妈又长长地叹了口气，看着外面繁星点点的夜空，说：其实它们也只是些棋子。它俩一红一黑，利用自己的巨大蛛网捕获了无数的飞虫，然后又通过释放这些虫子来散播谣言……不说了，蒙蒙，你还小，等你再长大些，就会明白的。

"那蝙蝠不会唱歌，是不是因为也被割掉了舌头？"我想起了今天在洞穴里与氓氓玩耍时，觉得回音很是好玩，便鼓动她与我一起大声地歌唱，而她只是一味地摇头。

　　妈妈没有回答我，也像氓氓一样摇着头，一直就那样摇着，摇得我的上下眼皮像被催眠了一般开始莫名其妙地抖动起来，最终彻底关上了大门，把我留在了黑色的梦境里。

二十三、天花国无差别杀人案

思怡街幼童割喉案才刚发生，便引起了全国的恐慌。此前，天花国夜不闭户，路不拾遗，从未发生过严重的治安事件；弱小的孩童在光天化日之下被人随意地抹了脖子，而且凶手依然在逃，从未听说过凶案的平民百姓当然有理由感到不安。但如果他们知道，这只是一系列谋杀案的开始，所有的街道都将被鲜血染红，他们的反应恐怕就不止是心理上的惊恐了。

皇家巡警勘察了现场之后，得出三个结论：凶犯是名男性，凶器是一把利刃，作案动机不明。接下来的几天，他们走访了受害人的所有同学、老师、亲戚和朋友，以及其父母的整个关系网络，试图找出一点蛛丝马迹。与谁是凶手相比，他们更想知道作案动机，有谁会与一个刚入学的七岁儿童存在着深仇大恨、非要置之死地而后快呢？警方怀疑更大的可能是对其父母的报复。但接下来的另一起案件又让他们觉得事情也许并非如此简单。

这一次的凶杀依然发生在白天，地点是相隔不远的玉娇街，受害者是一位叫兰的中年妇女，据已经变得歇斯底里的朋友事后回忆，她俩当时买完菜准备回家，刚走出菜市场没有多远，就有人从背后捅了兰一刀。她当时大脑一片空白，下意识地只顾着试图为闺蜜止血，并没有在意周围都有些什么人，或者有谁在慌乱中跑掉。皇家巡警仔细检查了受害者的遗体，发现她向前方倒卧，双目圆睁，嘴角和鼻孔尤其是前胸满是鲜血。致命的伤口是在胸部，好像行凶者使用的也是一把利刃，它从后背插入，贯通心脏，从前胸伸出，然后又被凶手搅动之后从后背拔出。死者的鲜血如同喷墨一般射出很远，在她躺卧的前方地面上形成一个巨大的感叹号，腥红的颜色让所有的围观者乃至警察都难以直视。事后查明，虽然两起命案的凶器似乎都是匕首或利刃，但受害者两家并无任何联系或交集。这一次，掌管着皇家警察的平安大臣永康亲自勘验了现场。他戴上白手套，翻开死者已经被合上的眼皮，用手电照射着她的瞳孔，又用手指沾了沾她胸前的血迹，放到鼻子底下仔细地嗅闻，最后解开她的胸衣，把眼睛凑近前后两个伤口，俯下身子细致地观瞧，好像是想透过伤口去发现受伤的心脏里是否还遗留有什么证物。站起来后，他面色凝重地告诉手下，这起案件手法不同，但与第一起还是有所关联，很可能是团伙作案。

调查有所突破是在第四起案件发生之后，而且得益于第三起命案中凶器的折损。

第三起的受害者是一个六十多岁的男性，他在傍晚下班途中被刺身亡，也许凶手是想同第二起案件一样从身后刺破心脏，但凶器偏离了目标，只刺中了内脏和肋骨，导致他失血休克而死。警察对这起案件同样是毫无头绪，一筹莫展。紧接着，第四位受害者被人发现躺在了与第三起的雷洋街相邻的志刚街上，现场血腥得令人作呕。一位来自异国他乡的瘦小商人被砍断了脖子，脑袋与身躯仅剩皮肉相连，更不幸的是，死者在受袭后向前扑倒时，脸部正好磕在一个交通锥上，塑料锥体虽然不像铁片或玻璃那样锋利，但还是从眼窝处插入，穿进大脑，白色的脑浆流淌出来，与身下流出的鲜红血液会合，在他的背后形成了一幅蒙德里安风格的后现代油画。平安大臣永康花了大约半个时辰，神色严峻地用放大镜仔细地观察了死者被砍断的脖子，然后吩咐手下把遗体送去进行尸检，查出凶器的尺寸和品牌，再去每一个注册的和没有注册的商店，调查最近有谁买过砍刀。一个叫布兰登的初级警官这时小心地问："报告大臣，在尸检前，要不要先用雾化器排查一下手印？"

"怎么，你在尸体上发现手印了？"永康似是询问又似是讥讽地反问他。

"报告大臣，死者的脖颈处血迹好像被人用手抹过。"布兰登警官啪地一下站直了身子，正儿八经地敬礼汇报说。

永康大臣再次拿起放大镜，凑近到颈项断裂处，仔细地探查起来。又过了半个时辰，他拍了拍初级警官的肩膀："凶手确实用手指沾过死者流出的鲜血，但他好像是划动着食指沾取的，所以并没有留下可以采样的有效指纹。"说完，他看向副手，"前面三起的伤口处有这样的抹痕吗？"

三位死者经过几番尸检，他们的致命伤口早已被破坏得不成样子，警官们只能通过放大现场拍摄的每一张照片来寻找手指的抹痕，虽然工作量巨大，而且没有人抱有希望，但当警官们在那位下班回家的老人相片上发现细微的涂抹痕迹时，他们还是非常激动。至此，他们推断，歹徒因为匕首在第三位受害者的肋骨处折弯而没有带出大量血液，只好开始用手指沾取；在改换成砍刀后，因为砍刀也不能大量带血，他也只好用手指采集血液，无论如何，四起案件总算有了内在的关联。平安大臣悬着的心终于放了下来，这是最好不过的消息了，这说明天花王国的治安并没有恶化，四起凶案都不过是一个疯子所为，是一个变态佬的无差别杀戮，只要抓住他，天花国就会恢复到像以前一样祥和安宁、国泰民安。但他马上又意识到，无差别杀人案往往是最难侦破的案件，调查它缺少一个抓手，不像情杀、财杀或仇杀可以通过排查死者的关系网络揪出嫌犯。而且十周年国庆马上就要到了，如果不在举国欢庆的节日之前把凶手绳之以法，恐怕还未等下一个案件发生，自己的脑袋早就掉在了地上，皇上老儿是绝对不会轻易饶恕自己的。想到这里，平安大臣一阵恐慌，额头的汗珠就像预感到主人的脑袋真的要掉下来一样，急匆匆地从皮肤里钻了出来，躲进了主人脚下的地缝里。

永康大臣命令所有的警察不许请假，不准回家，吃睡都在局里，案子不破，每个人都将受到严厉的惩处。但辛劳的工作并没有换来任何一丝线索，班房里确实关押了一些嫌犯，但他们在任何刑具下都不肯招认，警察们除了继续拷打，也想不出其他的办法找到他们犯案的任何证据。相反，那个连环杀手却继续在羞辱他们，在接下来的几周又谋杀了七位无辜的市民。不过，警方已经注意到了一个细节，随着被害人数的增多，凶手好像变得愈加自信和成熟了，以前他都是从背后或侧面攻击，而最近的三起却是在与受害人迎面而过时从正面行凶，凶器也不再拘泥于匕首或砍刀，而是就地取材，可以是地上的石块，也可以是路人身上的腰带。

随着案件的增多和国庆大典的迫近，永康大臣焦虑的已经不是如何抓住凶手，而是皇上何时会召见自己，然后像那十二个被抓的富豪一样，用砍头剖胸剥皮的方式被残忍处死。皇上每隔几日就会抓捕一个富豪，随性而至、毫无规律的做法，更让他整日提心吊胆。他知道，第一起案件发生后，皇上就已知晓，他一直不动声色，因为他总是像狮子一样，静待时机，而且善于利用任何一个机会将猎物一击毙命。永康思来想去，所有的手段都已使尽，所有的线索都已中断，他决定抛开复杂却无用的科技，用最后一招也是最原始的方法来抓住凶手。

天花国不大，只有一条叫暗昌大街的主道经过皇宫前的广场，所有其他的街道都是与这条主道相接的辅路，虽然也有某某街的名号，但里面的居民宁愿称其为胡同。因为只是辅路，政府并没有像在暗昌大街那样五步一岗十步一哨地设立监控探头，这也是连环杀人案一直无法破获的原因之一。除了已经发生凶案的胡同，现在只有九条辅路还算安宁。永康命令在已经发生了凶案的街道必须有两位身着警服的警察驻守，其他所有的警察都换上便装，在剩下的那九条胡同二十四小时蹲守，必须在每一个路口，每一段路的四分之一处和四分之三处设立暗哨。永康觉得，这位连环杀手要不聪明绝顶，要么蠢人一个，如果是前者，自己只能认命；要是后者，这一招必定有所收获。

命令下达后的第三天，辅警毛伍正在杨佳街四分之一处挑着一个担子慢慢地晃悠，他今天装扮的是一个去集市卖菜的农民，随意走了几步之后，他坐了下来，假装是在歇脚，这时他看见一处人家的屋后走出来一个几乎是赤身裸体的男人，下体用一块破布兜着，上身满是红色的斑块，似是纹身，又好像是胡乱涂抹的颜料。毛伍觉得非常奇怪，便一直盯着来人，那个男人倒不回避，也用直勾勾的眼神盯着毛伍，弄得毛伍倒不好意思起来，等他走近时，赶忙偏过头去。就在错身的刹那，来人从下体的破布里抽出一把弹簧刀，精准地刺进了卖菜老农的脖子。毛伍用双手捂着汩汩喷血的伤口，想要喊叫，却发不出一丝声音。但他倒地的轰然声响还是吸引了在四分之三处盯梢的同事，他飞奔过来，看见赤裸的男人正在用手指沾取毛伍脖子上的鲜血，涂抹到自己赤裸的前胸上，他怔了一下，然后跃起，一个飞腿把凶手揣了个狗吃屎摔倒在地。

案件的破获正好是十周年国庆大典的前一天，平安大臣永康赶忙向皇上报告了这个天大的好消息，天花国终于可以轻松愉悦地庆祝、安心自在地休假了。永康大臣还向皇上建议，等国庆节日过完之后，再处理这个十恶不赦的魔鬼不迟。"这个恶魔竟然还把皮骨勋章挂在自己的两个乳头上，简直是对皇上您的亵渎，小臣节后一定会对他从严惩处！"他在给皇上的内参上写道。

皇上立即作出了批示，他要当天就对嫌犯亲自审问。听说杀人犯已被抓获，而且皇上要率众大臣亲自审理，天花国臣民们无不想一睹为快，顿时如过节一般把广场围了个水泄不通。鼻青脸肿的嫌犯被五花大绑地带到了广场上的观礼台前，民主、自由、公平、公正和平安五位大臣早已站立在观礼台两侧，稍许，皇上也被簇拥着从皇宫里走了出来，做到了皮骨椅上。

"害虫上身的红色是纹身吗？"皇上坐稳之后，观察了嫌犯半天，才问身边的平安大臣。

"回禀皇上，那都是每一位受害人的鲜血，这个畜生每杀一人，就把凶器上的血滴涂抹到胸膛上，有时候他也直接用手从死者身上沾取血液来涂抹上身。"永康小心地回答。

皇上轻轻地点了点头，又观察了大半个钟头，问道："你身上的皮骨勋章是从哪儿来的？"

　　传令官迈着碎步跑到嫌犯面前，把皇上的问话重复了一边。"老子从他们身上捡的。"嫌犯难以睁开双眼，嘴巴也歪向了一边，但耳朵还算好使，他从透风的齿缝里嘟哝着说。

　　"禀告皇上，那个害虫说他是从受害人身上偷的。"

　　"那就好！"皇上松了口气，再次点了点头，"那你为什么要无缘无故地残杀无辜百姓？"

　　"老子活腻了！"等到传令官返身走到一半，嫌犯又把他叫了回来："就说老子一无所有，活着也没有任何意思。"

　　皇上听了嫌犯的话，脸色突然难看起来，"公平大臣，我们天花国不是人人温饱，个个富足了吗？"

　　公平大臣厚熙去的双腿不由自主地抖了起来，他听出了皇上的弦外之音。"回禀皇上，我们大天花国在您老人家亲自领导的均贫富运动下早已实现了人人平等富裕，家家安居乐业。只是有少数的个别的臣民可谓烂泥扶不上墙，他们……"

　　"那他们收到了从十二富豪那儿没收来用以均贫富的份子了吗？"皇上乜斜着眼睛，看着他问。

　　"杀死他！剔骨扒皮！杀死他！剔骨扒皮！"广场上的群众忽然振臂高呼起来。公平大臣不知道这些呼号是指嫌犯还是针对自己，一年前，当十二富豪被一个个地公审时，他们也是在这里喊过同样的号子。虽然磕着牙齿哆嗦着嘴唇，他的内心却在飞快地思索。十二富豪被抄家后，老百姓当然每一家都分到了一些钱财，但那些贵重的珠宝和收藏都被众大臣私下瓜分了，皇家更是得了大头，这一点皇上当然心知肚明，但他今天当着所有人的面这么质问自己，说不定是打定了主意要把自己除掉。想到这里，他的脑海里浮现出去年十二富豪被砍头、剖胸和剥皮的场景，他们的皮骨已被做成皇家皮骨勋章，奖赏给了有功的贫民百姓。当时被迫目睹那血腥的场景时，自己吓得尿了裤子。他知道均贫富是皇上惯用的一石二鸟，既可以笼络平民百姓，又能够清除皇权的威胁。在这方面，皇上从来都是老手，他现在又要故技重施来清除自己吗？公平大臣的裤管一下子湿了。他扑通一声跪倒在地："回禀皇上，那几个剥取民膏民脂却不懂回报的反社会份子被抄家后，他们的一毫一子都分发给天花国的臣民了。待小臣一会儿把均贫富的簿子拿出来查查，看看这个杀人不眨眼的恶魔和败家子到底挥霍了多少分到手的财物。"

"把他身上的绳子给解了，不然他胸膛的纹身就要被破坏了。"皇上没有理会公平大臣，对着台阶下看守嫌犯的警察说。

"杀死他！剔骨扒皮！杀死他！剔骨扒皮！"广场上黑压压的看客仍然在振臂高呼。

"河祸君，听起来，天花国的国民想要处死这条害虫，从民主的角度，你有何意见？"皇上看向民主大臣，问道。

"皇上，我们天花国之所以国泰民安，成为世界各国的典范，就是因为您顺应民意，替民做主。您就是民意。"

"话虽如此，我们的公正大臣曾经告诉我说，在哲学家们的眼中，群体是愚昧而又危险的，因为它不像个体一样有良知和反思，他们说集体无意识。"皇上重新坐直了身子，说道："况且，我的内心充满了自责和内疚，是我们没有做好人民公仆的责任，导致了我们的国家还有这么一位衣食无着的国民，并让他走上了作恶的邪路。羽白大臣，你是我们的思想家，请告诉我，理论上我们该如何处置这位可怜的国民？”

公正大臣羽白上前一步，向皇上恭恭敬敬地施礼，然后认真地答到：“回禀皇上，呃…世界各国的哲学家们普遍认为，恶是人性的组成部分，所以它自古以来一直存在，将来也不会消失；所以皇上您无需自责。其实，呃……，世界各国的哲学家们还一致认定，恶虽然可怕，但它可以分为三种不同的类型，就是恶恶恶，恶恶和恶。恶恶恶是为了作恶而作恶，为了杀人而杀人，它没有任何目的；恶恶是有目的的恶，作恶者为了一己私利而不择手段，用杀人来获取钱财，用强奸来满足淫欲，这都是有目的有意义的恶，但这些目的和意义纯粹是个人的、私下的。呃……第三种的恶，它也是有目的的恶，但这个目的是为了集体，为了大众，比如，为了所有国民都能过上好日子，我们把富豪抓起来，把他们的财物分发给平民百姓。呃……虽然杀死这几个富豪也算一种恶，但它的目的是善良的，是公正的，因而它更多的是一种善。任何为了集体利益所作的任何恶其实都是善，皇上，您就是我们所有人的主人！是我们利益的浓缩和精华！是我们集体的唯一代表！所以，呃……就是说，皇上，您无论怎么做，无论怎么处置，都是大善！”

“杀死我吧！杀死我给国庆献祭！别整那些没用的了，什么狗屁恶恶恶、恶恶和恶，它们都是恶！除了恶什么也不是！”广场上的嫌犯嘟嘟囔囔地叫道，传令官看向皇上，就听他说：“嗯，看来我们还是需要理论的指导。你说的这个理论就非常有意思，而且具有实际意义，但你的口头禅过于频繁，也拖得太长了，给人一种不自信的感觉。既然我们有了民意呼声，又有了理论支持，那就交给皇家警署马上去办吧，不过，他身上的那块挂着皮骨勋章的人血纹身倒是挺好看的，一定不要破坏了。"

说完，他站起身，经过平安大臣身边时，稍微停顿了一下，向他轻微点了点头，像是在确保他要明白自己的意思，然后在太监们的前呼后拥下回宫去了。

二十四、爱之非想非非想

每次牵着老伴的手像初恋的情侣一般在公园里散步，或者坐在门廊里看着膝前的孙辈们嬉戏打闹时，我都有一种恍若隔世的错觉，怀疑这是不是我真实的人生。在三十岁以前，我从未触碰过任何异性的肌肤，一度绝望地以为会孤独终老，而现在却子孙满堂，其乐融融，不禁感慨人生的多变，也由衷地赞叹缘分的奇妙。

在认识小勤以前，我从异性那里得到的不是白眼就是沉默，不是拒绝就是讥讽，所以本是而立之年，却依然保持着童子之身。被线下网上的各种付费交友骗空了口袋之后，我读到了一篇关于相亲角的报道，便乘着周末，坐了一个小时的公交，赶到了那里。里面果然熙熙攘攘，热闹非凡，树上贴满了征婚启事或自我介绍，每一个便条下都有一位像母鸡捂蛋一般守护着的大爷或者大妈；也有不少青年男女，他们的眼神如同交易场里挑挑拣拣的商人，专注而又贪婪。由于以前的惨痛经历，我对搭讪异性有些自卑和胆怯，于是避开人群，走到那些树下，不顾那些大妈警惕和嫌弃的眼神，仔细地阅读起上面的便条来。就在我读完了第七个，准备转往下一个时，一回身，与后面的来人撞了个满怀。

没想到这一撞让我的心跳加速起来。她谈不上性感或者漂亮，但有一种说不出的气质和亲和力，让人想与其亲近，与其厮守。在魂不守舍中假装着又阅读了几个便条之后，我眼睛的余光发现她在走向公园的出口，便赶忙追了上去。这一次，我要用不俗的谈吐和超凡的智慧来打动她，因为这是我唯一的资本。

"你好，请问你会攀岩吗？"我试探地问。

"唉，你好。我玩过，但不是很喜欢。"她一边走，一边回答。

"你让我想到了一颗小树，在两个悬崖之间的深沟纵豁里坚强地生长。别人见到的是你的坚强，而我知道那不是你，那只是峭壁的衬托，我看见的是你的根须努力去抓住每一寸泥土的柔弱。我愿意是那一抹阳光，从缝隙里照进来，给予你力量，见证你成长为参天大树，为两边的悬崖峭壁遮挡烈日。"

"对不起，我好像并不认识你。"

"我就是刚才把你撞了的那位。"我一边小跑着，试图跟上她的步伐，一边寻找着更好的词句："不过没关系，我们以后会彼此了解的。你去过黄山吗？那些松树并没有美丽的枝叶或者粗壮的枝干，他们的美在于生存的姿态。"

"你是在撩我吗？"她笑了，"那我问你，你是等边三角形吗？"

我有些懵，不知道她这么问有什么特别的含义，嗫嚅半晌，答非所问地回道："呃，我是学化学的，不是数学专业…"

"这跟你的专业无关。提出爱情三想理论的吴艾老师也不是数学专业。等你什么时候领悟了他的理论，再来跟我谈论爱情。我到这里来，就是为他采集理论素材的。"

我已经了解了太多的爱情理论，学习了无数的恋爱技巧，但至今仍是孑然一人，所以对于她的回答非常失望，也很不以为然。被她摆脱之后，一晃，又是三年过去了，眼见着过了恋爱的季节，到了结婚的年纪。也许是身处同样的困境，或者有着相同的无奈，公司里的同事北菊与我走到了一起。其实我们已经认识多年，只是我对她没有激情，她对我也没有好感，如今屈服于同样的现实和为了满足同样的需求，我们还是住进同一间屋子，过上了像别人那样的家庭日子。然而每时每刻，我都明白，情感是无法勉强的，生活可以平淡，但爱情却必须有其根须。我仍会时常想起那个无名姑娘，那个我人生第一次触碰到了肌肤的异性，想起我当时的怦然心动，还有我们之间无厘头的对话。在和北菊的搭伙关系走向尽头之后，我决定去寻找那个叫吴艾的家伙，这是我能够找到心爱姑娘的唯一线索。

　　一番搜索之后，我发现，网上竟然真的有爱情三想理论的各种介绍和诸多讨论，当然也有理论缔造者的详细信息，看来这并不是她当时为了摆脱我而虚构出的噱头或借口。所谓的三想即是幻想、梦想和非想非非想。幻想来自情欲，当一个人被另一个人的外貌或身材吸引时，会有肉体的冲动，会产生单方的性欲幻想。梦想是基于自己的世界观对爱情的憧憬，同幻想不同，它可以没有具体的异性对象，却能列出详细的情感要求。非想非非想是指不是要求太多就是没有要求，结果获得的是嫁鸡随鸡、嫁狗随狗的搭伙爱情。这第三想倒挺符合我刚刚失败的一段关系，也大致解释了我父母的婚姻。他们当初在那个穷乡僻壤的地方无所谓爱情，只有艰难生活里的相互帮扶，磕磕绊绊地一辈子下来，虽然谈不上多么幸福，但也算充实完整地过完了一生。

　　作为大英帝国皇家化学学会的荣誉会员，我能轻易地把一滩浑水里的各种杂质过滤干净，还原为清澈可口的纯净甘泉，但没想到还有人可以如法炮制，把爱情的成分一一分解开来，还原出它的真实面目。我顿生敬佩之心，决意去求见三想大师，当面聆听教诲，当然我更想从他那儿打听到心动女神的下落。我觉得如今我或许已经有了令她欣赏的魅力，因为我的相貌随着人生的磨砺已经去除了粗糙和丑陋，只剩下大叔的成熟和沧桑。

　　吴艾大师倒是个随和的人，只寒暄了几句，便开始对我倾囊相授。他说，我们人之为人首先是肉身凡胎的原始动物，然后是有情感智慧的心理动物，最后是复杂网络里的社会动物，幻想、梦想和非想非非想正是对应着这三种不同的面目。有的人把情欲的冲动和享乐当作了爱情，比如昨天有一个高中女生到我这里诉说烦恼，寻求迷津。家里为了她的高考，托关系把她换到一所较好的高中，住在了表姐家里。去年表姐怀孕，自己在情欲冲动和表姐夫的诱惑之下，与他发生了肉体关系，自此之后对他恋恋不忘，觉得这就是自己的爱情，一边想着要与他结秦晋之好，另一边又痛苦于不知如何面对表姐。这只是幻想的一个简单例子。还有的女孩表面清纯贤淑，内心却充满了野性，对那些流露出流氓气息的痞痞坏坏的男人有一种难以遏制的亲近感，其实这都是来自动物本能的原始冲动。第二想梦想是感性与理性的相互纠缠，既有与情人心心相印、琴瑟和谐的理想憧憬，又有对异性外在条件的现实要求。最后一个非想非非想是在我们的原始野性和理想诉求被社会无情地打磨之后所剩下的驯服，其实大部分爱情或多或少、或迟或早地都会参杂着社会压力下的退让与迁就。如果说幻想是器官的冲动，梦想是心灵的冲动，那么非想非非想就是没有冲动。有些爱情刚诞生时犹如婴儿的皮肤，光洁柔嫩，洁白无瑕。但假以时日，就会变得粗糙，这无需害怕，也不要刻意地使用护肤品来人为地保持青春。如果有着非想非非想的爱情因子，这种粗糙可以转化为生活之盾，抵挡住任何琐碎之茅的刺戳。它也是爱情成了平淡生活、日常习惯后的有益支撑。

　　一个好的爱情可以生发于三想之中的任何一想，但它成长的营养却是三者缺一不可。你可以把这三个因子想像成一个三角形，幻想和非想非非想是两个底角构成底边，梦想是顶点，与左角的幻想和右角的非想非非想构成了两边。根据不同边和角的不同权重，你可以任意变换它的形状，可以是直角，可以是钝角，也可以是等腰，当然最好是等边。直角意味着这个因子是爱情的最大因素，比如幻想直角就是性在爱情里占据着最重要的地位，或者说属于外贸协会。等边三角形是说三个因子都同等重要，没有偏倚，这样的爱情才会产生比较平衡稳定的婚姻。

　　在吴艾大师的指点下，我找到了小勤的住处。当她打开门，看见一个等边三角形人偶时，不禁笑出声来。我颇费了一番功夫，才让她想起当初在七七公园的相亲角里撞上的那个人，但这并未影响我们之后相谈甚欢。我们在她的小木屋里从早晨一直聊到了午夜，渐渐都有了相见恨晚的感觉。如今回首一生，我们觉得之所以能一直幸福地生活在一起，可能正是由于两人心灵相通的缘故，也明白了吴老师为什么建议把梦想设置为爱情三角形的顶点。在这以后几十年相敬如宾的厮守里，我们偶尔也会谈起三想理论，觉得虽然所有的理论都是现实的总结，而不是现实对着理论亦步亦趋，而且现实总是有着更多的维度和变数，但正因为有着三个基本维度的支撑，我们才有了携子之手、白头偕老的幸福。我们也明白了，吴大师的那个理论无非是说一个好的婚姻必须既有肉体的情欲，也多少符合自己的理想或爱好，更要有睁一只眼闭一只眼的宽容和退让，所谓这想那想只不过是他用来赚钱的噱头罢了。

二十五、井底的青蛙如何能看见完整的天空

三声低沉却尖锐的蜂鸣把我从睡梦中惊醒，我猛地坐起来，揉眼一看，思维仪上闪烁着三行醒目的大字：BO BO BO。这是 Black Out 的缩写，情况紧急的代码，重复三遍是最高的警报，意味着我们必须立刻转移，同时销毁所有设备，进入电子静默。这些动作容不得半点犹疑，如果对方更加迅速，我们便会成为田忌赛马的牺牲品。我知道，又一个冰川期开始了。

其实我们只是一些智慧爱好者而已，用大决的话来说，就是思维行者，但如今却成了被四处追捕的思想囚犯。我们不想人云亦云，不想成为主流话语的囚徒，更不愿浑浑噩噩、糊糊涂涂地过完一生，我们的共同目标是成为思维敏捷、判断准确、明辨是非的智者，所以我们一直在思维方式和信息收集两个方面进行着刻苦的训练，因为这二者都是智慧缺一不可的必要条件。就像这一次，如果没有一个朋友从内部得知消息后对大决的暗示，我们再复杂的思维也拯救不了被捕的命运；相反，没有大决对那个模糊暗示的直觉领会，他也不会及时发出警报代码。就像硬币的两面，我想，这次脱逃正好印证了思维方式与信息内容都是一个正确决策的不可或缺的两个要件。

我加入思维行者是源于同大决的一次闲聊，那时我正受着深度抑郁的困扰，周末在郊野荒山上独自过夜时，与他巧

遇。仰望着浩瀚的夜空，我问他，如果我们就是井里的青蛙，而且无法跳到井外，我们该如何知道天空比井口还要宽广呢？他笑了，说：这里的关键不是青蛙能不能跳出水井，或者青蛙知不知道井口的天空是不是这个世界的全部，而是它完全没有意识到自己正深处井底。美国著名哲学家丹尼尔·丹尼特在他的好几本著作里都引用过一个思想实验，说有个狱卒，每天夜里，等到所有囚犯都熟睡之后，他就会挨个打开所有牢房的大门。而那些犯人却睡得正香，谁也不会想到自己囚房的大门已经打开，重获自由的机会就在眼前。第二天醒来，他们依然如故，照旧生活在囚牢里。美国历史上最年轻的终身教职获得者、心理学家塞利格曼曾做过一次所谓的"习得性无助"实验。他先把一条狗关在笼子里，然后按响蜂鸣器，接着马上对它施以电击，狗狗在笼子里会疼得上蹿下跳。这样反复操作之后，再按响蜂鸣器，然后把笼门打开，就看见狗子不但不逃，而是还没有被电击就倒在地上开始呻吟和颤抖。至于那只青蛙，它不曾被电击，更不是囚犯，但它也像狗和犯人一样已经习惯了自己的处境，它不会去想自己是不是可以逃出去。

　　我明白了他的意思，但我觉得青蛙的双眼只能看见运动的东西，它看不见困住自己的水井属于情有可原，我一直在苦恼的是我们自己。如同囚犯、狗子和青蛙，我们的思维也被困在牢笼里，而且不止一个。富有七情六欲的身体，充满了诱惑和欺骗的营销，为了更好奴役的洗脑宣传，这些有形无形的牢笼无不时时刻刻地麻痹并左右着我们本该独立自由的思想。

"假如有一只聪明的青蛙意识到了自己是困在井底，而且它根本无法跳出去，那它要怎么做，才可以让自己的视野不像身体一样囿于一隅呢？"我问大决。

"任何一个系统都是由输入、处理和输出组成的。要想有好的输出或者作出正确的判断或结论，必须有足够的信息输入和对这些信息的有效处理。对于这只青蛙来说，它的信息输入虽然有限，但如果它有着像智者一样的高深思维，应当可以根据光线的四季移动和各种宇宙粒子的纵横穿越，判断出天空绝不可能只有井口那么小。"

于是，我开始跟随着大决，学习如何增强思维的逻辑、层次和维度，以及如何获得更多的信息并去伪存真。我觉得，这就像炒股，你必须建立一个合理且有效的模型，然后尽可能多地输入影响股市波动的不同因素，然后严格依照模型在处理这些影响因子后所给出的结论去持有或买卖，绝不能附带任何的情绪或作出额外的主观判断。

接下来的训练利用大决发明的思维仪严格进行，我们必须在三个月内学会情感的去除，再用三个月学会意义的衰减。在平常人的眼中，我们的一言一行都有其目的，乃至我们整个人生都必须具有意义，否则便枉度一生。殊不知，大自然从来都是不设立场，只认程序，意义对于它就是因果的次序和条件的满足。另一种训练是对主流话语的屏蔽和清洗，因为话语一旦有了主人，就会成为话术并在所有接收者的脑中复制繁殖，任何的独立思考都会被它视为敌人，况且，在某些社会，作为它的主人，政党、邪教和黑社会严格禁止任何形式的批判性思维。除了对我们思维方式的训练，大决的思维仪也可以通过明渠暗道搜集到所有公开的和私密的、允许的和禁止的各种信息，我们要学会如何去伪存真。方法之一是所谓的旁观者视角，像一个陌生的狐疑者从不同的角度来审视信息，把它与其他的信息交叉比对，等等。

在第二次进入电子沉默之后，我问大决，我们就是想成为一个智者，为什么当权者却要对我们痛下杀手呢？"是啊，我们的终极目标是为了延续人类文明的香火，但我们的批判性思维是开放的，任何一个井族思维的主人都会将它视为危险的敌人，因为开放思维具有驱魔作用，当权者非常担心它的信徒会幡然醒悟，其实，它不知道，被主流话语洗脑的大众既不具备有效的思维方式，又被剥夺了获取其他信息的权利，他们就像井底的青蛙，看不见困住自己的水井，更不会去想井口的天空为什么会那么小。你要是试图去打开它的牢笼，它们不是像囚犯和狗子一样不敢出来，就是像下面的那个看家狗一样张口咬你。"说完，他带着我走向山下院子里一直汪汪吠叫的德牧，然后把栅栏门打开一条缝，那只德国牧羊犬立即蹿了出来，一口咬住了大决的胳膊，还好这是冬天，它咬到的只是厚厚的棉袄。

将近一年的训练结束了，大决给我的一个任务是招募新人加入我们的修行队伍。"虽然我们不能暴露自己，而且有思维仪收集各种信息，但广交朋友往往是多元和丰富信息的最好渠道。"大决说，"所以除了继续自我修炼之外，你还要去结交形形色色的朋友，有志同道合者，就把他招募进来。书店里教你如何提升思维的大作汗牛充栋，但关于如何收集并甄别信息的书籍一无所有。广交朋友是一个很好的开始。"

于是我认识了大鹏，一个数学专业的研究生，对概率论颇有研究。我之所以跟他成为好友，并最后介绍他加入我们，一是基于他的学术背景，二是因为他的幽默风趣。我就是在他讲一个笑话时与他相识的。他说，有一个程序员正在树下辛苦解题，另一个程序员骑着一辆崭新的自行车停在了他的面前。第一个程序员好奇地问："你从哪儿搞来这么亮闪闪的车子？"第二个程序员回答："我刚才在假山那儿做题，一个漂亮的女同学骑着这辆车停在我的面前，还把衣服都脱了，说好喜欢我的才华，又说如果我愿意，可以拿走她的一切。"第一个程序员赞赏道："好眼光！要是我的话，也会只拿自行车，因为她的衣服我们穿着不合身。"

但我的这个决定险些要了我们的小命。大鹏以前对概率的研究只是限于理论，加入思维行者之后，他的思考方式和信息甄别技术突飞猛进，对于充满了各种可能性、没有确定答案的难题，他总是能找出大概率的最优解，而最后他的选择往往证明是正确的。在这种概率思维炉火纯青之后，大鹏变得愈发自信起来，他凭借着自己在股市上的无往不胜，成功获得了一个资深金融分析师职位，要知道这家新公司是国家级单位，待遇难以想象地优厚，对这个职位的争夺可谓万马过河，前所未有。为了不暴露自己是一位思维行者，大鹏特意更换了手机，注册了新的邮箱和新的社交账号，但他不知道的，是这个职位本来就是一次钓鱼陷阱，他在网上填写表格时，已经被国家机器的病毒窃取了所有的电子信息和思想历史。

在大鹏被录用的当天晚上，三声低沉却尖锐的蜂鸣把我从睡梦中惊醒，我猛地坐起来，揉眼一看，思维仪上闪烁着三行醒目的大字：BOBOBO。这是 BlackOut 的缩写，情况紧急的代码，重复三遍是最高的警报，意味着我们必须立刻转移，同时销毁所有设备，进入电子静默。这些动作容不得半点犹疑，如果对方更加迅速，我们便会成为田忌赛马的牺牲品。我知道，又一个冰川期开始了。

二十六、凡人的爱情

　　组里的南美女孩范妮莎结婚了，依照惯例，我们要凑份子买礼品卡祝贺，并组织一场惊喜派对，送上祝福。聚会非常热闹，聊天当然也绕不开婚姻这个应景的话题。

　　同胞姐姐 Soul 是个大龄剩女，她说她现在根本不敢去看任何影视，因为那里面的甜美爱情和幸福婚姻无不是闭月羞花和高大富有的美女帅哥的专属品，让人觉得我们这些长相俗气和囊中羞涩的凡人似乎都不配拥有它们的权利。黑人大哥筐米安慰道："你没有男友说不定是个好事。我在初中时有个好哥们从出生起就没见过爸爸，因为那个家伙在把女友的肚子搞大之后就跑了。他跟我说，他几乎见到每一个男人都想喊声爸爸。我说，别介，我倒是有个父亲，但从记事起他就一直虐待我们，要不是后来妈妈跟他离了婚，我肯定会把他给杀了。所以，对于有些人有些事，真的是无胜于有。"

　　有过两段婚姻的白人大妈乔伊斯听了，以好为人师的过来人口吻对我们说：哪儿都有好人和坏人，对于有些事有些人我们无法作出选择和控制，我们只能确保自己保持着善良内心和积极心态。找男人也一样，我们不知道正在相处的这个家伙最后会变成怎样一个人，我们能做的，是先要让自己活得快乐自在，这样，好的异性自然会被吸引过来；否则，你只能去寻找他们。只有自己活得明白和充实，才不会被对方左右，才能感受到每一个过程都有其意义，无论是好是坏。

　　因为剩得太久而被戏称为馊女的 Soul 和我相视一笑，我笑是因为几天前自己就是这样开导她来着，她笑是因为这些说教与她毫无意义，过往的经历已经教给了她比这更深更痛的东西，而且之前她已用那些比任何理论都鲜活的事例反驳得我哑口无言。

些说教与她毫无意义，过往的经历已经教给了她比这更深更痛的东西，而且之前她已用那些比任何理论都鲜活的事例反驳得我哑口无言。

二十七、你以为我当皇上就是为了养猪吗

　　当儿时好友白首叨在反复催促下终于匆匆赶到时，我在非洲亲手建立的天花王国正在抗议声中摇摇欲坠，我的土王小命也是危在旦夕。几乎所有的国民，其实也就是两支来自不同部落的土著，都在群情激愤地围攻我的住所。他们不分昼夜地跺脚拍手，高声唱着莫名其妙的歌曲，还把猴蛇扔进我的屋子，弄得到处都是。猴蛇是我们这儿特有的一种沙漠蜥蜴，它们可以变换皮肤的颜色，而当地的土著知道如何用不同温度和形状的小石子来引逗它们变换他们想看到的颜色，而且赋予这些颜色不同的含义。我知道浅绿色是友好，紫色是绝交或者拼命的意思。他们现在扔进屋子的就是一些紫色的猴蛇。

　　我把首叨紧急招来，当然不是为了让他单枪匹马来对付这些暴徒。他们只是一些被人利用的工具，我真正关心的是谁在背后遥控这些工具。我之所以一直没有作出任何回应或者采取任何措施，是因为我在等待，在观察，在证实心中的猜测。现在，箭在弦上，我也大致看清了形势，觉得可以出手来平息动乱了。就在首叨到达的第二天早晨，我让他从地下室拖出来两大袋宣人专蜜糖，"要拿那两袋粉红色的，不要拿紫色的那袋！"我跟他说。自从建国以来，我的王国已经基本实现了温饱，臣民们有着吃不完的玉米和木薯，但他们最喜欢的还是平时难以获得的宣人专蜜糖，只要一见到这

种让人既亢奋又麻木的鸦片果子，他们就会温顺得如同绵羊一般。果然，看见首叨开始分发宣人专，抗议人群立马安静下来，自觉地在大门外排好了队伍，有些年长的臣民还讨好地开始清理地上或死或活的猴蛇。

门外的人群满意地离开之后，我邀请首叨共进晚餐。"你以前告诉我，治理这个国家的是你的左膀右臂博巴索纳和恩库努祖，你只是象征意义上的土王，那这些土著为什么不去找他们的麻烦，却只来攻击你呢？"首叨一边嚼着牛肉，一边打着手势问我。

"这正是我把你招来的原因！"我呷了一口红酒，咂着嘴回道："我当年在这边做生意发了财，买下这块土地，就是为了建立一个理想国来实现我一生的梦想。但一个国家没有国民就不成为国家，所以我把生意伙伴博巴索纳和恩库努祖招来，问他们愿不愿意带领他们各自的部落迁徙到我的领地，组建一个真正自由、民主、公正和富裕的国家。建国之后，我选择隐居幕后，这里面有好几种考虑，其中的一个是我对他们是否忠诚还没有完全的把握。做生意时关系相对来说比较简单，只要钱财两清就可以了，一旦有了权力，人性的各种阴暗就会暴露出来。你刚才的问题也正是这一个礼拜我在思考的。现在到了结算的时候了。"

"明白了。我知道你为什么把我叫来了。"

"做的时候选择等天黑以后，我们这儿的规矩是，白天是劳动生产的时间，所有的内政决策和财务清算都是在夜间进行，这样我们就可以利用一切时间为这个新兴的国家服务，可谓鞠躬尽瘁，有国而无我。"

　　第二天晚上是例行的法治会议，拟定的主题是这一周的治安事件和法律完备性检讨。所有的国会会议无一例外都是在我家里举行，我们一般每周开会七次，每次时长为夜间一到三百分钟不等。相互寒暄之后，博巴索纳和恩库努祖像是商量好了似地都不说话，只是以一种紧张和防备的眼神看着我。我用意味深长的眼神回敬他们，僵持了大约十分钟，我开了口："我们都知道这个礼拜发生了什么。天花王国毕竟刚成立不久，王国制度还有很多需要完善的地方。在国民们表达愤怒和不满的这几天，我一直在思考如何才能让你们二位的才能充分发挥出来，为国尽力。我决定一个月后辞去土王的职位，把它让给你们俩人中的一位，同时，去除它的象征意义，把国家的一切大权都集中在土王一个人的手中，这样才能集中力量办大事，不会因为互相猜忌和牵扯而一事无成。至于谁将戴上土王的皇冠，由你们俩自己决定，我不参与。一个月后的国民大会上，新土王将向所有的国民宣誓就职。"

　　一周之后，首叩向我秘密汇报，说一切皆已办妥。其实他不说，我也知道，而且如果没有我的眼线在私下煽风点火，他的离间计谋也不会产生任何效果，但这只是第一步。现在，他们两人中的一位已经得知另一位开始了行动，并向他的部落追随者和行贿商人暗示，他将是这个王国的唯一主宰者。接下来还需要另外两次点火才会让他们的关系像原子弹爆炸那样发生链式反应。我让首叩五天之后再次登门造访，这一次要大张旗鼓、大摇大摆地把满车的宣人专送到博巴索纳的府上，还要放出风声说，这是为他登基大典专门预备的。

当天晚上，我把恩库努祖一个人邀请到家里共进晚餐。"听说你和博巴索纳已经作出了共同的决定，外面都在盛传博巴索纳将要领导这个国家。我对谁将成为唯一的掌权者并没有个人的偏好，但对你此后将何去何从很是担心，所以今天把你请来，想听听你的看法，也顺便把我打听到的一些小道消息跟你分享，因为它们都与你性命攸关。我只想说，当一个人在你死我亡的情况下没有任何选择时，我会百分百地支持他反戈一击。"其实，我早就知道恩库努祖已暗地里做好了安排，我只是很奇怪他为什么还没有采取行动，不知道他在耐心地等待什么。同喜欢招摇、藏不住事儿的博巴索纳相比，恩库努祖就是那么沉稳，你不对着他的屁股揣上一脚，他就一直把屁憋在肚子里，不放出来让你知道它是臭还是香。

两天之后，在巫师的引领下，乌有部落的土著们敲着杰姆贝手鼓，跳着里皮库光脚舞，在欢快的歌声中抬着博巴索纳的棺材走向墓地。乌有部落是博巴索纳带到天花王国的臣民，他们对主人的突然离世感到无比悲伤，但好像并不惊讶，看来他们部落的巫师在心里疏导方面干得非常不错。我并没有参加葬礼，因为我正忙着让首叨把之前贿赂给死者的那些蜜糖重新装车，在送葬队伍正好经过恩库努祖的门前时，送到他的府上。

在登基大典的前一天晚上，我以商讨典礼的名义又把恩库努祖请到家里。他看起来志得意满，一副胜者为王的架势，竟然没有向我道谢，看起来也不打算向我请教。那我就不客气了，假装失手让酒杯掉到了地上。埋伏在厢房里的私人卫队蜂拥而出，把恩库努祖掀翻在地，捆了个结结实实。

听着他杀猪似地嚷嚷，我没有再同他说一句废话，让卫兵们把他关押到了地牢里。这些卫兵都来自乌有部落，我昨天已经对他们做了充分的思想教育，我敢肯定，他们现在押着这个仇人绝不会让他有一丝的舒服。

第二天的登基大典如常举行。当兴奋的国民们看见只有我站在台上，期待中的恩库努祖皇帝没有一丝踪影时，都焦躁不安起来，叽叽喳喳地议论着，脸上满是迷惘的神情。我看时机已到，打了个响指，卫队把恩库努祖五花大绑地押上了主席台。台下一片惊呼，很多人夸张地捂住了嘴。接着，我又打了个响指，这回押上来的是乌有部落的巫师。台下更加慌乱了，但很快便安静下来，死寂一片。我站起来，对着话筒一字一句地说道：恩库努祖辜负了我们，他的手上沾满了罪恶的鲜血，他的口袋里装满了不义的钱财。他为了大权独揽，勾结乌有部落的巫师，用咒语把姆巴苏纳的灵魂引出了胸膛；又向给我们带来财富的商人索要贿赂，中饱私囊。我打了第三个响指，五个装满了宣人专的麻袋抬了出来。台下所有人的目光都集中到了这些麻袋上，我知道，我要是再继续列数恩库努祖的罪行，已经没有什么人要听了。我下令，把这些没收的蜜糖都马上分发给人民，他们才应当是这些赃物的主人，同时挑选一些身强力壮的乌有土著，把他们的仇人拖到会场外处死。

登基大典的高潮是我宣布，作为这个王国的奠基者，我将暂时接过所有的权力，为实现我们当初建国的理想而献出自己的一生，我将无我。我还宣布，从今天起，我们国家的发展重点将转移到国际贸易上，我们已经有了足够的玉米和木薯，我们需要打开市场，把多余的粮食推销出去，换回更多的原材料和技术来生产宣人专，不久之后，蜜糖将再也不是奢侈品，而是我们每家每户、每顿每餐的日常食物。为此，我任命白首叨为首席贸易大臣，他具有丰富的国际贸易经验和各国各地的人脉，一定会把我们的产品以最好的价格推销到世界各地。

自由、民主、公正和富裕是我当初建国的理想，而把所有的权力集中起来是实现这一理想的必要手段，只有这样，才能多快好省地办成大事。当初让博巴索纳和恩库努祖掺和进来，本来就是初级阶段的一个过渡，好在这个使命他们完成得还算不错，我们因此可以进入下一阶段，实现经济腾飞了。第一个五年计划执行得非常圆满，家庭平均收入翻了两番，国家的人口增长了一倍，人口构成也不再是只有来自沙漠左边的乌有和来自右边的河商两个部落了，其他各个种族的深黑浅灰的居民纷纷加入了我们的伟大国度，有的是为了填饱肚子，有的是为了躲避战乱，还有的是为了发财致富。我为这个国家终于走上了正确的道路并正在快速前进而无比欣慰和自豪，但也隐隐地担忧这些新来的国民会给我们带来一些糟粕，玷污了自由、民主、公正和富裕的建国理想，为此，我特意拿出紫色宣人专，命令所有新入籍的公民、前来观光的游客和做生意的商人都必须在踏入国门前吃下两粒，以便生成足够的正能量，始终保持亢奋愉悦的心情，以积极向上的心态与我的臣民们交往。这种紫色宣人专比粉色的要珍贵的多，数量也非常有限，我一般极少把它赏给臣民。

随着市场的拓展和生意的扩大，我的首席贸易大臣忙得可谓焦头烂额，我告诉他不需要再像以前一样事无巨细地来向我汇报、听我指令，有些无关紧要的小事他完全可以自己做主。但有一天我真的是被他气疯了。一个不知从哪个犄角旮旯跑来的部落领袖提着极其贵重的礼物来向我告状，说我的贸易大臣发布公告，严禁天花国的任何个人或团体与他们有任何的生意往来。我听了很是生气，马上把首叨叫了过来，问他是怎么回事。首叨用母语跟我小声地说，别看这些家伙穿戴得体，他们其实是割头皮吃人肉的恶魔，对待自己的奴隶都是残暴无比，更不用说对待外人了。我睁大了双眼，看着他："所以呢？我们就不跟他们做生意了？"首叨不敢看我，嗫嚅着回答："我觉得与他们的经贸往来有违您的建国宗旨，而且还会助纣为虐，资助他们去犯下更多的恶行。"混账！我一拍桌子。"只要能赚钱，只要能让我们的人民过上好日子，我做牛做马粉身碎骨都愿意，你还在那儿对我们的生意伙伴挑三拣四？还在那儿区分黑猫还是白猫？只要他们不是来颠覆我们，就应当一律热烈欢迎！"

我对首叨的忠诚没有丝毫的怀疑，但他好像长了一颗榆木脑袋，有时候不但不开窍，还成事不足败事有余。这天，我收到了一份内参，说民间有很多人已经出现了被启窍虫感染中毒的症状。内参是一种用特有的纸张和格式书写的内部报告，一般由散布在全国各地的监察员撰写，主要是用来体察民情，掌握国民动态。我把首叨招进皇宫，问他知不知道这件事。之所以问他这个贸易大臣，是因为我百分之百确定这种虫子是从国外带进来的。

"这件事小人知道，皇上。"自从上一次被狠狠地训斥了一顿之后，首叨现在只要见到我就双腿随着双唇抖个不停，"而且我查了，这种虫子是跟着一种进口游戏混进来的。"

"知道了为什么不告诉我？既然查明了是跟游戏混进来的，为什么没有做好防疫检疫把它们灭杀干净？或者至少给它们喂上足够剂量的紫色宣人专？"

"皇上，它们是游戏里面的虚拟虫子，不是粘附在游戏包装上的真实动物。"

"混账！你还在嘴硬！我不知道吗？要你解释？这种游戏只有那些大富大贵的纨绔子弟才会玩，那些平民百姓是怎么感染上的？"

"皇上所言极是！这些游戏本来平民百姓是玩不起的，但根据我们的'公平公正法'，如果某件拥有物在某个种族或阶层或群体的占有比例超过了其他种族、阶层或群体的百分之九十，则国家有权强行没收该拥有物进行二次分配。平民之所以接触到这些游戏，还有我之所以没有汇报，都是因为它是二次分配所致，是符合天花国法律的。"

"法律！法律！这世上还有谁比我更了解这些法律吗？它们就是我制定的！"我气得真想抽他两个大耳刮子，"在任何社会，法律在上层是权斗的工具，在中层是金钱的交易，在底层就是恐吓的刑具！你说，现在有那么多人已经被启窍虫感染了，我们该怎么办？"

"皇上，小人不明白您老人家为什么会为了一个虫子而如此操心、如此愤怒。如今国泰民安，人人富足，天花国离您的建国理想只有咫尺之遥。您又何必为了这件小事伤了身体呢？"

"愚蠢！简直是冥顽不化！这是伤身体的小事吗？这是要命的大事！"我为首叩还不明白我内心的焦虑气得浑身发抖，"你以为我殚精竭虑地为臣民们谋福利是为了什么，就是为了让他们吃得好睡得香吗？纵览古今，所有能在史书上留名的伟大政治家、所有能长期当权的政府都只是做了两件事：获得权力和保持权力。要完成这两件事，一个好的领导人必须学会掌握好各种微妙的平衡，比如既要满足大众的物质需求来讨好他们，又要随时阻止他们思想出轨来纠正他们；既要培养得力的干将帮助自己实现各种目标，又要做好防范以免他们做非分之想，而一旦民众或干部们误入歧途，又该如何消毒清洗，等等等等。这么多年来，我为了天花国无私无我，就是为了让这个江山能代代传下去，不改姓，不变色；如果不明白这个道理，以为我们的宗旨和目标就是为了让国民们过上好日子，那我们就是在舍本逐末，那我们还需要生产宣人专做什么？那我们干嘛要把他们当作猪一样来圈着？啊！？你以为我当这个土王、做事实上的皇帝就是为了养猪吗？我的儿子才刚四岁，我还要无私无我地为这个国家奋斗多年，才能等到他长大成人、延续血统；可是，可是这个虫子会钻进臣民的脑子，刺激他们私欲膨胀，想要获得财富之外的各种权利，蛊惑他们去追求只有我们才能拥有的东西！这个臭虫会腐蚀掉猪圈，让猪跑出来拱我们的权力，会让我们的江山变色，会让我们断子绝孙！"

"请皇上息怒，小的现在有些明白了。"

"你明白个屁！你什么也没有听懂，你根本就不应当听懂！"我一边喃喃自语，一边下意识地按下了桌上的红色按钮。这个按钮通向我的私人卫队；每当天人不能合一，或者和谐遭到破坏时，我都会按下这个按钮。它就像一个"重置"键一样可以解决一切问题，让国家恢复到我当初建国时所构想的理想状态。

二十八、地铁口的流浪汉

　　每天上下班进出地铁口，都会看见一个身材魁梧的黑人大汉依靠在墙角，等待着好心人的施舍。虽然鄙夷多于怜悯，但我做人的原则之一，就是在没有理清所有事实之前，绝不去随意评判他人。所以，每次经过时，我的理智和情感都会像猫遇到了狗一样，在我不大的脑子里上蹿下跳地搏斗一番。一方面，我知道善恶是先天人性和后天环境的合成产物，每一种肤色里都有好人和坏人，没有哪一个种族代表着纯真善良，也没有哪一个种族代表着十恶不赦；但另一方面，当你被某一个特定人群伤害的概率大于任何一个其他的族群时，一见到这个族群的肤色，你就会本能地产生反感和戒备。在几年前半工半读时，我曾好奇，为什么会有那么多的黑人在恶性循环里度过一生，有那么多的非裔过得还不如我这个人到中年才偷渡过来的少数族裔。在几年的暗中琢磨下，我甚至自豪地发现，自己发展出了一个新的社会达尔文主义理论，那就是，一个没有诞生过古老文明的种族也不会拥有现代文明。为了证明这个理论，我还特意泡在图书馆里作了好几天的研究，这才对与我们截然不同的黑人文化有了更深的了解，明白了历史和政治对他们现状的影响，但最终我也感到更加困惑，不明白到底是外情还是内因造成了非裔当今的困境。对于这个正当壮年的无家可归者，我想也许他就是一个较好的研究样本。

　　终于有一天，不用急着赶到公司完成工作任务，我便站到他面前，把二十美元纸币放进他的塑料杯里，说："嘿，伙计，你看起来一定经历过很多事情，对人生有着同我们这些俗人完全不同的见解。愿意跟我说说吗？说不定我可以做点什么？"

黑人大汉看了看杯子里的钱，又抬头瞧了瞧我，把纸杯连同钱一起藏到屁股下的购物筐里，拍了拍旁边半湿的地面，说："坐，哥们！只要你不介意，我可以短话长说。很多年前，我同你一样，依着光鲜，工作体面，每一天上下班，都会在地铁口看见一个可怜的流浪汉。有一天，我给了他一些施舍，跟他搭上话茬，知道了他的现状和过去，并渐渐地成为了狐朋狗友…。"

二十九、蚂蚁的蚁字里有个意义的义

　　每当仰望星空，看见银河的全景时，我都会觉得它很像神秘的女性阴户，想象着总有一天我们会把精子一般的火箭射进其中，也许那时，我们才会解开人类的存在之谜。更多的时候，我惊奇于地球相对于宇宙虽然渺小却与它有着内在的联结，一如蚂蚁相比于我们人类，它们微不足道，但就生存的意义而言，我们殊途同归。我的这些感悟和思考都来自于一次跨洲考察。

　　我学的是生物专业，研二暑假时，教授我们昆虫学、人称"蚂蚁之王"的兰斯教授想要招募一队人马，去非洲考察高腿蚁。这种蚂蚁生活在撒哈拉大沙漠的地下洞穴里，在遇到捕食者时，会把肠子一股脑地抛出，射在敌人的脸上，因而又有一个"抛肠蚁"的别称。但由于生活在沙漠之腹，又躲藏于深深的地下，它们至今仍然没有得到仔细的研究，更没有详尽的学术记载。现在，兰斯教授想带领学生对这个种群作一次开创性的考察。

　　出发当天，教授却病了，他在我们登机前发来一封很长的邮件，详细列举了各种注意事项，并说准备了三个锦囊，在收到我们的求救信后，会依次发给我们。大家都有些惴惴不安，有点群龙无首的恐慌，好在没有人因此退出队伍。除了我在沙漠边缘被两个蒙面警察抓走并关了几天的小插曲外，后面的旅程都较为顺利。考察队在当地向导的带领下，终于来到了撒哈拉大沙漠的深处，扎好了营地。

我们把营址选在沙丘低洼处，还特地挖了一个较深的沙洞来抵御高温，饶是如此，一天大部分的时间都是热浪滚滚，只有早晚才可以爬出洞外进行考察。一连几天，我们都一无所获，除了观察到几只蜥蜴之外，一只蚂蚁也没有看见。无奈之下，只好利用卫星网络向兰斯教授求救。教授回复得很快，简短而直接，只有一个字：威尔逊。我们当然知道谁是威尔逊，就是他第一个报告说，撒哈拉大沙漠里生活着一种前所未见的高腿蚁，只不过他是蜥蜴专家，观察到这个新物种纯属巧合。那一天，他在跟踪一只刺尾蜥，看他如何在荒无人烟、酷热难当的沙漠里觅食，正好撞见了这个不幸的家伙被一只高腿蚁喷了一脸的污垢，差点窒息而死。看了兰斯教授为了节省经费而惜字如金的邮件，我们猜测，他是想让我们模仿威尔逊教授的做法，用跟踪蜥蜴来寻找目标。于是，接下来的每一天早晨和傍晚，我们都在寻找蜥蜴，不是用无人机空中扫描，就是派队员步行跟踪，几天下来，除了捕获几只以飞毛腿和三角形绒毛著称的银蚁之外，仍然是一无所获。我们一度怀疑威尔逊教授当时是被热浪熏花了眼睛而错认了物种，但我们知道他声誉卓著，治学严谨，应当有着十足的把握，才会发表自己的发现。我们进行了激烈的讨论，认为也许是时机不对，到目前为止，我们只是在早晚进行追踪和考察，因为蜥蜴只有在这两个窗口才出来活动，如果高腿蚁为了躲避天敌而早晚闭门不出，只在酷热的中午现身呢？无论如何，我们不能排除这个可能，而这也是目前我们唯一可以尝试的办法了。

　　第二天中午，我们五个人挤在沙洞里，紧盯着操作屏幕，生怕错过了袖珍无人机传回来的任何一帧画面。烈日当空下的撒哈拉一片死寂，隔着屏幕，我们都能感觉到令人窒息的热浪，热气让空中的无人机镜头有些模糊，操作手尼克决定降低高度，以便可以看清地面，就在这时，画面忽然猛烈抖动起来，屏幕飘起了密集的雪花。"召回！召回！赶紧召回！"临时队长丹尼尔大声地叫道。他不用喊，我们也都知道把无人机召回是这种情况下没有选择的选择，而且都在内心里祈祷，它没有坠毁，只是镜头出了问题。所有人都紧张地盯着洞口，希望我们那任劳任怨、出生入死的小伙伴可以平安地归来，但等了很久，早已超过了返程时限，它也没有出现在眼前。

　　好不容易等到傍晚，我们决定留下我和埃德加两人看守营地，另外三人结队外出搜索。三个小时后，正当我和埃德加一帧接一帧地放大之前的录像，寻找着蛛丝马迹时，队员们兴高采烈地回来了。

　　"太棒了！终于找到了！"丹尼尔一进帐篷，就满面笑容地喊道。

　　"无人机找着了？"我问。

　　"不，高腿蚁找到了！"尼克迫不及待地插嘴回道："当然无人机也重新回到了我们手里，而且它就是抛肠蚁存在的证据！"说完，他把包里的机器小心翼翼地拿了出来，给我和埃德加看。一股腥臭味扑面而来，我捏住鼻子，仔细观看，只见螺旋桨的轴承部位被一些昆虫内脏似的东西缠住了。我立马明白了他们为什么这么开心，这确实是侦探们最喜欢的物证。

乘着斑斓的晚霞和激动的心情，我们立马转移营地，把新址设在了几里外无人机坠落的地方。看来高腿蚁确实只在阔热难挡的正午出没，蜥蜴专家威尔逊教授能够观察到它们实在是幸运，因为一般来说，蜥蜴只在早晨和傍晚才出来活动，也许他跟踪的那只刺尾蜥是个另类。第二天中午，我们把修好的无人机再次放了出去，围绕着营地仔细地搜索。这一次，我们根据昨天的教训，控制着巡航高度，没过多久，画面里果然出现了几只黄褐色的昆虫，它们移动迅速，无人机的镜头很难聚焦看清它们的模样。我们决定暂时不去采样或作个体考察，而是跟踪它们，找出蚁穴，然后再进行个体和整体的研究。

接下来的几天，我们忙得不可开交。每一个人都根据各自的分工，有条不紊地观察、分析和记录，有时还要冒着生命危险，顶着热浪短暂地外出跟踪；到了晚上，我们又要聚在灯光下开会总结。一周下来，我们大致理清了高腿蚁的生态特征、生活习性和社会组织，并纠正了威尔逊教授的一些不实报导。其实，高腿蚁的四肢并不比其他种类的蚂蚁要长，它们只是在奔跑时喜欢把腿支楞起来，以免身体被炙热的沙粒烫伤，在威尔逊的眼中，它们的腿便显得很长。同所有其他蚁群一样，它们的社会也是由蚁后、雄蚁、工蚁和兵蚁组成。工蚁们每天正午外出，并不是去觅食，而是寻找因高温或缺水死去的各种昆虫，把它们拖回家咬碎，当作培养真菌的养料，而菌丝才是它们的真正食物。每当工蚁在拖运昆虫尸体回巢时，兵蚁们则会在两侧和后方护卫，一旦有捕食者靠近，它们就会从肛门高速喷出自己的内脏，让对方窒息或者受到惊吓。这种招数也被游水界的海参使用得炉火纯青，只不过海参在把内脏抛到捕食者的脸上后还会长出新的组织，而可怜的高腿兵蚁则会马上一命呜呼。这也不怪它们，毕竟它们的天敌可不是什么寄生蚤蝇，无法像南美切叶蚁那样骑在运输的叶片上，只需拍打那些试图产卵寄生的蚤蝇就行了。

就在我们自信满满，以为高腿蚁王国已经被我们研究得一清二楚、考察即将提前完成时，有两个奇特的现象引起了我们的注意。一般来说，高腿蚁只在天敌们闭门不出的正午出来活动，但有一只被我们称为彼得的工蚁却反其道而行之，它只在傍晚出现，而且行动缓慢，唯有遇到蜥蜴时，才活跃起来，与自己的索命鬼玩着猫捉老鼠的游戏。我们对此百思不得其解，也担心总有一天它会玩火丧命。另一只让我们困惑的工蚁也喜欢独自行动，即使发现了美食，它也只是告诉其他的工蚁，让它们搬运，自己则继续四处游荡。大多时候，它喜欢爬上沙丘的顶部，像只狗熊一样，直立起身子，转动着两只触角，四处观望。我们当然知道它不是真的在看东西，因为所有的蚂蚁都没有什么好视力，它可能只是在用触角感知着什么。我们管这只独行侠叫思考者杰克森。

收到我们的邮件后，兰斯教授这一次回复得稍微长了一些，他让我们回答两个问题：高腿蚁王国是封闭系统还是开放系统，各自的边界又是什么。这真是典型的兰斯！他总是喜欢以系统的视角来整理和解释各种现象，并说只有这样才能跳出细枝末节，看清全貌。作为他的学生，我们当然也讨论过高腿蚁王国的系统属性和构成，只不过意见难以统一。我们都同意，整体来说，这个王国是开放系统，它与周围的环境有着一定的能量和质量交换，比如，其输入是来自外界的昆虫尸体，产出是更多的蚂蚁后代，它们会建造洞穴、改造沙丘，等等。我和尼克提出，整个族群里有大量的工蚁服侍着蚁后，培养着真菌，照顾着后代，它们在深深的洞穴里与外界完全隔离，与其说这个蚂蚁王国是一个开放系统，还不如说是由闭合和开放共同构成的复合系统。为此，大家吵得不可开交，最后，我们一致同意，要找到正确的答案，必须进行一项实验。

我们利用之前观察蚁穴时挖好的坑道，把工蚁们的进出通道堵死，让留守在家的那些蚂蚁与外界完全隔绝，当然那些培养真菌的隧道仍然可以与外界交换空气。接下来的几天，我们仔细地观察被封闭起来的蚁穴，想要知道它们会如何应变。一个礼拜过去了，蚂蚁们并没有出现什么恐慌或骚动，但由于失去了营养，每一个培养室里的真菌都在逐渐萎缩，菌丝明显地减少。我们都很担心，这些可怜的蚂蚁没有几天就会饿死，并想着再过一天是不是要打开通道，放它们一条生路。然而有一个现象让我们困惑不解，蚁后产卵的速度明显加快了，难道它明白自己时日无多，想要把体内的所有后代都加班加点地生产出来？食物在急剧减少，此时却增加蚁口，那不是加速王国的灭亡吗？经过讨论，我们决定再观察几日，想要看看蚁后到底打着什么算盘。令人意外的是，接下来的几天，真菌又开始了生长，菌丝的产量稳步提高，甚至超过了封闭前的水平，所有的蚂蚁仍然是井井有条地忙碌着，有的给蚁后清理身体，有的忙着为真菌添加养料。我们感兴趣的是这些养料从何而来。"它们在自相残杀，同类相食！"埃德加叫道。"好像不是自相残杀，而是有选择性地杀死那些老弱病残者。而且也不是整个吃掉，而是把躯壳留下，嚼碎当作真菌的营养。"我把放大镜交给队长，对大伙儿说。我们所有人都对视了一眼，明白了蚁后的小把戏。

几天的观察证实了我和尼克的猜测，我们俩都很高兴，但大家马上就意识到了一个更加严重的问题。这些小昆虫一直被认为只是在根据自身体内的基因行事，每一个个体一生下来，一辈子的命运就注定了，不是成为专注交配的短命雄蚁，就是当作操劳于内或忙碌于外的工蚁，或者充当护卫或打手的兵蚁，觅食、交流、合作都是既有程序的本能反射。但我们这两周的观察却表明它们也会见机行事，难道在短短的十天之内它们就改变了自己的基因，而且是有组织地、有条不紊地集体改变了所有个体的基因？

兰斯教授收到了我们的疑问后马上发来了他的第三个锦囊：如果你是其中的一只蚂蚁，你觉得自己活着的意义是什么？我们面面相觑，谁也没有回答。"听起来这是一个非常私人化的问题。"队长丹尼尔清了清嗓子，轻声地说，"沙尘暴马上就要来了，向导要求我们尽快撤离。回去后，我们也许可以就这个问题单独同教授讨论。"我对此完全同意。在参加高腿蚁考察队之前，我同相处了三年的女友刚刚分手。她对我继续求学攻读博士学位的决定一直耿耿于怀，我正想赶紧回去同她好好谈谈。"你要是这样读下去，我看不到任何前途。"分手前，她直白地告诉我，"蚂蚁学博士能找到什么好工作？我想要的是一起努力打拼，挣钱过上好日子，抚养一两个孩子，把他们培养成人。这是一个人活着的意义。你要是觉得你的蚂蚁研究更有意义，那我们就没有必要再呆在一起了。"

　　"我的第三个锦囊并不是要取笑你们是蚂蚁，更不是真的要你们回答什么是生命的意义，你们也许有过思考，但它对你们来说还是问得太早了。即使是声誉卓著的哲学家也不能给出让所有人都信服的答案。我的本意是想让你们研究蚂蚁个体与其社会的关系。"回到校园后的考察总结会上，兰斯教授听了我们的报告后，解释说："说到哲学，你们可能不知道那是我刚进大学时选的专业。那时存在主义非常流行，我对自身存在的目的乃至整个人类存在的意义都非常地好奇。但读了两个学期之后，我发现形而上学地讨论并不能彻底解决问题，便申请转到生物系，从研究蚂蚁等小昆虫开始来理解生命如何生存和演化。你们刚才的报告非常棒，具有很多创新的发现，我会努力让你们的论文作为《自然》杂志的封面文章发表。但在提交之前，我们还要理清几个问题，让论文上升到佐证生命演化的意义的高度。第一个问题是，高腿蚁王国成为闭合系统后，蚁群的生存策略是如何转变的？一般来说，任何生命的个体都是基因的奴隶，但群体会产生涌现现象，或者说，产生社会基因。对于高腿蚁，我们必须研究清楚两个关键环节，其一，牺牲老弱病残的社会基因的产生机理，其二，这个社会基因对个体基因的作用机理。还有第二个问题，你们观察到的那两个异类，挑衅者彼得和思考者杰克森，它们为什么会行为乖张，是不是因为它俩的基因发生了突变，这需要我们下个假期再回到那里，把它们制成标本，作进一步的研究。"

　　"兰斯，我不想参加明年暑期的考察了。呃…我是说，我下个学期想退出博士学位申请，我觉得早些工作可能对我来说更合适一些。"我举起手，鼓起勇气告诉教授。

　　兰斯放下手中的论文草稿，又摘下了眼镜，看着我。"很可惜我无法给你什么人生建议，蒋。不过，既然我们是在研究蚂蚁，我倒是可以告诉你这几十年来我对它们的观察和理解。"他用手合上眼镜腿，缓缓地说，"我们都知道，这个世界是以系统为单位运行的，因而任何一种意义都必须具备两个要件：系统相关和系统边界。如果一个物体或者一个现象与自身所处的系统没有关联，那这个物体或现象就与自身没有任何关系，也不具有任何意义。另一方面，一个物体或现象与自身生存的系统有关联，但它远在天边，不在系统范围之内，那么它也不具有任何意义。比如，我们正在考察的高腿蚁以菌丝为食，非洲的原始森林里有很多天然的真菌，是难得的美食，但对于撒哈拉沙漠里的高腿蚁来说，就没有任何意义。如果用人来举例的话，我们可以每天苦思冥想人类的终极意义是什么，也许这个意义确实存在，但在我们目前的文明水平下，它位于我们的认知之外，位于我们的文明系统之外，因而它是无意义的意义。每一只蚂蚁都同时活在两个系统里：个体系统和社会系统，因此，它们的意义也必须同时符合这两个系统的相关性和边界性。我觉得大自然的美妙之处就在于，它不喜欢线性的宿命论，而是提供了无限的可能。高腿蚁选择在毫无生气的撒哈拉大沙漠筑巢，说不定就是某个特立独行的蚁后的荒唐决定，结果它们的同类在非洲大草原里灭绝了，它的后代却在沙漠里繁衍存活了下来。你看，系统外的行为本来不具有现实意义，但最终会促进另一种系统的生成，造就巨大的影响。也许，彼得和杰克森的探索会开创它们自己的生态系统呢，这也是我们为什么想回去一探究竟的原因。蒋，除了学业，我对你了解不多，无法给你一些人生建议，告诉你该如何在自己的生存系统和认知范围内界定你的意义，但如果你下定了决心，我很愿意为你写一封热情洋溢的推荐信，帮你找到一份工作，虽然那将是我们这个团队的一个非常大的损失。"

彼得和杰克森的故事打动了我，杰克森其实就是由我发现并命名的。我又想起了当年选择生物学并决定获取博士学位时跟父母的解释，而真实的动因其实同教授一样，也是来源于小时候对满天繁星的好奇和成年后对生命意义的困惑。我一直在纠结刚刚结束的恋情，我明白，女友选择分手是因为她感到我们结合后的日常生活充满了不确定；而我执着于蚂蚁研究，是因为我感到人类生命的未来充满了未知。对于我们两人来说，一个明确的意义都会让我们感到某种心安，虽然这个意义与她与我并不相同。也许在她的眼中，我就是那只名叫杰克森的蚂蚁，也许我应当去把杰克森研究个明明白白，这样我才能了解我自己。

三十、大雁，狐狸和我

　　屋后的池塘里有一群大雁，每次见到我，都会引吭高歌，当作见面的问候。作为我内心里真诚的朋友，它们的数目甚至超过了我的人类知己。所以，发现其中的一位翅膀有伤时，我非常地悲伤和担心。果然，秋去冬来，兄弟姊妹跟在父母的身后，排着队一个个飞上了天空，这只受伤的可怜儿仍然耷拉着翅膀，孤零零地漂在水面上。我非常担心她在上岸觅食或在夜晚入睡时会受到伤害，因为我家后院还住着一只狐狸。每天，我在给形单影只的大雁送去菜叶的同时，也把吃剩的鱼肉和吐出的骨头放到院子的盒子里，希望他们俩在各自吃饱之后能够相安无事。

　　在春天即将到来的最后一个冬日的夜晚，我梦见自己变成了后院的狐狸，是我阴险地把大雁的翅膀咬断，在它落单之后，又一口咬住它的脖子，鲜血喷溅到我的脸上，甚至蒙蔽了我的一只眼睛。我吓得大叫一声醒来，再也没有了睡意。

　　吃早餐时，赶着上班的妹妹对我的噩梦不以为然，说它只是反映了我在单位的复杂人际关系；不识字的母亲则慌张地要去庙里上香，说它暗示了我前世的果报；天塌下来也要保持微笑的父亲安慰说，这正好预示了我来生的救赎和解脱。而我，决定休工一天，坐到院子里，静静地等待着狐狸的到来。

三十一、身体的悲歌

当我在睡梦中被电话闹醒时，心里非常地气恼，平时睡眠一向很浅，一旦被打扰，便再也不能继续入睡。如今疫情严重，我封闭在家无法出去散步锻炼，黑白颠倒更是昏头昏脑，偏偏现在有人非要三更半夜地乘人入睡时用电话骚扰。我决定不予理睬，伸手去抓床头柜上兀自震动不已的手机。就在我把它拿到手准备关机时，眼睛的余光看到的好像是姐姐的名字。我心头的怒气连同睡意顿时消了大半，赶忙打开灯，接通了电话。刚一接通，就听姐姐一边嚎啕大哭，一边上气不接下气地叫道：二弟耶，出事了出事了！你快救救虫虫！他们要把她抓走了，正在用斧头砸她的门哟！

我是家里兄弟姐妹中唯一读到了高中并考上了大学而且在北京工作的孩子，小到我们家，大到整个村镇，乃至所有认识和不认识的亲戚，只要有什么牵扯到官老爷的事不能解决，就会找我，因为北京对他们来说就是大官们为民做主的地方，何况我还在中央工作？他们不知道，我其实只是一个无关紧要的部门的一个无权无势的小职员。但对姐姐我有着特别的感情，即使事情没有这么严重和紧急，我也会竭尽全力地满足她的请求。

姐姐是受过伤害的人，我曾亲眼看见她像动物一样被残忍地虐待。

那时我刚上高中，有天放学回家，惊讶地发现妈妈在做晚饭，平时这个时间她不是在田里就是在地里，做晚饭是我放学后该干的活儿。我正要询问，发现姐姐正坐在灶台后添柴加火。原来是她从婆家回来了。晚上吃饭时聊了什么，我已不记得了，留在记忆里的只有我和妈妈后来的对话。我们有这个对话是因为妈妈做了两个蒸鸡蛋，但不允许我吃，她自己也一口未沾，都给了姐姐。姐姐走后，妈妈叹了口气，对我说："你姐姐又怀孕了，馋得慌，家里一天三顿尽吃咸菜，她回来是想讨口荤的。我们家现在哪有钱去买荤菜？只能蒸两个鸡蛋给她吃。我知道她也没吃好。"我当然知道我们家的底子，自从父亲英年早逝，我们就落到了社会的底层，就连与别人换劳力耕种收割都会遭受白眼，因为我作为男孩还没有多少力气。但我完全理解姐姐嘴馋。我的身体当时正在发育，每天上课总是因为想着吃的而不能专心听讲，早餐倒是吃了泡水的锅巴因为不好消化并不会饥饿，但到了下午和晚上，往往会饿得心慌。有一次做晚饭时，我偷了一个鸡蛋，塞到柴灶里，想把它烧熟了吃，没想到它在柴火里会爆炸，我赶忙把它扒拉出来，连灰也来不及吹干净，就塞进嘴里，把喉咙烫得连晚饭的咸菜都无法下咽。几天后，妈妈准备拿几个鸡蛋去换盐巴时，才发现少了一个，她只是问了问我，并没有追究。我当然知道鸡蛋是我们家的最大财产，母亲用它来换取油盐，也用它来预备我下一个学期的学费。

那天晚上，我从妈妈的愁容里看出，她肯定还有别的什么心事，如果只是因为姐姐没有吃到荤腥，她不会在姐姐离开后就一直愁眉不展。答案是在四个月后解开的。那一天深夜，我正在做作业，妈妈在做针线。我忽然听到窗外有人在小声地喊我的小名，我有些害怕，去告诉了妈妈。开了门，是姐姐。我正纳闷她为什么这么晚还要过来，而且一副鬼鬼祟祟的模样，却发现她的肚子比往常大了好多。我一下子明白过来，她是为了不被抓去堕胎到我家来躲藏的。姐姐已经生了一个孩子，是个女儿，名叫童童，但姐姐的舌头有些残缺，说话漏风，总是把她喊成虫虫，所有同村的孩子也这样叫开了。姐姐不止是舌头有些残疾，她的右眼也只有白色的眼球。有一年冬天，那时她才三岁，我们村长的儿子为了抢着取暖，把她推倒在火盆上，等到妈妈听到哭声跑过来，把她嘴里和眼里炙热的木炭掸掉时，她的舌头和眼珠已经被烧坏了。姐姐最终嫁到了几十里外的山沟里，丈夫是个老实巴交的光棍，但他的哥哥已经有了一个儿子，所以姐姐家即使第一胎是女儿，按照计划生育政策，也不准再生第二个孩子。

　　一个月后，也是在吃晚饭的时间，一伙不知道什么身份的家伙来到我家，说要找姐姐。妈妈说，你们找她不去她家，来我家做什么？领头的很不客气：她没有家了！她的家已经被抄了被拆了！你要不把她交出来，你这个屋子我们也要拆。我那时候还不知道姐夫已经被抓走关到了派出所的号子里，童童被送到了她奶奶家。我也不知道，是姐姐的嫂子把她报告给了乡政府的计生办，因为她是村里的妇女主任，平时就用赠送免费卫生巾来掌握村里所有育龄妇女的生理周期，知道谁没来例假谁怀了孕。据姐姐说，计生办的人已经骚扰她有两个多月了，要强行把她抓到镇上去做流产和结扎。"你生下童童不就已经结扎了吗？"妈妈问。姐姐说她也不知道怎么又怀上了，既然这是天意，她一定要把孩子生下来。

　　那伙人没再理睬妈妈的争辩，推开我们，开始在屋里翻箱倒柜地寻找起来。他们当然找不到人，因为姐姐躲在屋后的猪圈里，平时三餐都是我们送过去。"你跟你女儿说，她要不来自首，她老公就会一直关着没吃没喝直到饿死。再过一个礼拜，我们也要把你抓走，再把你这儿子抓走！还要把你们家的屋子给拆了。"我当时被巨大的恐惧压抑得喘不过气来，但妈妈觉得这伙人是虚张声势，还在说：你们找不到人，跟我这做娘的来较什么劲？

姐姐觉得在这里躲下去会连累我们，于是在几天后的一个深夜，她独自离开了。但这并没有洗清我们的嫌疑，妈妈还是被带走了，家里所有的鸡和值钱的东西也一并被搜刮得一干二净。我真的很担心，再过两个礼拜，他们要是再找不到姐姐，真的会把我也抓走，把我们的屋子给拆了。一个月前，他们就是这样对待姐姐一家的。妈妈进了号子，我只好辍学照顾田地，以免秧苗和豆苗旱死。就这样过了将近一个月，姐姐乘着月色又回到了我家。她说这一段她就住在屋后的一个山洞里，靠泉水和野菜野果子活命。回来后，她还是躲在猪圈里，但平时会在我忙活田地时帮着做饭，没想到炊烟暴露了她。我在门口的田里干活，竟然没有注意到有那么多人到了我家，听到哭喊声才知道他们已经破门而入，把姐姐按在厨房冰冷的水泥地上。姐姐拼命反抗，但那些身强力壮的男人就像叉着一头猪一样把她抬到了镇上的卫生所。

再次见到姐姐是两个月后，妈妈用红布包了六个藏在米桶里的鸡蛋，带我去看她。当她从床上坐起来吃鸡蛋时，我才发现不止是脸上，她的手臂也都是抓痕和大片的青紫。她一边吃一边又哭了起来：孩子流下来还是活的，跟虫虫出生时一模一样。接着她又抹了把鼻涕：要是不流，今天就是她的预产期。妈妈没有看她，只是说：只要大人没事就好，你看我们村老龚家的媳妇，堕胎后人都疯了，整个成了废人，家里人都把她当作丢人的累赘。

当我半夜听到电话里姐姐的哭喊，说有人正在用斧头砍童童的房门要把她带走时，我的第一个反应是童童怀孕了要被抓去堕胎？但又觉得不对，因为童童刚刚结婚，还没有孩子，而且她曾明确地跟她妈妈说，她不想要孩子，"城里头什么都贵，买房子就不说了，我连自己都养不活，哪还有钱养孩子？"即使姐姐说可以送到老家帮着带，童童也毫不动摇，"我好不容易从老家跑到省城，在这里活下来，还把孩子送回那个山沟？那我们祖祖辈辈的命运不就是个轮回，还是改变不了？"

我定了定神，把嘴巴靠近手机的话筒："姐，你说清楚一点，童童她到底怎么了？"

"虫虫要被抓到方舱里去了！"

"她是阳了吗？"

"她说每天都测了核酸，都是阴的，但上门的警察说，他们得到防疫办的命令，说她就是阳性，必须马上送到方舱隔离。"

我有些不高兴，加重了语气："既然防疫办说是阳性，要她去方舱，那她去不就得了！"我之前已经听说了童童那幢楼两周前检测出了一个阳性感染者，整栋楼已经被隔离起来，封锁的那一天，童童的新婚丈夫正好从外地回来，家近在咫尺，却不得其门而入。姐姐可能听出了我口气里的不快，便说：我也不清楚，她刚刚给我打电话，听着声音像是要出人命，我就赶紧给你打了。我挂了，你给她打过去问问。要是真阳性，就劝劝她。

童童的电话刚一接通，嘈杂的吵闹声混杂着噼噼啪啪的砸门声还有什么铁器的敲打声震得我耳朵都跟着鸣叫起来，我赶忙把免提打开，将手机放到被子上，可着嗓门喊道：童童，你那怎么了？你妈说他们要送你去方舱？

"舅舅，我天天测，报告都说是阴性，门外这些警察非说我是阳性，非要在这深更半夜把我抓到方舱去。"

"那你跟他们对抗也不是办法。你就先跟他们去方舱，然后再想办法，是不是会好点？"

"我不能去，舅舅！你没看那些转播还有图片吗？方舱根本就住不了人，上厕所要抢，吃的喝的睡的都要去抢，我一个女的，哪抢得过别人？吃不饱睡不好都不要紧，我本来阴性，进去不就被感染真的成阳性了？即使治好了，回来也是什么都没了。我楼下江西那个男的，前两天拿着方舱给的证明回来，房东不让他进门，说房子不租给他了，居委会当然帮着房东，根本不让他进楼，他现在还住在对面的马路上呢。我一个女孩子可不能……"

话没说完，我就听见一声巨大的声响，然后是童童的尖叫，还有好像是洗脚盆被敲打的声音。我对这个声音很熟悉，那是我们家的一个搪瓷脚盆，是爸爸去世前被评为劳动模范得到的奖品，姐姐出嫁时带去了她们家，童童结婚时又给了她。我小时候曾用木根敲打它吓走试图抓走小鸡的老鹰和大灰狼。我抓起手机，把嘴贴在屏幕上可劲地喊：喂！喂！童童！你怎么了，童童？

这时我听到一个男人的声音问："你谁呀？"

我降低了嗓门，用正常的语气回到："我叫蒋中子，是她舅舅。"

"哦，你是中子吧？"

"是，是我。您是？"

"我是罗财呀！"

我想起来了，罗财是姐姐嫂子的儿子，自从被强行堕胎后，姐姐就与这个亲戚断绝了来往，但这位妇女主任倒是找过我不少次，请我帮忙给她儿子找个好工作。罗财甚至到北京在我这儿住了几天。我当然无法给他找一个既有编制又有头有脸的光鲜职位，介绍的那些零工他干了几天就跑了，最后还是她妈妈通过关系让他在家乡派出所当上了辅警。他现在怎么跑到省城执法来了？

"叔，现在疫情紧，我们从地方借调到省城了。虫虫呢，她在阳性名单上，我们必须把她送进方舱。我只管抓人送进去，到里面我就不管了。"

我一宿未睡，第二天决定去找老同学，他在一个权力更大的中央部门工作，虽然也像我一样是个无权无势的小人物，但他说不定能给我一些建议帮到我的外侄女。天刚麻麻亮，我就戴好口罩，拿上核算检测证明，坐进了地铁。我以前也去过老同学那儿，只要四五站路就到了。走出地铁口时，我看见外面站着一排警察，已经有两三位外地人模样的老者被拷上了手铐，蹲在地上，我正纳闷他们是不是违反了防疫规定，自己也被拦了下来："身份证！"我连忙解释："不好意思，忘了带了。出门走得急，就记着带核算证明了。"

"我是问你要身份证，别给我扯什么证明。没有身份证，户口本有吗？"

"实在不好意思！我是集体户口，单位从来没给我发过户口本。"

"你听听！还'单位'！给我蹲下！把手放到脑壳后面！"

"大哥！我在这儿工作，真的！单位是中央…局，不信你打电话核实一下。"

"就你这农民模样，什么身份都没有，还吹牛在中央工作！你以为我们都是傻子，是吧？"确实，我来自农村，身形样貌仍然是个农民工的样子，穿着也极其普通，在天子脚下工作了四年，也依然没有学会北京人的卷舌，走在街上或者进了商店，经常受到白眼，我也知道在这个城市的眼中我就是个农民。

被关到拘留所后，我才知道，跟我一起被抓的都是来京的上访者。夜里，睡在冰凉的地板上，我辗转反侧想着童童，不知道她在方舱里会怎么样，姐姐到现在既没有女儿的音信，也没有我的回音，她是不是很焦急。后来，我又开始思考自己，琢磨着将来的出路。这么多年来，我从山村走进城市，又从城市走进首都，但依然不能掌握自己的命运，就像姐姐在乡村被捆绑着挖去肚子里的小生命，像外侄女在省城被砸破门扭送到方舱，我们甚至都不能成为自己身体的主人。我们屠杀婴儿、绑架老幼，依着集体的名义，而我们正是这集体的一员。我宁愿离开这个集体，继续前行，寻找另外一个所在，那里，每一个生命都会受到爱护，每一个人都是自己的主人；那里，躯体的自由伴随着思想的解放，常识和良知就像阳光一样射进每一个角落，照亮每一个人的脸庞。

三十二、双重封锁

终于等来了清明。虽然那次争吵之后，两个孩子再也没有喊过一声妈妈，就连下葬时，他们也没有现身，但我还是期待着他们像别人家的子女一样，会来看我。但他们没有。

天色昏暗下来，墓地恢复了宁静，就在我一边黯然神伤，一边愤恨诅咒时，女儿终于来了。让我吃惊的是，在我生前的眼里那么圆润白净的可爱闺女现在竟然如此地瘦削晦暗。她的手里没有冥纸，更没有鲜花，只拿着一个密封严实的牛皮纸袋。我期待着她跪下诉说，或鞠躬哀悼，但她什么也没有做，只是站在那儿，盯着墓碑看了好久。最后，她还是开了口。

"我今天来是为了把一件东西还给你。"她说，"还有，我想告诉你一些我和弟弟的心里话。在同处一屋时，我们被封了嘴，不能开口；等我们可以说话时，你却进了医院；当你死在那里下葬时，我们又发起了高烧，不能出门。现在终于见面可以和盘托出了。我知道你为了养育我们一直尽心尽力，在我们像其他人一样因为瘟疫困在家里时，你也是费尽心思，努力做出三餐不同的饭菜喂养我们。我们抱怨太咸太淡或不好吃确实有些不大恭敬，但我们以为那只是任何家庭都会有的正常闲话和拌嘴，有时更是为了故意找茬想跟你说话而已。而你却总是批评我们不知好歹，不懂感恩。"

你们当然是不知好歹！我对她吼道，虽然我也知道阴阳之间竖立着一面单向玻璃，阳世之人看不到也听不见我们。你们小孩子只知道张口就来，哪懂得大人在考虑什么！你们天天在家里指责抱怨，有没有想到对面那两家洋人听见后会怎么看我？我的面子还往哪儿搁？

"更让我们震惊和绝望的是后来为了拿邮件的事大吵之后，你竟把我们的嘴巴用布条封上，并把我们关到楼梯下没有任何亮光的窄小玄关里。关在家里并没有让我们恐惧，但失去了话语，却真真正正地让我们感受到了窒息，也让你失去了在我们心中作为父母的地位！"

那怪我吗？你们听信谣言，说什么病毒会粘附在信件和包裹上，非要让我消毒。我告诉你们不要传播谣言，制造恐慌，你们却骂我不信任自己的孩子。

"你说那是谣言，那你现在知道了是什么要了你的命吧？在你走后，我和弟弟也病了，但在高烧里，我们明白了一件事。你的一生为的就是面子，你所做的一切，包括你引以为荣的我们家的温饱富足，都是为了你自己在外面显得光彩。好了，我要是再说下去，依你的脾气，就要跳出坟墓掌我的嘴了。有些父母虽然离开了人世，但他们依然活在子女的思念之中，而你却在我们的心里永久地死亡了。所以我今天来是要把你的东西还给你。"

说完，她把那个纸袋放在墓前的地上，点燃了。

我看到了纸袋里的东西。熊熊火光之中，那对红色的封条飞舞起来，里面密密麻麻的病毒像无数条毒蛇缠绕着，撕扯着；它们在烈焰里哀嚎、扭曲。它们正如一只只火红的黄蜂蜂拥着向我扑来。

三十三、裘知华热爱自由

在我的外国朋友圈子里，Joshua 是唯一一个会说些中文的美国人。认识他源于一次偶遇。当时，我正坐在进城的早班地铁里翻看着隔夜的短信，忽然听到有人问："你好，你是来自中国吗？"我抬头一看，一个虽然居高临下却并不显得高大的家伙站在我的座位前，非常友好地看着我和我手中的手机。聊上之后，才知道他上班的公司与我的单位都在市区，且只有一街之隔。他曾在国内的一个三线城市做过几年英语外教，"漂亮的研究生"中国老婆就是在那里认识的。虽然他是在物业管理部门做水暖工，与我的工作完全不同，但在互加好友之后，我们还是聊得非常投缘，而且我也明白了他为什么要找一个像我这样的华人朋友。

同所有跨国婚姻一样，Joshua 夫妻之间也有着种种鸡毛蒜皮的文化冲撞。从生了孩子女方家送了大礼而男方父母却一毛不拔，到孩子一岁后要树立规矩、养好习惯还是任凭他光着屁股四处乱爬；从妻子要求有上进心、要努力升职涨工资而老公却只想轻松愉快地过好每一天，到应当享受当下还是存钱想着未来，如此等等，总是有无论如何一起努力却总是填不平的观念沟壑，和双方谁也说服不了谁的固执己见。有时候我想，他交上我这个朋友，可能就是为了找一个中式树洞，来吐槽他东方老婆那些难以苟同的看法和作为，这些不满和埋怨他是无法向他的那些娶了白人老婆的美国朋友们倾吐的，不然只会招致他们的讽刺和嘲笑。我有一次调侃地问他，你不是觉得自己非常了解你老婆和中国文化吗？我看你不要再叫裴知华了，应当改名为搅屎娃。他给我发了一个愤怒的表情，然后莫名其妙地写道："不，我知道你们肚子里所有的小虫虫。"

虽然我们有时互相嘲弄讥讽，但我一般还是更加认同老裴的思维和观念，他对我们某些传统文化的鄙视也并没有让我觉得是一种冒犯。直到最近新冠病毒也在美国肆虐蔓延开来。

同其他各地一样，随着感染曲线和死亡率的上升，我们州也颁布了居家令。我们华人因为了解国内疫情的缘故，更是早早地就大门紧闭，坚守不出。大约两周之后，我接到了 Joshua 老婆的电话，她的语调满含着愤怒，同时又隐含着希望，让我劝说老裴好好呆在家里，不要出去逛悠。"他死了没事，不要把孩子和我也给害了！"她说。我知道这个任务有些艰巨，因为在此之前，我刚刚读到一篇关于纽约市长的报道，他呼吁人们不要出门，并踊跃举报那些违规者。但就在他做完电视讲话没有两个小时，人们看见他和老婆一起出现在了离家较远的一个公园里。可笑的是，也在公园散步的当地人并没有质问他为什么自食其言，而是指责他跑到他们那儿的地盘来，造成了拥挤。果然，裴知华并没有给我劝说的机会，也许他同老婆已经就这件事翻来覆去争执了很久，并不想再为要不要出门浪费口舌，他一开口就上升到了文化的高度来质问我，可能也是为了故意说给他老婆听："蒋，你们中国人为什么要做叶公好龙，口里喊着要自由，但遇到了一个小小的病毒，就害怕得要死。为什么你们都这么胆小懦弱？"

　　在慷慨激昂的英语里夹杂了一个中文成语，让我感到有些好笑，但我没有出声。我知道他要出去"逛悠"不是因为无聊或者冲动，因为不自由毋宁死的精神已经深入他们的骨髓，所以才有全国性的示威者上街抗议居家令的施行。我甚至想起了不久前的一次小争执。他认为忍受胯下之辱的韩信和吃屎献妻的勾践都不能算作男人，更不应当成为英雄，而我却觉得为了活命什么都可以忍受。他当时有些气愤，把洋腔洋调的中文切换为流利顺畅的英语，教导我说："那不是我们的风格。保命确实是动物的本能，但我们不是动物，我们更高级，我们有文明，自由和尊严都是文明！"

　　我有些恍惚，一度忘了为什么在同他通话；对于这场瘟疫，我觉得它起于愚昧无知，发于蒙蔽打压，盛于傲慢自私；这些人类的弱点和权力的龌龊正是大自然反击的最好切口，也是我们的社会从未完美、仍然丑陋的元凶。我甚至预感到这个小小的潜伏病毒还会演化为巨大的公开冲突。回过神来，我赶忙打断了裘知华居高临下的说教，让他把电话还给我的同胞姐姐，由我来自下而上地开导她："天要下雨，娘要嫁人。一个人的观念如同树根既深又广，所以你很难去改变别人，我们有时候甚至都不能改变自己。现在政府公开地推行躯体隔离，而病毒又在私下扩大思想隔阂，你就别再火上浇油了。你以前不是说最喜欢老裘的浪漫吗？那就让他给你朗诵一遍裴多菲吧。"

　　"算了，算了，还让他念诗，人家这一眨眼早就跑得没影了！"她说。

三十四、生而为奴，或者选择谁做自己的主人

　　在我从小学到大学的学生生涯里，要说哪位同学的人生最为跌宕起伏，我会把票投给殷洋。他的故事无需润色，就可以拿去充当影视剧脚本，他出狱后的一番自白更是比任何一部文艺作品的说教都要真实、非常片面却又好像很有道理。

　　殷洋是个无父无母的孤儿，自小便寄养在叔父的篱下，作为一个累赘，当然少不了婶婶的数落和打骂。在学校里，因为身材瘦小，整日又是一副哭丧着脸该受欺侮的模样，他自然成了高年级甚至低年级同学们戏弄和欺凌的对象。小学同窗五载，我也没少从背后踢过他的干瘪屁股，抢走他那没人要的文具，或者拽下他那肮脏破烂的裤子，有时是出于同伙的怂恿，更多的是自以为有趣的恶搞。就像精致的晚餐必须配备饭后甜点一样，每当白天对他肆意地戏弄羞辱之后，我们总是期待着傍晚放学后的另一出好戏。我们会特意绕道他家的屋后，偷听他婶婶的打骂和怒吼，然后互相比试着看谁学的最像，第二天便由他来模拟那个腔调，当着他和同学们的面，把婶婶骂他裤子破了文具丢了或者脸上挂彩了的情景重现出来，看着他尴尬甚至自己也觉得滑稽的表情，知情或不知情的围观者都会哄堂大笑起来。

　　这样的故事从一年级开始，每一个学期都会隔三差五地重复着上演，直至六年级开学，我们失落地发现，全校无人

不知、无人不爱的头号倒霉蛋殷洋并没有来报到入学。他跟着同村的大人到南方打工去了。

再次把殷洋纳入我们的圈子，是在我们都已成年，并开始建起各种微信群之后。这时我们都已渐渐成熟，对当年的胡作非为多少有了反省；而殷洋也终于时来运转，凭着自己的努力，像我们一样过上了美好的日子。他仍然在南方打工，在那里有了房有了车，也有了家庭，偶尔在小学群里晒出的夫妻生活照会有意透露出恩爱和甜蜜。我打心眼里替他高兴。就这样又过了几年，我们得知他喜添贵子，生活变得愈加幸福和美满了。但就在他秀出几张抱着刚出世的儿子笑得喜不拢嘴的美图之后，忽然就再也没有了消息，好似人间蒸发了一般。一开始，我们以为他只是忙于照顾孩子和老婆，但半年都杳无音信还是让我们担心起来。果然，打探的结果并不美好，他因为嫖娼被劳教了。

但这件事在我们的眼中并不算是多么严重的罪行，那只不过是所有男人都会犯甚至想犯的错误。在小日子过得有滋有润、小两口成了老夫老妻之后，男人的花心总会偷偷地绽放开来，有时难免会在外面沾露带雨。我们对此并没有感到惊讶，有的还在群里自豪地抖出自己拈花成功的经历，当时谁也没有料到，殷洋的下一段人生旅程里还有一个更加严重的罪行在前方等待着他，当然，那是在他走上了又一个人生巅峰之后的事。

这个顶峰超越了我们小学群里任何人所能取得的成就，即便是像我这样拿了大学文凭的天之骄子，毕业多年之后，也仍然只是个小小的打工者，而殷洋却在那家外企做上了部门主管的位置，就连小时候欺侮过他的同学也舔着老脸求他把自己招过去，做他的手下。当年因为嫖娼被拘曾经短暂不和的夫妻关系现在也愈加紧密，活泼可爱的儿子更是上了当地最好的小学，再也不会像他爸爸当年那样在家里和学校受尽委屈和欺辱。我们一致认为，小时候所有人都不看好甚至有些鄙夷的殷洋已然成了人生的真正赢家。

但世事之无常却又可料之处，正在于高潮往往预示着低谷、盛运总是伴随着劫难。随着政经局势的迅速变迁，殷洋所在的外企决定关闭在大陆的工厂，整体搬迁到人工更加低廉的他国。这本来不过是资本家追金逐利的正常伎俩，类似的变动在南方的那个城市早已屡见不鲜；但不知何故，在工厂解散的最后关头，因为不满上级对遣散费的克扣，殷洋居然做起了造反的头目，带领着手下跟工厂的保安和公司的主管打了起来，最后把一个外号叫吸血鬼的人事干部捅破了肚子，把他变成了名副其实的失血鬼。

我是在他入狱之后开始寄钱寄物、试图帮助他的，因为他的监狱正好就在我所工作的城市，更要命的是，他的老婆在他出事之后便留下一纸休书，带着儿子消失得无影无踪，又把他还原为孑身一人的孤儿。就这样资助了十年之后，我忽然得知，基于在狱中的良好表现和重大立功，殷洋被提前释放了出来。

在监狱门口见上面，我带他去我住处附近的一个露天餐馆接风洗尘。十年了，我以为外面的世界会让他感到眼花缭乱，难以适从。没想到，他好像诸葛亮独处茅庐便知天下事一般，对路上拥挤的汽车和人手一份的手机一概见惯不怪。在几杯烈酒下肚之后，或许是为了报答我的恩情，他忽然俯身贴向我的耳朵，要告诉我他用十年铁窗悟出的人生秘密：

我们每个人一生下来，就他妈成了不折不扣的奴隶，只是我们从来没有看透，还以为自己是自己的主人。我们吃喝纵欲时，是肉体的奴隶；我们愤怒高兴时，是情绪的奴隶；我们被束缚管制时，又成了权力的奴隶！

我举起酒杯，打断了他，在嘈杂喧哗的马路噪音里，可着嗓子，对他说："这么说，你是从一个监狱刚出来，又进入了另一所监狱？"

"你说什么？"殷洋喝得有些上头，大着舌头偏过脑袋问。

"我说你说的对！我们他妈的就是我们体内基因和身外制度的奴隶；就像你说的，现在吃这顿破饭，也不是我们在享受，就是为了填饱肚子。"我吃了一口菜，降低了一点声调，继续说道："存在主义哲学说，塑造我们的存在的是我们各自的选择。你看，我们成功和辉煌，是因为我们选择了外在的理想和内在的意志成为自己的主人；我们失败和落魄，是因为我们选择了内在的欲望和外在的权力成为自己的主人，如此而已。"

殷洋又偏过头来，大声地问："你说什么？我没听明白！"

我没有说话，用手指了指我刚塞到嘴里的肥肉。此刻，我只想细细地咀嚼、慢慢地品尝嘴里的美食，不想因为饥肠辘辘就屈服于我的肠胃而把它一口吞下肚子，那样我就成了自己身体的奴隶，再也不是自己的主人。

三十五、新司机遇到三只手

　　当我打开窗帘，看见太阳阴沉着脸时，就知道今天的上班征途又将是如常的艰辛。果然，所有汽车都趴在路上，前胸后背地紧贴在一起，同时不满地放出浑浊的臭气，任凭它们在朦胧的光线里追逐打闹。

　　我随着这些臭气，见缝插针，挪动着车辆奋勇向前。终于看见了神经中枢但不幸已被血管堵塞的交通路口，可敬的警察叔叔站在中央，用机械的双手重复着上面的信号。但眼前的车辆仍然你争我抢，左冲右突。作为一名新司机，我已经从外线车道被挤到了中间白线上，接着又被挤到内车道上，而它只许左转不让直行，但前辈们并不在意，依然一往直前，我也紧随其后，寸步不离。即便如此，在路的中央，就在警察叔叔的身旁，右边那个家伙猛地别了过来，我只好左向半轮，隐忍退让，但感到碰上了什么东西。透过后视镜，我发现是警察叔叔的右手，他正用另一只在抚摩着它，同时对我的坐骑怒目而视。我心生愧意，好不内疚，但也无法在路的中央停下向他道歉或接受他的处罚了。直到下一个路口。

　　他径直向我冲过来，用手一指，这是另一名警察。他指向我的手紧握成拳，只有食指和中指并在一起，笔直地点着，如同我儿时同小伙伴们看完了战火纷飞的电影之后，激动地互相瞄准的手枪，啪——啪！虽然是一名新司机，我却早已见惯了人民警察同志们的各种手势，有的轻轻一招，似是打车；有的狠狠一指，如同点穴；更有的双指瞄准，仿佛射击；

还有的向你挥挥手，如同告别。但至今我也没能总结出哪一种手势暗示着心善可以求饶，哪一种代表着狠毒必将惩罚。

我停到路边，带上所有的证件，躲闪着走到路的中央那位警察同志的身旁。知道我为什么截你吗？他冲着我嚷。是不是我在上一个路口碰了你同事的手？我小心地打探。那你还跑！！他大喝一声，吓了我一跳，也让我感到自己确实罪该万死。但我仍然想跟他解释：我在反光镜里看见他没打手势让我停车；而且只是后视镜蹭了一下，并没有受伤……掌握我此时命运的人一挥手，好象在驱赶乞讨的叫花子：甭跟我这啰嗦，在哪儿把谁撞了到哪儿找谁去！

被碰了手的警察见我把车开了回来，不禁乐了：你不是想跑吗？跑到哪儿了都？忽然他又板起了面孔：你知道你都犯了什么罪吗？妨害公务还加上肇事逃逸！你自己掂量着办吧！我只好祷告求饶，解释已经起不了作用了，这是我从一生的经验里得出的结论。况且，当时我是在左转弯的车道上直行，警察叔叔没有就此罚我，让我罪加一等，只是告我防碍公务和逃逸，我自己当然不能把事情闹大。

最后，终于，在再三确认自己是孙子并接受了必要的处罚之后，我被允许开车走人。打开车门，我一屁股坐到方向盘的后面，长长地吁了口气。已经耽误了一个时辰，我得赶紧给公司打电话解释，不然又得接受另外的处罚。我下意识地去拿副座的手机，才发现整个背包早已不见了踪影。刚刚消歇的汗水又冒了出来，内心的紧张和恐惧比方才犹甚。那里面可装着我所有的家当，那新款的手机也才买了四天呀！此时我的脑子里一片乱麻，想不出背包是在哪个路口靠边时被人顺手牵羊的。我努力地镇静自己，拼命地回想：首先是第一只手，被我碰了；然后是第二只，像手枪一般指着我，让我停车；再然后便是那第三只，乘我离车去找警察时，拿走了我的所有！老子说："道生一，一生二，二生三，三生万物。"果然，那第三只手从我的包里得到了一切。

三十六、大师说，大自然不设立场，只认法则

　　我的一生有两件事至今依然刻骨铭心，一件是十一岁时父亲的不幸离世，它留给我的是其后十年的穷苦和悲凉，也定下了我以后背井离乡的人生走向。我对父亲去世的最深记忆不是棺材里他那瘦削的躯体，而是很久之后还有人见到我们时的缅怀和叹息：好人不长命啊！父亲确实是个具有菩萨心肠的好人，他救过溺水儿童，喜欢扶危济困，宁愿自己饿着肚子也要把仅有的一点麦麸熬成面粥，喂进奄奄一息的陌生人嘴里，那可是树皮都已被吃尽的大饥荒年代。他是村子里人们需要帮忙时总会第一个想到的人。

　　在父亲去世一年之后，因为忍受不了当下的困境和对未来的绝望，母亲带着我去见一位大仙，希望能找到一丝安慰和指引。我们对这位大仙其实早有耳闻。有人说他以前是留洋归来的大学教授，曾经利用掐指妙算在股市里赚了大钱，却不幸为小人所害，落得财产充公、人陷囹圄的悲惨下场。出狱之后，便回到家乡，做起了算命的营生。虽然大名在外，但这还是我第一次见到真人。他带着一副劣质墨镜，佝偻着腰盘坐在熏香袅袅的书案前，我怀疑他根本就不是一个瞎子，因为从我们进门时起，他的那双墨镜就一直随着我们的脚步在缓缓地移动。在自己的命运终于有了眉目之后，母亲把我推到了他的面前。我其实根本不在乎会有着怎样的未来，我只想问他，好人不长命、祸害遗千年是不是真的。这

是父亲去世后一直困扰着我的最大心结。为什么那些剥削压榨我们穷人的富贵不但可以尽享荣华，还可以长命百岁；那些杀人如麻的现代法老可以继续让世人瞻仰他们的肮脏躯体或者丑陋墨迹，而我们这些活在底层的忠厚贫民却一生困苦，多病早衰。他犹豫了很久，像是在严刑拷打之下也不愿说出机密的烈士一般痛苦不堪，终于，他摸索着抓住了我的双手，凑近我的耳朵，小声说道："孩子，你已经到了要替孤寡老母当家作主的年纪了，所以我要告诉你一个残酷真相。大自然从来不设立场，它只认法则。这个世界的运行不是出于善恶，而是基于条件和关联。问题是社会法则的因素比大自然要更为复杂，等你长大了，就会明白的。"

大自然从来不设立场，只认法则。虽然我当时还非常地懵懂和肤浅，但其后很长一段时间我都在试图理解这句话的含义。我想起了我们的最后一句对话，我问他，那么这个社会就无所谓好人坏人了？大仙放开了我的双手，抚摸着我的头，轻轻地说：也不是，我曾经到过一个地方，那里就不是这样。社会和自然还是有区别的，人虽然也服从自然的程序，但我们可以作出选择，还可以定出扬善惩恶的法则。我赶紧又问，这个地方在哪儿？大仙叹了一口气，摇了摇头，一个很远的地方，你去不了的！

在本就一贫如洗又成了孤儿之后，我决定冒险一搏，偷渡到国外去，寻找大仙去过的那个地方。我曾在一份捡到的过期报纸上看过一篇文章，说有个国家如果你出了车祸或被人伤害就会获得天价的赔偿，我寻思着，可以先偷渡到那里，即使不能发财，或许还可以利用车祸等意外过上像样的日子。更主要的，我想看看这个国家是不是一个好人有好报的地方。

偷渡的旅程漫长而又危险，出发时本来有三个比我年龄稍大的女孩，但没过多久，便只剩下一位点缀着我们这十几个大大小小的肮脏男人了。面庞蜡黄的那个女孩在密闭呛鼻的货轮底仓里憋闷而死，被扔进了大海；面容清秀的那个姐姐则被转运站的蛇头扣下，推迟"走线"，其实我们都明白是她的美貌耽误了她。大约是在第二个月时，我们从地下室被转运到另一艘船上，但就在隐隐约约可以看见一个不知名的海岸时，船长突然慌张地让我们赶紧跳海，因为有一只海警船正向我们急速驶来。慌乱中，十三个同胞不是淹死，就是被捕，只有我和那位叫多多的女孩逃过一劫。我从小在河湾里泡大，可以在水下憋气很久，而多多不会游泳，呛了几口海水之后就昏厥了过去，我一直拽着她潜水到海滩，帮她控水，并嘴对着嘴吹气把她抢救过来。

再次联系上当地的蛇头之后，没过多久，我们就加入了另外一支国际队伍，开始了几天几夜的戈壁行军，中间又有几位或饥渴或衰竭倒了下去，最终我们进入了一个叫"厚朴"的小镇，这是我们踏上生命新大陆的希望的起点。"这里你再穷，也没有人歧视你。但你只要不懒，就会挣到钱，过上好日子。"这是蛇头完成任务之后，给我的最后忠告。我当时以为他是在催着我赶紧打工还钱，因为我们的协议是到了这里后我会用挣来的钱偿还偷渡费用。但很快我便发现他所言非虚。大街上有很多无家可归的流浪汉，他们或在街边乞讨，或在公园沉睡，但没有一个路人流露出厌恶嫌弃的神情，我在后来找工作时，也没有遭受任何的鄙夷或刁难。在我这个新人的眼中，这里的一切生命，贫穷与富有、动物与人类，都拥有至少表面上的自由与平等，但真正开始理解这个社会的运行是在两年后我学会了开车并被警察盘查之后。

在国内时，我对马路上司机与警察的争论、求情或纠缠早已司空见惯，所以看见了身后闪烁的警灯后，我停下车，准备下去向他解释我还是个新手，对这里的路标也不熟悉；但刚把脑袋探出门外，那个警察就明白了我的企图，大声地喝止让我坐回车里，不要乱动。我这才想起跟着老乡学车时他对我的提醒。这里的法律多如牛毛，详细而又完整，执法者也如同机器一般按部就班、铁面无私，千万不要去试图与他们讲理或者求情，那是法庭上才可以做的事，贿赂更是会让你罪加一等。其实直到现在，我也不知道那些执法者到底是真人还是机器，在一个"老司机"之家的论坛上，有很多关于警察被植入了人工智能芯片的讨论，说植入这种芯片是为了限制执法者的个人情绪，并毫无遗漏地抓获任何一种交通违规。遇到了这些半人半机器的条子，最好的应对办法是打开从黑市购买的一种高磁干扰器，在条子向法院数据库输入你的案子和违法事实时，法庭收到的实际上是一堆毫无意义的乱码，等到了开庭审理你的案子，法官唯一能做的就是宣判你无罪。这些暗招是在我拿着违章单在网上病急乱投医时搜索到的，可惜为时已晚；不过即使之前知道，可能也不会去买，因为这个黑盒子的黑市价钱远远超出了我当时的收入。

警察脑子里藏着芯片对于我这个新来者来说，已经不是什么新鲜事了，我还知道，在这个国家，立法、执法和判法是严格分开的。如今只有立法者的队伍还是由人组成，执法和判法早已成了智能机器人的工作，所以警察带着一块芯片在路上依照各种法规照章办事，还算是幸运的。由于立法依旧是人工活计，民主选举仍然得每隔几年便举行一次，以便选出合格的法律制定者，这个选举被称为上选民主；那些执行者比如市场监管员乃至整个政府和判决者比如法官，虽然都是些眼光如炬、脑筋似电的机器人，但他们也要接受选举，法律里把它称为下选民主，顾名思义，任何时刻，民众都可以自由地通过网络投票把某个他们不满意的机器淘汰出执法或判法队伍。这些可怜的家伙幸运的会被降级为民用，不幸的则被丢进电子垃圾场里接受分解的命运。

渐渐融入了这个社会之后，我发现，雇佣机器作为官员的好处之一是国民大众渐渐地对政治失去了兴趣，以前他们会因为政见的不同虽然表面上互相礼貌友好，但脑子里却是互不相让的对立和仇恨，有很多国内的观察家和国外的学者们甚至预测这个国家很快就会分崩离析，甚至会发生惨烈的内战。如今，无论种族，无论贫富，所有人都知道那些机器自有其逻辑和算法来严格地按照既定的政策和法律，一丝不苟地为大众服务。有人甚至发起了一场请愿运动，要求把那些仍具有人体皮囊的立法者也换成智力超绝的机器，以便我们的法律可以根据当下和未来的形势制定，变得既完备又超前。在我偷渡到这个国家的第九个年头，这场运动已经越来越声势浩大，遍布了全国。如果真的可以实现，我希望在我的有生之年还能见证一段新的历史，并享受这个变革所带来的福益。

对了，在打工挣钱之余，我读了两个学位，了解到品德的好坏有别于法律的黑白，明白了什么是人性，明白了与上选民主和下选民主相匹配的五官自由和躯干自由的不同。到目前为止，我并没有经历过什么车祸，当然也没有获得什么意外之财，但我多多少少找到了一丝内心的安宁，每当遇见尚待提升和进化的同类时，我总能以善解人意的目光看出他们内心的不善所来何自。我知道大自然不在乎善恶，它对丑恶、不幸、灾难和屠杀都会无动于衷，但其法则也并非环环相扣的程序，它也允许冗余，也接受偶然。有的社会遵从的是程序，有的社会更喜欢冗余和偶然，而有的社会想把二者兼容，一切都是自主的选择而已，如果社会里的每一个人还有选择的话。

到了第十个年头，我又踏上了寻找大仙去过的那个好人有好报之地的旅途，但这一次再也不用冒着生命危险去偷渡了。

三十七、智能车时代的一起非智能事故

　　解放日这一天，阳光普照，所有人都在享受着国家假日里难得的宁静和休闲，但迈伸桥下连环大撞车的新闻却一下子让全国乃至世界都揪起心来。以前只能用花边新闻和小道消息来糊弄读者的线上线下纸面立体媒体一下子都活跃起来，开始连篇累牍地大肆报道这一事故的前因后果和可能影响。虽然它们对事故的剖析大多是毫无根据的猜测或者来源不明的谣言，但这些前所未有的报道热情与这起事故的深远影响比起来却毫不为过，毕竟它是智能汽车普及以来的第一起严重事故，不但有近百辆自动化汽车被毁，而且死亡人数更是超过了近五十年来所有交通事故的伤亡总和。十年前，无人驾驶电动车高举着安全和环保的大旗把以方向盘和汽油为特征的传统汽车统统送进了钢铁厂的废物回收间里，自那以来，交通事故急剧下降，空气质量也显著改善。但解放日这一天的事故打破了智能车的神话，对所有人的心里冲击都是无法用言语来形容的，人们急切地想了解事故的原委，到底是设计的先天缺陷，还是人为的刑事案件。

　　因为事关重大，国家公路交通安全管理局、迈伸警察署和三家智能车生产厂家各自组成了自己的调查队伍。迈伸警察署的调查小组主要有威廉、别名比尔的警长负责。同所有其他调查人员把注意力放在事故头部不同，比尔倒是觉得尾部的一辆车颇有蹊跷。一是因为这是一辆私家车，二是由于它的唯一乘客竟是一个十一二岁的孩子。在智能化时代，马路上行驶的绝大多数自主驾驶车辆都是归属于租赁公司的共享车，因为私家车辆不能联入租赁公司的卫星网络进行路况实时共享和全时智慧学习，监管部门对它们的安全性和经济性都深表怀疑，立法者们更为所有的私家车辆制定了极高的税率，只有那些对金钱毫不在乎的富裕家庭才会收集和拥有自己的智能车，普通民众一般都是乘用共享车来通勤或出游。虽然在这个时代，无论男女老少健康残疾，所有人都可以无需驾照乘车出行，但一个只有十一二岁的小女孩独自乘坐私家车上路还是让比尔颇感疑惑。出于不放过任何一个疑点的原则，他走访了一百多里外的女孩父母。他们正在家里与一些好友在后院里烧烤喝酒，对于警察的到来有些诧异，当听明白是关于自己女儿是否在家之后，他们放松下来。母亲说，我这就去把她叫过来，她应当正在自己的房间与网友们聊天。但没过一会儿，她就慌里慌张地从屋里跑了出来，冲着丈夫叫道：戴夫，克里莎不见了！比尔警官插嘴问道：那你能不能再看看车库里的汽车还在不在？其实在从前门绕到后院找到这家主人之前，他已经透过车库门上的几扇玻璃窗进行了目视检查，除了一俩只有收藏价值的汽油车时代的老爷车外，里面空空荡荡见不到任何其他车辆。没过多久，戴夫也略显慌张地跑了回来，说道：天啊，车也不见了！

"现在你们明白我为什么来拜访了！"比尔回道。

　　后来的调查表明，小女孩克里莎在网上谈了一个外地的男友，那天她乘着父母在后院招待客人的大好时机，利用平时暗暗记下来的密码口令，启动了车子准备去同男友进行线下约会，没想到却在路上葬送了性命。比尔警长对她的车辆做了仔细的检查，发现与所有共享车不同的是，虽然她的车身后半部分已被挤平，但车头基本完整，这说明这辆私家车在事故发生时已经成功地自主停了下来。在检查了所有的事故车后，他发现，现场只有两辆私家车，而且另一辆也是车尾报废而车头完好。比尔警官有了一个大胆的猜测：所有的共享车出于某种原因同时发生了同一种制动故障，造成了这百辆汽车撞到了一起。

在听取了比尔的汇报之后，国家公路安全管理局的调查组长未置可否，只是淡淡地说道：这也许可以解释那些车辆为什么会挤在一起，但事故的源头应当是头部的那几辆车为什么会突然停下来。我们已经有了一些线索，交给联邦调查局的那些人了。比尔有些失望，但第二天却发现自己的办公桌上放着一张纸条，上面写着：你的发现很重要，可能是事故的关键，而且线索可能就在其中的一辆事故车里。字条没有署名，但从笔迹来看，应当是当天早晨留下的，比尔心想，这可好，除了要查清交通事故，现在又新添了一件神秘字条事件需要调查。

一周后，比尔团队终于确认了事故车里所有乘客的身份，并理清了他们与各自所乘之车的关系，比如何时预约、何时上车、有无提前下车等等。有一辆车里的两位死者名字被团队用红色荧光笔标记了出来：艾洛斯和芙蕾雅，婚外情关系，死亡时裸身拥抱在一起。比尔刚把报告拿到手，第一个反应就是：太好了，我在这么大交通事故里的角色竟然是调查乘客的桃色丑闻，先是那个可怜的小女孩，现在又来了一对该死的对婚姻不忠的狗男女。但他翻开这对狗男女所乘车辆的设置报告时，他马上把刚才冒出的念头抛到了脑后，并有了另外两个想法：看来那些道路交通安全管理局的家伙只负责调查车和路、联邦调查局的大人们只负责调查人、而我们却要两个都要调查，这虽然不公平，但还是有所回报的，而且那个一周前留下字条说线索就在一辆事故车里的神秘报料人也许并不是在开玩笑。除了三十四号车里的艾洛斯和芙蕾雅外，其他车辆的乘客不是独自一人，就是纯粹的萍水相逢关系，而三十四号车的循环行驶和叫醒服务功能在事故发生时一开一合，这与其他车辆明显不同。在智能车时代，很多乘客会在行驶途中打盹或小憩，并在抵达终点时仍然逍遥于梦中，所以智能车一般都缺省设置有叫醒服务，但这个功能可以手工关闭。循环行驶是把终点设置为起点，经由点设置为任一其他点，通常为环路的某一点，这样可以减少停顿或等候，这一功能大多是面向某些商务会谈或私密会议，看来艾洛斯和芙蕾雅是把它当作苟合的好主意了。但具体这两个功能的开关组合对本身车辆乃至所有其他与之联网同步学习的车辆有何影响，比尔觉得还是要咨询生产厂家才能有个眉目，也许那个留下字条的神秘人物早已知晓答案，或者他正是来自某家制造商？

　　自从留下字条以来，差不过有两周过去了，那个家伙再也没有提供任何别的线索，比尔让手下人深挖艾洛斯和芙蕾雅的社会关系和网络信息，如果他俩的车辆是连环车祸的罪魁祸首的话，那么报料人一定与这对情人有着某种联系，不然他又是怎么知道的呢？正在这时，联邦调查局召开了新闻发布会，宣称这起前所未有的交通事故是一起刑事案件，他们已经逮捕了四个与此案相关的嫌疑人。局长亲自主持了记者会，他首先大肆夸奖了一番他的小伙子们，说他们如何不眠不休地工作，才让如此复杂和艰难的案子获得了突破性进展。现在已经查明，这起事故是一起鲁莽驾驶和四位失业的出租车司机不同犯罪行为的致命巧合。智能车的车速一般是有限定的，但为了保障迟到的乘客不错过飞机或重要的安排，乘客可以按下优先键让汽车进入快车道并以最高限速行驶，但这个键一般只允许按下一次，一次只有三十分钟时效。经调查，被辞退的前警察昂格经常滥用这一功能，在事故发生的当天，他一直按着优先键不放，当行驶到迈伸桥时，遇到因为失业而抗议的四位出租车司机，他们不满自动驾驶技术让自己失去了糊口的饭碗，便毁坏了道路指示牌，用这些指示牌的良好反射性能在迈伸桥上照射迎面而来的车俩，致使所有南向行驶的车俩按照设计自动减速，但出于不明原因，它们在稍作减速之后，却立即开始提速。前警察昂格的车俩由于行驶在内测快车道，其左侧路边的指示牌把桥上的反射光线折射到昂格车俩的外侧，导致车辆的电脑发生误判，以为其左侧有障碍物，便右向避让，但由于车速过快，与其右侧其他车辆发生剐蹭，引起所有车道的汽车紧急停顿下来，而后面车辆没有及时停车，形成了这起罕见的重大伤亡事故。

　　比尔一边看着电视里的记者会，一边对他的几个手下说道：这真是太棒了，这次他们总算抓到了几个真人，而不是像上次那样把一场车祸归咎于一只飞翔的鸟儿拉下　泡屎并正好落在车的传感器探头上，让它失去了作用。但他们好像只是搞清了某个人在拉稀，却没有告诉我们他为什么拉满了一裤子。

　　两天后，智能车厂家的一个专家应邀来到了警局，"你好，我是图菲斯，维摩汽车厂人工智能伦理团队资深工程师，听说你们在事故调查中需要一些技术支持，希望我能提供一些绵薄之力。"

"人工智能伦理团队？你不是来帮助我们调查那些死亡乘客的婚外情的吧？"比尔有些不悦，语带讥讽地问道。

图菲斯大度地笑笑，回道："当然不是，我们的团队主要是设计智能车在某些特定交通情况下更为符合人道伦理的自主选择，比如车辆如果避让一个石柱，会撞死行人，如果不避让，就会撞死车内的乘客，在这种情景下，智能车是根据人数、人的年龄还是其他因素来作出撞死谁的决定，这就是我们研究的课题。"

"真有意思，没想到智能车也会有人类的情感困惑。"比尔嘟囔着说，"好了，言归正传。我们的问题是，如果乘客同时选中循环行驶和叫醒服务，一开一合，它会对车辆的性能有何不好的影响，如果有，是在什么情形下，又会对其他与之联网同步学习的车辆有何影响。"

图菲斯再次笑了，但这次的笑容一闪而过："我明白你的问题，实际上一年前我在为泰斯汽车工作时，曾在一次实验中碰巧发现了这个问题，我曾向主管提出过，但他认为，使用这种组合键的可能性很小，前车碰巧停车触发后车选择撞死前车后座的乘客而保护己车后座的乘客这一可能性更低，而所有同一道路上的车辆因为同步学习而跟随事故车一起追撞前车的可能就愈发离奇不可思议，三种极低概率相乘，它们同时发生的可能性几乎可以完全忽略，所以他把我的深入研究计划退了回来。"

“所以你选择了离开泰斯去维摩工作？”比尔问道，想了一下，又补充了一句：“我猜你的新主人对你的发现也并不感冒，对吗？”

“我当时的担心是，在那样的极端情况下，如果车流密集，即使后车选择保护己车后座上的乘客，但它后面的车辆也会在困惑的情况下跟随它做出同样的伦理选择，导致所有车辆的乘客死亡。”

“你认识一个叫艾洛斯的人吗？”比尔低头想了一会儿，问图菲斯，“我们在智能车论坛里发现有人建议过这种按键组合，说它会让汽车的行驶产生顿挫感，在车震时会给人一种妙不可言的高潮。而艾洛斯在这个论坛里非常活跃，我们怀疑有人故意误导了他。”

图菲斯喝了一口水，也低头想了一会儿，回道：“虽然汽车的发明代替了人类的行走，智能车的出现解放了人类的思考，但有些人就是很蠢，他们是人类进化树上活该掉下去的猴子。如果你把人类迄今为止的各种发明与人类的死亡率对比一下，就会发现，所有的发明既是推动文明进步的利器，也是淘汰弱智的工具。手机方便了沟通，但也促进了犯罪；汽车可以载人，也可以杀人。”

比尔警长看着图菲斯的眼睛，没有说话，好像在试图理解他那颇有哲学意味的回答，过了好久，他叹了一口气，“好吧，谢谢你今天的到访。我觉得我们已经仁至义尽了。”接着又转头对办公室外面喊道：“伙计们，把我们在网上和事故车里找到的所有线索材料整理好，包括那个神秘的纸条，看来我们还是得劳驾联邦调查局的那些大人们了。”说完，他再次意味深长地看了图菲斯一眼，自言自语地说：

“对了，杀人的不是文明工具，而是自己的愚蠢，而且，我觉得有时候聪明的人也会被自己的聪明杀死的。”

“对了，杀人的不是文明工具，而是自己的愚蠢，而且，我觉得有时候聪明的人也会被自己的聪明杀死的。”

三十八、四场噩梦后，我知道了什么

　　我想，我对自己的全新认知是从最近几晚的噩梦开始的，那些古怪离奇而又恐怖离谱的梦境犹如浴火，在燃尽之后，只有赤裸的灵魂随着烟雾飘荡。

　　第一场的情景，好像是一片森林，而我是一颗歪歪扭扭的小树。我只记得雨水非常稀少，阳光更是难得一见。每一天我都努力扭动着身子，尽力往上，去迎接从周围参天大树的枝叶间漏下来的光线；有水滴落下时，我会把叶子尽量卷曲起来，希望能把它接住。有一天，我听见一阵脚步声传来，接着一个高大的男人站在了我的面前。虽然从未谋面，但我不知怎么地好像就是知道他是这里的护林员。就在我纳闷他为什么停下不走时，他已经挥起了斧子，一下子就把我拦腰斩断了。

　　在接下来的场景里，我变成了一个无腿的幽灵在森林里四处游荡。我特别害怕头顶那炙热刺目的太阳，只敢在林子里绕着那些高大粗壮的树木飘来荡去；当看到所有像我一样不能成材的小树都被砍断在地时，我的心里既有高兴也有酸楚。绕到了森林的边缘，我才知道原来我们的家园是有围墙的，围墙外还有一条大河，大河对面是另外一片森林。看见它，我立马想起了大树长辈们的警告，说那片树林尽是些妖魔鬼怪，活着时，绝对不能把根扎过去；死了，也不能飘过河去与它们发生任何瓜葛。那些人高马大的树爷爷曾经跟我们说过很多吓人的故事，有两件至今都让我印象深刻。一个是说有一个像我一样早夭的树魂偷偷飘到了对面的林子里，结果再也没有回来，掌管魂灵的树王曾派一个胆大的兄弟冒着危险去寻找，它汇报说，那个树灵已经被对面的那些魔王撕扯着吃了。还有一个故事说，虽然跑到魔怪森林里的兄弟树灵活着跑了回来，但它从此变得又聋又哑，再也不能说话，树王只好下令把它入道消灭。

所以，有一天，当对面的一个家伙飘过河面，过来跟我打招呼时，我非常地恐慌，赶紧跑到了我们森林的深处。没想到，它从此每天都过来跟我说话，有时还带来一些从未见过和吃过的水果。终于有一天，我忍受不住诱惑，接过了一个鲜红欲滴的果子，吃了起来。可以说，这是我一辈子从未尝过的让人飘飘欲仙的果实。第二天醒来后，回味到这一段时，我还纳闷，作为树的魂灵，我为什么会喜欢吃水果。但当时，我清晰地记得，内心的戒备和恐惧一下子消失了大半。接下来的几天，我们偷偷地在河边约会。当这个叫佬的小鬼听说我只有两岁，是早夭的树精后，它说自己有三百多岁了，是被一阵大风连根拨起后死掉的。我有些不大相信。它又说，它们林子没有围墙，各种树木四处乱窜，长得到处都是。这我相信，从我们这边看过去，也确实没有看见它们有什么篱笆。我当时想，要不是有这条大河，它们说不定都跑到我们这边来了。但它又说，它们林子的主人从来都是不管不问，没有修剪过一次枝条，更没有因为哪颗树看起来长不好就把它砍掉。

与佬聊得越多，我就越是对他们那个杂乱黑暗的世界充满了好奇，终于有一天，我经受不住它的怂恿，跟着它飘了进去。那里果然令人大开眼界，林子里形态各异、颜色不同的水果应有尽有，无数稀奇古怪的鸟儿不是在四处翻飞，就是在唱着声调不同、音量迥异的曲儿。我们的林子里只有少数的凤凰和无数的麻雀，当时我就想，这么多各色各样的鸟儿难道不会把树木毁坏吗？还没有等我开口问呢，几只高大的麋鹿窜了过来，我吓得差点搂住了佬。我们家园里的动物可没有这么多，除了藏在落叶里的蛇啊鼠啊等等，大一点的只有屈指可数的大灰狼和众多的小白兔。忽然，一只老虎不知从哪儿冒了出来，嘶吼着猛地向上一窜，想要抓住我们。我吓得来不及喊叫，也跟着使劲往上一窜，一下子就飘到了森林头顶的天空上。我顾不得前方那炙热耀眼的太阳和后面叫喊追赶的鬼佬，慌不择路地往家的方向飘去。就在我飘过大河，马上就要进入我们的林子时，我看见我的那些粗壮高大却老态龙钟的树爷爷们正在使劲把自己身上的果实一起砸向我，还没有完全明白过来，我就被各种坚果仁果核果砸中了，一下子掉进了下面湍急的河流里。

　　第二天晚上的梦中，我变成了一只小白兔，外面白雪皑皑，天寒地冻。我们姐妹几个同父母一起挤在深深的洞窟里，各自吃了一根秋天收集好的胡萝卜后，妈妈问我们，这些胡萝卜快要吃完了，我们要想想到哪里去找吃的，外面还有什么可以吃。小妹说可以去找些大白菜，大妹说大白菜早就被收割完了，有的话也轮不到我们去吃，但是萝卜缨子倒是还有，我们可以采集一些储藏起来。我白了大妹一眼，说："萝卜缨子放不了两天，就干了蔫了，怎么可以储藏呢？没有了胡萝卜，我们可以多挖些白萝卜回来慢慢吃。"

　　大妹不同意，反驳道："白萝卜太辣，不像上面的缨子是甜的，我们都不爱吃。"

　　我再次白了她一眼："这天寒地冻的，有吃的就不错了，你还挑三拣四的。大灰狼都爱吃，你为什么就不能吃？"

　　"大灰狼才不吃萝卜呢，它们只吃肉！"大妹和小妹异口同声地表示不同意。

　　我冲着她俩的脸喊道："大灰狼饿了也吃白萝卜，我亲眼见过！"

　　"你要是亲眼见到的话，大灰狼吃的就不是白萝卜，而是你了！"

　　"每次辩论输了，你们就诅咒我。随你们怎么说，反正每次我都是对的。"我得意洋洋地踱着步，好像对她俩毫不在乎。

　　大妹也站了起来，激动地叫道："你每次都自以为是，偏狭固执，为了赢撒谎成性！"

　　我把鼻子凑到她的脸上，也大声地吼着说："我没有撒谎，我就是亲眼见过！"

　　当天夜里，爸爸妈妈和两个妹妹都睡着了，我还是气愤难平，感到我这个大姐根本没有得到应有的尊重。越想越难以入睡，我决定去找大灰狼，让它来亲自为我作证。于是，我偷偷爬起来，打开洞门，踩着深深的积雪往森林边缘的萝卜地走去。在那儿呆了好大一会儿，也没见到一只狼的影子，我决定往深处走走，说不定会找到它们。没走多远，我感到屁股蛋子有些热乎乎的，回头一看，正是一只大灰狼。但它不是我几天前见到的那只，它明显更加地高大威猛，我有些害怕，但还是壮起胆子，问它："你好，大灰狼，你能跟我一起回去给我当证人吗？"

大灰狼又嗅了嗅我那短小的尾巴，傲慢地说："我很愿意去你们家，但不会做什么证人。"

我急了，忘了刚才的恐惧，说："你必须去，你要去跟我的妹妹说你饿了会吃白萝卜！"

大灰狼抬起头，对着夜空长长地嚎了一声，说："笑话，我们从来不吃什么萝卜。"

"你们饿了会吃的，我看见过，因为白萝卜比我们所有的兔子都白。"

大灰狼低下头，恶狠狠地看着我："我们吃的是你们红色的肉，不是你们白色的毛。"

我赶忙回道："兔子你们只能抓住几个，萝卜却有好多好多，吃我们不够更不管饿！"

大灰狼笑了："萝卜都是水，到了肚子就化了，你们的肉倒是能管好久。"说完，它舔了舔嘴唇。

"不对！你们冬天不吃兔子，只能吃萝卜！我看见过，你不要怕丢脸就不承认。况且，我说理从来没有输过，你是辩不过我的。"我的话还没有说完，大灰狼就张开大嘴，朝我咬来。我知道今天碰到了一个不讲理的野狼，说得再多也没有用，现在还是逃命要紧。我本来想往家里跑，但发现四周忽然冒出了无数眼冒凶光、口吐长舌的恶狼。我深一脚浅一脚地在雪地里四处乱窜，慌不择路，差点撞到一只狼的肚子上，想要停住，却后脚腾空，倒栽葱翻了个跟头，肚皮朝上躺在了它的面前，我恐惧之极，哆嗦着寻思要不要开口跟它说话，就感到脖子一凉，然后汗流浃背地赤裸着身子猛地醒了过来。

在第三天晚上的梦里，我终于从树精和兔子还原成了人。这是一个夏天的傍晚，我在海边的沙滩上光着脚散步，不知怎么地，一眼望不到头的整片沙滩上只有我一个人，奇怪的是，我一直在单腿跳跃，更奇怪的是，我感到非常地轻松悠闲，好像用一只腿走路就是我天生的习惯，而且我的手臂、耳朵和眼睛都只有一个。就在我一边跳跃，一边甩动着单臂欣赏着海浪时，一只巨大无比的鲨鱼从水里一跃而出，把我拦腰咬在了嘴里，又一个跳跃，钻回了大海。又苦又咸的海水呛得我喘不过气来，好不容易得了个空隙，我大声地问道："你为什么要吃我！"

鲨鱼把我吐了出来，用双鳍把我托住，只让我的脑袋露出水面，回道："因为你在侮辱我！"

我气愤地说："我没有侮辱你！我只是在沙滩上散步！"

"你当然是！你在用你的独眼独耳单腿单臂羞辱我。"鲨鱼看我显得很是莫名其妙，又说："好吧，也许你不知道其中的典故，但我可以让你在被吃掉之前死个明白。"

很久很久以前，海洋还没有像今天这样四分五裂，我也不是像今天这样形单影只。那时，我有很多朋友，经常同其他一些大佬聚会闲聊。有一天，我和海豚、鲸鱼还有其他一些叫不出名字的家伙一边吃着小鱼小虾，一边喝酒吹牛。我看见海豚在吃一种奇怪的像海蛇一样的东西，就问她从哪儿弄来的那么恶心的食物，让我们都倒了胃口。海豚笑着说它叫磷鳝，是她从海水的第十层捕到的，别看它长得难看，但它吃起来非常地爽口，而且蛋白质含量极高。我斜了她一眼："你愿意去追腥逐臭也就罢了，还自降身价去第十层扒淤泥，咦哟，啧啧啧……"

海豚不紧不慢地吃完了磷鳝，舔了舔双鳍，说："这就是我俩的不同了。海水有十二层，你从来都是只呆在自己的那一层里，所以每次聊天，你都不知道我们在说什么，也不想了解其他层的朋友。"

我看了看海豚，又看了看周围来自不同水层的大佬，说："我当然知道你们每一位朋友。"

海豚又笑了："是吗，那你说说看，我们今天在座的各位朋友都各有那些法术和神通？"等了一会儿，看我张嘴结舌说不出来，他继续挤兑我："在我后边的这位叫石斑，它来自第九层，不但会变色，还会变性，一会儿是母的，一会儿又成了公的。我右边的这位是乌贼，你认识，它不会变色，但它可以喷射墨汁……"

我打断了海豚，大笑着说："你说的这些雕虫小技对我有什么意义吗？比如说乌贼，放屁臭也就罢了，还给它抹上颜色，还有什么比这更无聊的吗？"

海豚拦住了要冲上来拼命的乌贼，叹了一口气："唉，虽然你跟我们一样也有两眼两耳、两个鼻孔和两只胸鳍，但你其实是独眼龙，是单耳贼，是冲天鼻，是瘸腿儿，因为你不知道怎么用另一只眼睛耳朵鼻孔和胸鳍去看去听去闻其他水层的各种鱼儿贝儿虫儿，你不想用生来就有的成双成对的器官去了解这广阔大海的五彩斑斓……"海豚的话还没有说完，我就看见乌贼的嘴里吐出了一团黑色的东西，还没等我明白过来是怎么回事，我就感到眼前一黑，什么也看不见了。过了好大一会儿，等我终于能看清楚时，所有的大佬都消失得无影无踪，从此我就成了孤家寡人。我倒不是怕没有朋友，但侮辱我是独眼龙单耳贼或者冲天鼻瘸腿儿，那就不要怪我不客气了。你看看扁目鱼的下场，就知道我为什么这么生气。"

我还是不知道为什么，因为鲨鱼话音未落，就一口把我吞进了肚子。

连续三晚都做了噩梦，第四天工作时我有些神魂恍惚，被头儿叫到办公室里好一顿训话。我只好如实禀告，把做噩梦的事跟他说了。头儿盯着我看了半天，又犹豫再三，最终打开了他那宽大的办公桌的一个抽屉，拿出了一粒菱形的蓝色小药丸，交到我手里，说，你晚上睡觉前，把它吃下去，保证你再也不会做那些乱七八糟的噩梦了。

第四天晚上，我郑重其事地服下了药丸，缓缓地躺下，期待着度过一个平静的夜晚。入睡之后没有多久，我发现自己成了一只满嘴尖牙的鲨鱼，在水面上四处游动，渐渐地我才明白，自己是在寻找那条骂我是独眼龙和单耳贼的海豚。找遍了整个大洋，也没有发现它的踪影，我猜它肯定是去洋底扒淤泥去了，于是我用尾鳍使劲地拍打了三下水面，这是我们以前聚会的暗号。果然，没大一会儿，海豚从水底冒了出来。它保持着距离，看着我一言不发。

我稍微向它靠近了些，诚恳地问道："你能告诉我怎么才能去掉独眼龙瘸腿儿这些绰号吗？"

海豚想了想，反问我："你学会了用两只眼睛看待不同的事物了吗？"

"学会了！"我肯定地回答。

"你学会了用两只耳朵听取不同的声音了吗？"

"学会了！"

"你学会了用两个鼻孔呼吸不同的空气了吗？"

"学会了！"

"你学会了用两只胸鳍体验不同的水流了吗？"

"学会了！"

"那好，我可以去召集其他的大佬，重新开始我们的小圈子聚会。"海豚又说，"我还会叫一些鸟儿过来。"

"等等！鸟儿？"我以为听错了，问道："你说要把鸟儿叫来参加我们鱼类大佬的聚会？"

海豚想也没想，肯定地回答："没错！你不知道我们是所有鸟儿的先祖、鸟儿是从我们鱼类演化出来的吗？"

"笑话！你不是在测试我的智商吧？"我语带讽刺地揶揄她。

"我只不过告诉你一个事实罢了，并没有在测试什么。"海豚认真地说。

"你以为鸟是鸟、鱼是鱼这么一个基本常识我都不懂吗？"我激动起来，"鸟儿有翅膀会飞翔，鱼儿有胸鳍尾鳍只能游水，你叫谁来做裁判，我今天都赢定了！"

海豚往水里沉下去一些，只露出大半个脑袋，对我说："你呀你呀。你那僵化封闭的大脑根本不能处理任何你不知道、你不能理解和你不喜欢的东西，而且任何一个本来可以交流信息、提高认知的讨论都会被你变成必须决出输赢的辩论。你要知道，封闭大脑里的思维都是经验的、功利的、形而下的、奴性的和虚伪的。有这种脑袋的鱼儿根本不可能与别的鱼儿发生有意义的讨论或交流。要想发生有意义的交流，从别的鱼儿那里学到你不具备的知识，你必须试着进入他们的水层，或者用人类时髦的话来说叫维度，因为你与他们不在同一个水层或维度上。要想进入他们的维度，你必须认真地用两只眼睛看待不同的颜色，用两只耳朵听取不同的声音，用两只鼻孔呼吸不同的空气，用两条腿来体验不同的道路。可是，直到如今，你依然是一个独眼龙，一个单耳贼，一个朝天鼻，一个瘸腿儿。"

我被激怒了，一想到竟然被海豚第二次羞辱，便猛地张开大嘴，咬向她的脑袋，但海豚非常机敏，一个后空翻，绕到了我的肚皮下，用她那坚硬的尖嘴使劲地撞在我柔软的肚皮上。我感到肚子里一阵翻江倒海，几乎眩晕过去。勉强支撑住摇摇欲坠的身体，我自信地说："你今天打不过我的！我吃了头儿的蓝色药丸，他说我今晚的这个梦只能好不会坏！"

海豚第三次笑了："其实，树精、兔子、跛腿游客还有鲨鱼都是真实的，只有那个头儿和他的那个蓝色药丸才是一场梦。"说完，他猛地用鼻子插进我的右鳃，我一下子失去了呼吸和平衡，一个倒栽葱，笔直地坠向海洋的深处。在下坠时，我感到自己正一个一个地穿越那十二阶水层，感受着不同的光影，不同的温度；我原先以为海洋里除了水就是食物，没想到它的深处是如此的色彩斑斓，绚丽多姿。我看见了此生从未见过的各种奇形怪状的鱼类，它们好像对我这条鲨鱼已不再畏惧，只是默默地看着我穿过他们的世界慢慢地下坠。

三十九、人类文明史第四章节选

　　人类文明进入第三阶段是从地球上的两个大国各自对超能武器的研发开始的。此时，第二阶段各国所畏惧的唯一超级大国早已失去了军事和经济上的威慑力量，被历史磨砺成了色厉内荏的纸老虎，因为它所拥有的那些成千上万枚核武器在量子中和器的制肘下早已成了鸡肋和摆设。地球人都知道，为了争夺新的超级大国这把交椅，东西方两个体格庞大的家伙正争分夺秒地暗中竞赛，谁都想最先研制成功理论上可行、制造起来却困难重重的所谓超能武器，以便独占先机。据说这种武器只用一枚就可以废止几百万平方公里的生命，也就是说，要想瘫痪整个地球，只需区区三枚。对这种星球级毁灭性武器的研发竞争和谍战还有后期载具的开发构成了人类文明三阶史中最后一阶的主线，也充当了无数影视作品和政经评论的主题。

　　虽然成了公开的秘密，但这个研发项目在日出之所的东国仍然有一个机密代号，叫"心上田相"，而在日落之地的西国则叫 Code Ribonbenz，又被翻译为"人旁本制"计划。这两种代号的不同含义隐藏在这种武器的不同设计方案里。在略知内幕的半吊子行家眼中，二者的区别仅限于不同的机密代号而已，而在研发最核心的科学家们心中，两个代号背后的设计理念迥然不同。

　　从理论上来讲，这种武器有三层递进性链式反应。爆炸起源于最核心的央室闭鞯酝酿，在闭鞯熔断后，与外核的公支氛子接触产生鞭轮效应，最后触发外围的达重粒子塔缩，引发全面爆炸。问题在于这三个反应室里的不同元素具有不同的活性，如何限制它们并在恰当时机里引导它们有序地接触和产生预期的反应，会导致不同的设计和不同的爆炸效果。尤其是央室外围的公支氖子，其渗透性和不稳定性会引起整个链式反应的失败，甚至导致可怕的灾难。东国针对这一层级的方案设计由三部分组成。首先，中央核心的闭鞍作为主导会从央室以固定的间隔频率喷发出高温高压的离子流来压制、整顿和改造外核的公支氖子，使其失去活性。剩下的仍具强烈活性的氖子会被挤压或诱捕进一个高磁高压的小仓室，从而得到束缚；这个设计巧妙、形状独特的小仓室又被戏称为"囚笼"。对于那些既躲避了改造又逃脱了束缚的顽固危险氖子，第三步充当着最后也最关键的防火墙作用，那就是央室在喷出高温高压的离子流压制改造公支氖子的同时，会夹带着一种导向性麻醉气体，这些气体只作用于外围的达重粒子，潜移默化地改变其布朗运动的方向，令其与外核的反应方向相反，这样，那些顽固的少数公支氖子从外核逃逸出来时，会受到外围的达重粒子阻挡，从而被重新推回外核，并最终被关进"囚笼"。

　　起初，这个设计不但没有产生预期的效果，反而酿成了几乎无法挽回的灾难。由于外核公支氖子遭受到过分的压制，二级引爆无法启动，导致央室的闭鞍因为酝酿过久而产生内核崩陷，外围达重粒子也从设计的塔缩变成了难以控制的膨胀，意外爆炸之后，整个城市被摧毁殆尽。好在为了保密和安全，这个小城本来就地处偏远，而且正是为了这个秘密计划而建，所以过了很久，这一毁灭性的失败才被竞争对手的间谍获知，又在对方政府的暗中授意下，被各国的线上线下媒体炒作得如同世界末日已经到来了一般。对于东国来说，其后果是整个世界的地缘格局从原先的大致平衡开始向对手偏移。很多国家意识到，这场竞争很可能会以老大就是老大、超级大国仍然是超级大国告终，因为西国的研制一直进展顺利，据说已经到了最后的样品组装阶段。但大自然包括人类历史的有趣之处就在于，没有任何事情不充满着反转和曲折。

出于对世界格局失去平衡的恐惧，和对自己血脉来源的认同，西国实验室里一位有着东方面孔的科学家暗中把一些关键的技术泄漏给了东国。经过几年的重建和对设计方案的改进，东国对超能武器的研制又走上了正轨。在改进后的设计里，虽然外核的公支氖子依然承受着三重压制而不能起到内核与外围的承接和引导作用，但这种压制与旧设计相比已经放松了很多。最具革命性的变化是外围达重粒子，通过私密渠道获得的先进技术巧妙地让它们与内核的闭鞯产生某种隧穿效应，从而把以前的正值膨胀转换成了晶集扩张。东国科学家们为这一天才般的设计感到无比的兴奋和自豪，也为地球另一边的同行们拥有这种技术却不知道如此设计而感到悲哀。确实，通过这种巧妙设计，组装成功的超能弹要更加小巧，链式反应更加敏捷，起爆速度也更为迅速。在人类文明史第三阶段的第二个十年里，西国虽然早已研制成了样品，并完成了所有的测试，但一直苦于无法实现小型化而不能取得更大的进展，此时东国后来居上，开始了对西国的反超。

其实，东国所暗自窃喜并自以为美的取巧设计早已被西国的科学家们论证过了，只不过在早期进行概念验证时，就被丢进了垃圾桶里。他们之所以摒弃那一方案，是因为在他们看来，只有让三层反应室相互制衡才能保证链式反应的稳定输出。外核公支氛子并不是最大的威胁，相反，内核闭鞍酝酿反应才是潜在的不稳定因素，一旦失去拘束，便会与极易膨胀的外围粒子产生对冲，造成难以控制的灾难。于是，他们索性利用公支氛子的中介作用在一种相互压制又相互催化的机制下保持三者的平衡。这样设计的另一个好处是，这种相互制衡还会生成一种惯性磁场，从而保证超能弹在投放飞行中保持弹道的隐蔽性。

　　果然，在后续的多轮测试中，东国的科学家们便发现了他们的取巧设计至少存在着两个关键性的问题。首先是良品率或者爆炸的稳定性。虽然弹内的反应非常地高效，但爆炸的当量总是难以百分之百地达到设计指标。其次是刺激达重粒子晶集扩张需要一种特有的运行芯片，以前都是通过秘密渠道从西国夹带过来，虽然数量不多，但足够用于持续的试验；而在西国封锁之后，就连一块也难以获得了。从某种意义上来说，这会直接导致研制和测试的停滞。在充满着压抑和沮丧的辩论中，东国科学家们分成了鲜明的两派，本土派极力主张保留当前的设计，并同时加紧研发自己的隧穿芯片，将之加以改进，以提高良品率；留洋派则对既有的设计方案保持怀疑，认为应当推倒重来，采用西国的三室制衡方案。他们认为，西国的设计是基于对三室内不同粒子的自然本性的深刻理解，在承认它们分立的同时也保持它们的相互平衡。东西方两种不同设计的根本区别在于，一种是利用央室对其他两室的主导和控制来保持链式反应的静态稳定，而另一种则是利用外核和外围二室对央室的制衡来达到并时反应的动态平衡。抛开深奥的机理不谈，在超能弹的量子反应

"心电图"上，前者的毫秒线显示出较大的曲线变化，而后者的曲线则比较平稳，很少见到大起大落。

东国科学家们的辩论是如此的激烈和难分伯仲，以至于最后只能交给政治家们来做出决断，其后果自然可想而知，当然领袖们的决策依据仍然是科学的，那就是东国为制造超能弹所提取的粒子来自于土壤，而西国所采用的粒子则提纯于海洋，二者具有稍微不同的属性，因而东国的设计是比较符合自身的条件和特色的。

在人类文明史第三阶段的第四个十年里，所有的军事评论员和政治观察家们都一致推定，东西两个超级大国的超能武器研发已经成熟，甚至可能有了初级的战略和战术部署，但他们不能取得一致意见的地方在于，二者是否具有相同的杀伤和遏制效果，虽然他们都勉强同意，一种会阻断人的神经并让人失去意识，而另一种会麻痹人的四肢并废止手脚的活动。不止是那些专业观察家和评论员们，普罗大众也从不同的渠道获知了超能武器已经进入部署的消息，但他们只顾着享受这种武器的研发所衍生出的各种实用技术成果，更关心的是世俗的实在的生活，对一切可能性或理论性的东西毫无兴趣。他们也曾短暂地上街抗议了一下，那是在一个知名的预言家发出警告之后，他危言耸听地散布谣言说，人类文明史的第五阶段将有一种更加危险的武器出现，这种武器以人为原料，也以人为起爆器，因为文化的不同，两种不同的武器在爆炸之后将像正负粒子碰撞一样，会湮灭一切存在。那是非常恐怖的前景，但也只不过是前景而已，真正重要的还是当下惬意的生活。没有人会想到，在即将到来的第四个十年，没有任何一个大国试图起爆它的超能弹，但其中的一个却因为一家大到不能倒的公司突然倒了所引起的另一种链式反应而进入了崩溃的边缘。

四十、哈耶克走进了树王的森林

又是火烧火燎的一天，箭鼠罗素一边竖起耳朵防备着苍鹰从天而降，一边用前爪快速地刨土，试图翻出几只水虫，丝毫没有注意到猫头鹰洛克从树上飘然而下，落在自己的身旁。当他感知到有什么东西位于背后、扭头一看是猫头鹰时，不禁魂飞魄散，"嗖"地一声放出体内所有的气体，试图一飞冲天，却被猫头鹰死死地按在地上，从屁股冒出的臭气把地面冲出一个大洞。"别怕！我要想吃你的话，早就把你连同那些臭气一起吞进了肚子。"洛克用爪子拍了拍他的后背，安慰说。

"大白天的，你不睡觉，在这瞎逛游。你要干嘛？"箭鼠罗素依然有些心惊肉跳，却壮着胆子责备起来，想了想，又换了一副口气，说道："你们猫头鹰的飞翔越来越悄无声息了，不像苍鹰，几千年了，俯冲时还是带着风声。"

"你的冲天技术也越来越娴熟了。"洛克说，"一个月前你一蹲屁股还像是放屁，现在倒真有那么一点火箭的意思了。我正在找我的儿子，你刚才看见哈耶克了吗？"

"哈耶克？我稍早前确实看见一只小猫头鹰朝着树王的森林那边飞过去了，但没有看清是不是你儿子。他在接近通天河时叫了一声，要不然我还以为是只苍鹰。"话刚出口，罗素又从屁股放出一股气体，"咻"地一声窜上天空，不见了踪影。出现在他原来位置的是苍鹰卢梭。洛克还未明白发生了什么，卢梭就质问道："你为何要放走那只箭鼠？而且你违反了我们之间的协议。我从未在你们的夜间捕食，现在光天化日，你为何要来抢我的生意？"

"我没有抢你的生意。我只是在问那只箭鼠一个问题。"洛克回答。

"我在上面看得清楚，刚才你们俩在这里鬼鬼祟祟的不知道在做着什么勾当。现在好了，把他放走之后，只有你的一面之词，我怎么知道你们不是在搞什么阴谋诡计？"

"我的圆眼可以数清你身上的每一根羽毛，干嘛要搞阴谋诡计？"洛克笑道。

"是吗？那你数数看，我倒想知道你们猫头鹰的眼睛是不是真地比我们苍鹰的还要锐利。"

"你身上的羽毛一共是九万九千九百零一根。"

卢梭大笑起来："我就知道你在吹牛。这片森林里的每一个动物都知道我们苍鹰身上有九万九千九百根羽毛，哪来的零一根？真是太好笑了！"

"那多出的一根是你嘴角极细极软的绒毛，你自己可能都没有察觉到，看起来像是来自一只幼鼠的尾巴。那是你今天唯一的收获吗？所以就打起了罗素的主意？你不知道他已经进化出了用放屁把自己发射到天上的招数吗？"

卢梭用右爪抹了抹嘴，又"呸"地吐了一口，然后答非所问地揶揄起来："你刚才说是在问罗素一个问题。你是我们福瑞森林的思想家，还有什么问题需要一只箭鼠帮忙的？"

"嗯。我可能也需要你的帮忙。"洛克说："你在天上巡逻时，看见我家小子了吗？他本来跟我一起在树洞里睡觉，但几分钟前我忽然醒来，发现他不见了踪影。"

　　苍鹰没有说话，只是看向树王森林的方向，眼神中满是惶恐和悲悯。猫头鹰也看向那个方向，天边，地平线上，树王的枝桠如同黑云一般依稀可见，几个月前，它们还无影无踪；"砰砰"的锤击声从那里传来，犹如雷鸣般响彻天空。福瑞森林里的每一个动物都知道那边是树王的帝国，但没有谁能说得清里面是什么样子，只知道任何一个动物一旦靠近都是有去无回。

　　猫头鹰洛克展开翅膀，飞向通天河，连日的干旱和高温已经把丰满的河流折腾得瘦骨嶙峋，没有了往日水灵的样子。虽然它是两片森林的边界，但树王光秃秃的枝桠已经越过河道，遮蔽了福瑞森林的大片天空。洛克沿着河岸忽而窜上云霄，忽而扑向谷底，但他的视线怎么也穿不透树王的枝条，他甚至无法向上飞到树顶，一窥全貌。树王高耸入云，超过所有的山峰，密密麻麻的光秃树枝交织在一起，形成一块巨大无比的伞盖，覆扣在它的领地之上。洛克不明白，树王为什么要长得如此高大和霸道，它又如何能够把水分和养料输送到顶部。他更不明白，儿子为什么想要飞到这里，难道树王使用魔法勾引福瑞森林里的动物这一传言并非空穴来风？虽然难以一窥管豹，但咚咚咚的撞击声在河边更加震耳欲聋，任何一个动物听了都会感到心惊肉跳。

　　洛克沿着河岸缓缓地飞翔，寻找着可以进入的缝隙。忽然，他感受到一股巨大的压力在让自己低下头去，同时脑子里冒出了一个奇怪的念头，他很惊讶怎么会出现这样一个与自己的认知和原则完全相违的想法，但他还是不由自主地依循这个念头去做了。他落到地上，闭上眼，将喙贴近地面，再收紧翅膀，作出俯首称臣的模样。神奇的是，面前的枝条挪动起来，搭成了一道拱门。洛克小心翼翼地走了进去。他只能沿着拱门往前走，不能向左，也不能往右，更无法转身，走过之后，身后的枝条又合拢到一处，封闭起来。渐渐地，两边出现了一些动物，有昆虫，也有身材矮小的走兽，它们各自发出擅长的声音，形成一首声调奇怪的乐曲。此前，福瑞森林的动物们一直以为树王森林是片死地，是没有任何生机的蛮荒之地，看来他们误会了。不过，这些动物无论大小都是一副面无表情的僵尸模样，每一颗脑袋上都长着蚂蚁独有的两只触角，在一些走兽的头上显得不伦不类，非常地滑稽。没走多远，洛克认出了一些熟悉的面孔，他猛然意识到，这些动物都是来自福瑞森林。"米塞斯，你怎么也在这里？你看见哈耶克了吗？"洛克停下脚步，试图去抓住一只穿山甲，但穿山甲米塞斯对他的叫喊无动于衷，兀自晃动着身子，让头顶的触角与其他动物的保持着同一个节奏。"睁开眼看看，米塞斯！我是洛克，曾经把你从蜘蛛网里解救出来的猫头鹰洛克。告诉我，你们这是怎么了？你为什么不想回到福瑞森林？你忘了跟我学飞翔的约定了吗？"身后的枝条正在迅速地合拢，推挤着他不由自主地沿着打开的拱门往前走，也不知道米塞斯是否听见或者听清了他后面的询问。

　　渐渐地，洛克的圆眼开始适应树王森林里的昏暗，他试着穿透交错重叠的枝条看清森林的内部，但好像除了树木，什么也没有，似乎所有的动物此时都聚集在了拱门两边，就是为了迎接自己才发出各种声响。习惯了飞行的洛克觉得这条路是如此的漫长，自己一辈子从未用脚走过如此长远的路，后来他感到自己根本就不是在行走，而是被枝条托举着向前挪动。终于，他来到了一颗巨大无比、既看不见顶冠也看不尽腰身的树干前，在它面前，洛克觉得自己就像是泰坦龙脚下的蚂蚁，心想这可能就是树王了，也明白了它为什么会发出震耳欲聋的巨响。只见它的根部和身上长满了肉瘤，如同普通树木的果实，不同之处在于它们的个头，每一颗都比几百个猫头鹰的脑袋加在一起还要大。它们就像风中的摆锤在枝条的牵扯下从根部往上依次不断地来回撞击着树王的身体。洛克一下子明白过来，这些肉瘤充当着水泵的角色，依靠着击打把地下的水分和养料源源不断地一级一级送上树冠，帮助树王长得如此庞大，乃至所有其他的树木在它面前充其量只能算作它的枝条。而这些树木也确实是它的枝条，它们无一例外地把根扎在肉瘤上，而且一起横向地生长。洛克这才恍然大悟，难怪刚进入这片林子时有一种说不出来的奇怪感觉，总觉得这片森林与其他的任何一片都有些不同。原来这里没有站立的树木，只有趴着的枝条；原来森林就是树王，树王就是森林。

　　这时，几只蚂蚁爬上了洛克的头部，他赶忙摆动脑袋，把它们甩了出去。但更多的蚂蚁连绵不绝地爬了上来，有的甚至开始分泌一种汁液，刺激得他头皮发麻，浑身酸痒不止。他索性倒立在地，像陀螺一样高速旋转起来，这一招果然奏效，身上的蚂蚁被悉数甩了出去，想要爬上来的却无法近身。瞅准一个时机，洛克猛地窜上树干，往上爬去。但树王的身上有一种奇怪的黏液，很难像在福瑞森林里那样在一棵树上自如地抓牢、爬行，同时还要躲避击打过来的肉瘤，洛克一时有些手忙脚乱，费了好大的力气，才爬到一个尚未长好枝节、依然附着于树干的肉瘤上，这颗肉瘤也还没有被任何一根枝条扎根牵扯。洛克气喘吁吁，心想总算可以在这既不黏脚也不摆动的树球上面缓缓劲儿，根本没有防备它会啪地一声猛然裂开，害得他险些掉了下去。裂开之后，一个老态龙钟的蝙蝠钻了出来。洛克刚被方才的险境吓出一身冷汗，见了他，更是不敢相信自己的眼睛，差点松开了紧抓着肉瘤的爪子。"霍布斯老师！"他一边费力地抓住肉球的枝节，一边不由自主地叫道。

"很高兴你还记得我，洛克；也很高兴你弃暗投明，终于向树王磕了头。既然是自己人了，对你当年在最后一堂课上的粗鲁和无礼，我也就既往不咎了。"十几年前，霍布斯是福瑞森林的哲学教授，但在一堂关于森林规则的讨论课上，因为自己的观点遭到了洛克的不礼貌质问，他就不辞而别，没想到如今会在这里相遇。

"老师，我当年对你没有丝毫的不敬，那时血气方刚，以为爱真理胜过爱导师，所以冲动之下有些话说得过了头。不过，我今天来并不是为了投靠树王，我磕头是为了能进来寻找我的儿子哈耶克。老师，离开我们之后，你就一直生活在这里吗？你成了树王的国师？"

"请不要对这片森林或树王有任何的偏见。也希望这次见闻能让你修正以前的观点，认识到当年的质问是偏激而又幼稚的。"

"树王勾引了我的儿子，他的枝条也遮蔽了我们福瑞森林的部分天空，让我们在夜里出来捕食时因为月光被遮挡而难以看清猎物，因为星星被隐蔽而认不清回家的路。除此之外，我对树王和这片森林没有任何偏见，霍布斯老师。"

"树王必须高大，才能保证平和与平等，让每一颗植物、每一只动物都能在这里幸福地生长。瞧瞧你们那片林子，依然处于混乱的自然状态，依然遵从丑恶的动物本能，每一天每一夜，伴随着弱肉强食的是遍地的哀嚎和无尽的恐惧。还记得我离开你们那一年的全动物运动会吗？我们的球队一场未胜，成绩垫底。我们虽然有最佳发球手长颈鹿，最佳二传手羚羊，也有最好的扣球手斑马，但我们也有着一碰球就飞的野猪和见到球飞过来就抱住脑袋的黄鼠狼。最后拿到冠军的是没有优点、也没有缺点的猿猴队，它们所有的队员都水平一般，但能力持平，进攻和防守都没有大的失误。我想你可能已经明白了我的意思，明白了我为什么会来到这里为树王服务。"

"我不明白。我不觉得把长颈鹿、羚羊和斑马变成野猪或者黄鼠狼，就会让我们赢得比赛的胜利。"猫头鹰又恢复了当年的劲头，与老师辩论起来，"而且我还是认为，自然状态并不完美，但它赋予森林以活力，让它充满了无限的可能。"

"你当年可是同意我的观点的。森林统治没有普世的准则，无所谓形而上的优劣，只要能提高森林公民的当下福祉，让每一个生命既能衣食无忧，又能和平安宁，那就是好的法则。当今世界，每一个森林的统治者都是以此为目标，至少是这么宣扬的，但只有树王最为成功。当你头上的两只触角长出来后，你就会明白的。"

"这正是我们俩的分歧之处。我同意，森林统治者有提高公民福祉的义务，这也正是它们存在的合法性，但一个好的管理者并不会为了当下而牺牲未来，它不会为了眼前的财富和公平，去磨灭任何一颗草木的个性、限制任何一个飞禽的活动、或者阻碍任何一个动物的思考。换句话说，就是森林统治者的最重要资质是长远的眼光，是为了森林的长治久安而制定自由、民主和公平的制度。我们所有的森林都位于同一个星球，共享着同一个未来，因为大自然的进化不会有第二个方向，但只有丰富多彩、自由自在的森林才会在未来的竞争中胜出，只有这样的森林才符合大自然的进化方向。这就是为什么有的森林可以繁荣一时，但最终荒芜下去；有的森林存在了千年，但依然死气沉沉。"洛克正想着怎么进一步阐述，忽然听到了哈耶克的叫声，他抬头向上看去，只见儿子正从上面不远处的一颗树球里探出头来。未作多想，他赶忙顺着树干往上攀登，就听霍布斯在底下喊道："你的触角马上就要破头而出了，洛克！""我不管！我必须救出我的儿子，他是我的未来！"

爬上去之后，洛克嘴脚并用，死命地撕扯、剥啄着肉瘤，指甲断了，嘴角流出了鲜血，他毫不在意，继续挖掘，终于让哈耶克露出了身子。他激动地想要把儿子抱住，谁知肉瘤承受不住两只猫头鹰的重量，一下子掉了下去。也不知遭到了多少根枝条的抽打，经受了多少次碰撞反弹，他们总算滚落到了地面，但黑压压的蚂蚁从四面八方围了过来。洛克大声喊道："快跑！儿子，快跑！"他知道，在这么多蚂蚁的围攻下，在如此密匝的枝条里，父子俩今天凶多吉少。他唯一能做的就是故技重施，像陀螺一般急速地旋转起来，把哈耶克保护在中间。他知道气味和味道就是蚂蚁的语言，它们利用嗅觉来处理语法，用味觉来理解语义。只要不让它们上身，不让它们在哈耶克头上分泌汁液这一味觉中介，这些蚂蚁就丧失了完整的语言，成了没有主意的无头苍蝇，儿子就不会被洗脑改造。正在此时，他犀利的眼光注意到不远处的地面有轻微的隆起，并迅速地向这边靠近。他眨了眨眼睛，想要看个清楚，穿山甲米塞斯已经把洞打到了脚下，他一把抓住哈耶克，拽向地下，朝着通天河的方向遁土而去。

再次回到树王的森林，已是数年之后。哈耶克把一只土拨鼠的尸体放在曾经是树王根部的地上，用锋利的喙啄了三下干裂的土块，说道：亲爱的爸爸，这是我给您带来的祭品。自您走后，世界发生了天翻地覆的变化；我们的星球更加炎热了，雨水越来越稀少，而山火却越来越猛烈。一年前，一场大火烧死了树王，把它的帝国夷为平地。我们福瑞森林也受到了波及，危急时刻，箭鼠大军在罗素的带领下冲入天空，控制了路过的云层，把里面仅有的雨水挤兑下来，拯救了我们的家园。现在，我们的森林形成了新的生态，如果您还活着，您会看到长着尖嘴的蚯蚓，它们可以挖掘很深的地下水；您还会认识全新的穿山甲，它们不但学会了飞翔，还像箭鼠一样进化出了气囊，但它们不是为了把自己发射到空中，而是将它当作水袋。爸爸，这样的变化还有好多，很可惜您已经看不见了，但我知道您生前肯定已经想象到了。我还记得当年您对霍布斯老师说的话，当时并不能够理解，现在我明白了。所有森林的掌权者为了能够继续获得权力无一例外都会着眼于当下的福利，但只有它们眼力之外的多元与自由才真正决定了一片林子能否存活久远。对于森林来说，要不走向僵化，把紊乱规定为秩序；要不选择活力，让秩序充满着紊乱。最后，我还想告诉您，福瑞森林里有一种动物开始崛起了，我可以预见，他们将会主宰整个星球，因为他们继承了我们的多元与自由。他们是我们的孩子，是在我们这片林子里诞生并走出去的，而不是来自其他任何一片森林，这是我们的自豪。虽然在他们崛起时，我们所有的动物都将被绞杀殆尽，但最终他们会把我们所有生命的基因完整地保存下去，也正是他们，永远消灭了我们动物界的弱肉强食。谁会知道，我们的命运会如此终结呢？但是，爸爸，我知道您会感到高兴的，因为这些新主人延续了福瑞森林的精神和法则。

四十一、光兄村捉鬼记

驱魔师晓波尚未进入光兄村，就远远地感知到了一股浓重的阴气，他当下心中一凛，意识到自己闯荡江湖的惊险时刻终于来到了。

光兄村古时称为尚黑，因为不吉，才改为今名。这是一个极其古老的村落，依山傍水，颇为符合前有照后有靠的风水设计，虽然山上山下村舍密匝，但也算错落有致，看起来井井有条。刚进入村口，晓大师便被一个年近半百的村民拦住了去路。他以为来人是这里的庄主，刚要开口，就被严厉斥责了回去。"我是这里的书记！"他说，接着上上下下仔细打量了一番，"有人报告说来了个打卦算命的江湖骗子。我是村子的主人，不希望这里有人搞封建迷信！"书记似乎是对他又好像是对着渐渐围拢上来的村民们说。晓大师没有吭声，毕竟他怀有一丝难言之隐，来到这里并非出于他人的邀请，而纯粹是因为自己的好奇。从一位朋友口中得知这里的种种怪象之后，他便一直想来一探究竟。同所有其他村庄一样，如今留守在家的大多是些孤寡老幼，那些有才或有力的年轻人早已远走高飞，另觅他途。在才疏学浅的半吊子术士眼中，这是村子里阴气日重的缘由；但在经验丰富的大师看来，事情远非如此简单。他决定将计就计，请求书记容许自己留宿一晚，因为这里前不巴村，后不着店，当下已是日薄西山，实在找不出另外的去处。书记断然拒绝，如今正处运动的风口，而且留守在家的村民非老即妇，留宿这个江湖骗子不但会形成政治错误，还会招来伤风败俗的闲话。"但村后的山上有颗老槐树，树洞能容得下两个人并排而卧。你要是在那儿过夜，我没有意见。"他说。

山村的夜晚不比城市，只有纯净的黑色和混杂的繁音。未久，一轮弯月爬上山头，它犹如阴郁的法师扯开黑幕，各色昆虫、诸种动物都一下子复活过来，发出或高或低、或吟或吼的鸣唱。晓大师在树洞里结跏趺坐，聆听着百家争鸣的浑然天响，同时留意着任何一丝异常的响动。将近子夜时，远远地似乎有脚步声传来，他不禁笑了。羽白书记一改白日里的蛮横和傲慢，在夜色的掩护下似是变成了另外一个人。他小心翼翼地陪着不是，试探着询问大师是不是真的会窥破天机、预知祸福。"欲问将来，先解当下。你当下的问题是日日提心吊胆而夜夜辗转难眠，偶尔入睡，也会被噩梦惊醒。我说的对吗？"。

"睡眠当然重要，但我关心的不是这个。"

"书记之位当然可以坐稳坐久，但这里不是深谈之地。"

"那还请大师移步。"

随着左耳里的磁啦声越响越大，大师知道自己来对了地方，他在刚进村时就已经凭着耳鸣大致摸清了恶鬼的方向，现在离它越来越近了。两个人像是合伙行窃的盗贼，乘着夜色蹑手蹑脚地摸进了书记的屋子。堂屋上方的香案上供奉着一具人形木偶，因为用真皮缝制，已经有些发毛，乍看似是一块腊肉，这与那位朋友的描述大致相同，他说这里的每家每户每个"来福特节"都必须来到书记家里膜拜这具人皮木偶，那是他们的护法也是他们的信仰，但他怀疑村里的诸般异象和书记的怪异言行都是因它而起。看见书记匍匐在地、长跪不起，大师明白过来。"你不能得到它的回应，是吗？"

他问。书记没有作声。"它在我刚进屋时就已经逃遁了。"书记猛地抬起了头，露出惊惧的神情。"但我可以去阴界把它寻回，并让它在这里现身。你只需要告诉我你想从它那里得到什么。"

虽然没有挑明，但大师从书记吞吞吐吐的谈话里看穿了他的心思，书记名号只能算是一个羊头，他想要的其实是土皇帝这块狗肉，是一言九鼎的气势和唯我独尊的快感，还有让分家之后就与我为敌的兄家回归大家庭的历史成就，这具木偶的阴魂就曾有过那样的荣光，他要复现这种辉煌，在村志里留下浓彩重笔。"他们现在什么也不缺，就缺个说一不二、当机立断的当家人。请大师务必辅佐在下，促成伟业！"书记挪了挪膝盖，把伏在地上的头颅移到晓大师的脚下。"那我这就下阴去探访个究竟。"大师闭目盘腿，忽然打了一个长长的哈欠，身形一晃，倒伏在了香案之上。

人间的所谓法师大多是些滥竽充数之徒，稍懂皮毛者也无非是学了些画符、煞血或者摆放桃枝的驱魔技法，能与阴魂沟通乃至下阴捉拿妖孽者可谓凤毛麟角，这也是晓大师游走江湖、积累起名声的资本。虽然下阴无数，在阴界里见过和聊过的阴魂数不胜数，而且阴界与阳世对他而言已经没有了什么不同，但这一次大师却经历了一些挫折。一般而言，赖在人间不走或者从阴间强行返回阳世的鬼魂大多是因为执着的意念，或起于贪着，或出于冤屈，但无不是单打独斗。木偶的附身却如军队的将领一般有着无数的喽罗，前呼后拥，比在生前更加地神气威武；更为棘手的是他周身如同铁桶一般的光环，犹如神灵一般令人目眩。如果说那些喽啰可以用些法术支走，但靠近之后，如何穿破这耀眼密实的金光进入这厉鬼的魂灵，却是异常棘手之事，寻常招法断难可行。

　　晓大师曲腿掐指，暗念口诀，幻化出无数的元宝，他把这些光亮璀璨的金锭掷向身后，同时默念：前生无福消受者领钱在此！话音刚落，一眼望不到头的众生鬼魂扑了过来，互相踩踏着哄抢在一起。说时迟，那时快，他晃动身形，欺身靠近伪神，右手擎起法经，高声喝道："孽障！尔等生前戕害众生，死后蛊惑魂灵，还不跪下伏法，认罪受罚！"木偶的附身哈哈大笑："我看你是吃了土豆烧牛肉，尽在这放屁！别拿这个法那个经来唬人，我向来无法无天，偏不信那个邪，看你今天如何用它来收我！"晓大师左手一抖，一把利剑划出数道弧光，将欲捉之鬼围在了圆圈之中。这把名叫"正气"的僻邪剑是大师的镇妖之宝，它是由亿万冤魂屈死之时发出的正义呐喊和愤慨怨气锤炼而成，所劈之处，无不如高温灼烧一般热气喷腾；所指之方，恰似磁棒吸附铁屑清扫一空。正气一出，恶鬼现形。晓大师曾用它收服了无数阴气重、寒意浓的难缠妖魔，但今天似乎伤不得伪神一毫一毛。他当下明白，欲除此妖，必先破其光环。正在这时，只见伪神大手一挥，以一种不怒自威的气势举起了一本红色小册子，那些仍在哄抢元宝的众生鬼魂开始安静下来，慢慢地又重新聚集在了他的周围。大师当下明白了它的用意，但脑子一转，马上就想出了破解之法。他凝神静气，一边继续挥舞着正气利剑不让妖孽借机逃脱，一边用玻色大法把意念之波扩散出去。少顷，喽啰们手中的元宝无一例外地变成了自己右手所持的法经，而且他们开始翻看起来。大师注意到，随着众生鬼魂或快或慢的阅读，伪神的光环正在慢慢地淡去。

这就对了，这本法经乃非神作，亦非人为，而是一切冤魂的泣血悲歌，它是万法之法，亦是阴阳真相，是揭穿谎言、破除崇拜和清洁心智的神丹妙药。

在光环消失的刹那，就在它惊愕慌乱之际，晓大师祭出轻易不露的杀手锏，一个隧穿进入了伪神的阴魂。这个招数如同在阳世游荡的鬼魂强行附身于一个活人，把他变成自己的代言人一般，其言行举止完全变成了另外一个人，只不过在阴界，这种附身是叠加态，两个灵魂会交织在一处，可以用两种不同的声音和身份说话。

在那些拥趸被喝退之后，大师叹道："把所有人都踩在脚下发号施令的感觉真的很爽，即便是借你之口，这种高高在上的征服感也让我欲罢不能。"

"那是因为你尚在尝鲜，不用多久，你就会厌烦这些不作奴隶就活不下去的蝼蚁，你要知道，虽然他们也曾有过人类的脑袋，但他们却更愿意用屁股去充当脸面，把放屁当作发言。"伪神露出鄙夷的神情，不屑一顾地回道。

"还好你有自知之明。"大师说，"享受着那么多活人的供奉，当然有些身不由己。与生前的凶残霸道相比，没想到死了之后，你倒有了难得的清醒。"

"我知道你不惜折损阳寿也要来到这里是为了什么。生前再有权势的人，与我斗都只落得死无葬身之所，当年千万人因我而亡，到了这里却仍然是我的拥趸，要想拿我，先问它们答不答应。否则就赶紧滚蛋，快点回到自己的肉身里去。"

"你向来爱好史书，却把唐太宗的话忘了。水可载舟，亦可覆舟。你可以愚弄村民于一时，却不可欺骗他们于一世。你看看他们正在阅读什么。"大师回道，"你阴魂不散，只能祸害后人，与阴与阳、与人与己、与公与私，皆有百害而无一利！"

在把伪神的魂魄封装进用法经锻造的法盒之后，晓大师并没有急着回阳，刚才消耗过大，他需要片刻的调息盘整，况且还有另外一件事没有完成。在隧穿接入妖孽的魂魄时，大师已经复制了它的话语腔调，现在正好冒充它回应书记的祷告。智者曾说，毛病未除，积恶成习，要想根除光兄村的阴霾，必需彻底断除当家人的毛病和恶习。书记依然匍匐在地，终于听到了回应，激动得双肩颤抖，涕泪交流，但听到的问话却让他顿时停止了哭泣。

"你还记得许志永吗？"

"那个不听话、自以为在替社会渣滓代言的家伙？我把他抓起来了。听说释放后他去了南方，您现在问他，是不是责怪我怀有妇人心肠、没有像您当年虐待残杀彭令昭那样把所有的闹事者统统去头除身？我听说，要想获得像您那样成神的魔力，必须用鲜血把双手锻造成赤铁一般的鲜红……"

"他找了个法师把我囚禁了，你现在要么躺到香案上来陪我，要么赶紧躲到屋后的树洞里去再也不要出来。"羽白书记惊恐地抬起了头，发现木偶忽然变成了一个法盒。他张大了嘴，双腿哆嗦着难以支撑起身体，眼见着熊熊大火燃烧起来，更令他惊恐的是，神的语气忽然变成了那个算命先生晓波大师的腔调："我姓刘，可以捉鬼，但不能拿人。我对你的忠告也只能如此而已。"

　　大火彻底吞没了堂屋，映照得天空如同白昼，从树洞里看去，那些草丛里的鸣虫好像一下子摆脱了魔法，在黑夜之外，在阳光之下，也可以自在惬意地鸣唱了。

四十二、有谁摸过集体下的蛇蛋

　　当大公号飞船的扫描仪捕捉到独自拖拽着尸体的小男孩时，我让操作手把镜头定格，并将随机模式转换为定向跟踪。几天来，我们一直在近地轨道密切观察着这颗被命名为李子的红色星球，试图找到一处可以降落的地点尝试第五类接触，以解开其文化之谜。从这个小男孩入手似乎是一个不错的选择，在我的星球文明研究生涯中，没有哪一种文化现象能够像葬礼和婚礼那样更好地揭示社会关系、人伦风俗和进化阶梯的了。

　　以我们母星上同样的身高作为参考，小男孩大约只有十岁。他正拖拽着一具成人的尸体，费力地走向家门不远处路面上的一个浅坑。尸体的脑袋似乎并没有与身体相连，它戴着某种头盔一般的帽子，被固定在身下的木板上。我让操作手拉近镜头，给头部一个特写，果然，死者的双臂和双耳都被木藤随意地捆绑着，而脖子却不知所踪。男孩走走停停，终于来到了浅坑前，他先是把躯体拖了进去，然后又把头颅小心地放到肩上，顺着道路的方向，面向北方。坑道的长短正好合身，而宽窄却有些富裕。男孩爬进坑道，肩并肩与死者躺到了一起。我转头请示大公号飞船的船长比格布拉瑟，希望可以在这里降落，开始田野考察。比格布拉瑟想了一会儿，把它那颗满含着各种芯片的脑袋转向左侧以表示同意，然后用一种机器人特有的腔调开始下达各种指令："NC32，启动登陆者变形程序！ZG47，登陆仓释放 10 分钟准备！NL89，通知警卫队进入一级戒备！……"

　　像所有其他太空船一样，大公号原先也是一艘全智能机器人飞船，但在发现了李子星后，它一直难以理解其居民的种种怪异行为，与他们的第五类接触也以失败告终，迫不得已，比格布拉瑟只好把我这个自然人从母星征召过来，它看重的是我数十年的星际文明研究，期望通过变容让我融入当地人的生活，以便解开李子文明的秘密，为天方人移民到这个星球扫清文化障碍。说是移民，其实不过是智能机器人的组装和复制而已，即使在我们的母星天方上，像我这样的自然人早已是稀有物种，成了接受智能机器人统治并为之服务的"荣誉公民"。

　　完成了复杂的变容，并通过一系列检测之后，我看起来活脱脱地就像是李子星上的一位居民了。带着一只既算是保镖也可能是监工的机器狗，我乘着夜色，降落到了离墓地不远的树林里。这已经是第三天的子夜，小男孩依旧躺在尸体旁，发出轻微的呼吸声，甚至像天方上的自然人一样偶尔呢喃呓语。我拿出袖珍型思维探测仪，想要找出死者大脑里过去几天的记忆存储，可惜一无所获，这很可能是他的脖子被猛然砍断后脑电波急剧衰减的缘故。我又把仪器对准了男孩，他在深睡眠时的思维看起来比较单一，大多是学校里的一些活动，引起我注意的，是一个词频繁地出现在他的梦境中，我试图解译这个叫"集体"的词，却没有成功。我怀疑它很可能与李子人的习俗有关。

　　虽然在天方人的眼中，李子星就像是自己的一个孪生姐妹，它的居民同天方上的自然人在外形上并没有本质的不同，但李子人不能转动脖子，他们既不能低头，也不能抬头，更不能把脑袋转向右边或左侧，只能一直面向前方，而且是向北的方向，这决定了他们的所有房屋也都是坐南朝北，所有的道路都是笔直地通向北方。绝大多数孪子人不但转动不了脑袋，就连身子也是固定的，学会了转动身子的人往往都是富裕的上层人士。

　　第三天凌晨，男孩终于从坑道里爬了出来，走向远处的学校。我决定暂时藏身于校后的树林里，让机器狗作为一个中继器靠近教室。通过它的耳朵，我听见里面有一个高亢的声音："我们可以不出生，但集体不能；我们可以死亡，但集体不会；我们每个人的一切，都是为了集体！"。通过机器狗的眼睛，我看见教室的墙上贴着几个大字：集体就是我们！这些话和标语让我更加困惑了。在研究外星文明时，我一般采取比照策略，首先把他们的概念和逻辑与我们天方人的词汇进行比对，如果不能匹配，再深入了解它们为什么不同。对于"集体"，从仅有的信息来看，它也许对应着我们的佳木人本主义？在我们天方星上，机器人主宰着一切，虽然它们的个体计算能力和记忆存储远胜我们自然人，而且它们互联互通构成了可以预测各种可能的信息网络，但宇宙的奥秘不仅在于因果逻辑，更在于偶然变异，在于突变和涌现，而后者只有在量的累积达到某个阈值之后才有可能。鉴于此，天方机器人不但大量地自我"繁殖"，互联互通，还颁布了一条法令，严禁任何自私自利的言行，只有星球这个团体才是我们唯一的利益。它们认为，只有这样，我们天方星上的所有机器人和自然人才会融为一体，量就会成为质，涌现就会出现，天方文明就会踏上更高的台阶，虽然在自然人看来，突变和涌现也有在个体单位出现的可能。在天方统治者的口中，这个强制性规定并不算法令，而是一种佳木人本主义或精神。

为了验证集体是不是有着同样的含义，我决定当天夜里乔装成复活的死者，拜访一下男孩，因为他们相信死者的灵魂可以具身再现。李子星上的所有房屋都是敞门设计，也许他们根本就没有门的概念。当我戴着死者头上的木制头盔出现在男孩的面前时，他吃了一惊，露出惊恐的神色。我知道李子星人没有笑容，既然假装是他去世的父亲，我当然不能为了安抚他或表示友好而露出微笑的表情。"儿子，不要害怕，我只是想回来看看你。"我说。

"你不是我爸爸！他说话的腔调不是这样。"他保持着向北的姿势，后退了一步。

"复活者的腔调都会变的，儿子。"

"我爸爸已经没有了脖子，他也不会像你这样从非集体的方向现身。"我当下心里一沉，知道自己犯了一个不可挽回的错误，马上转动脑筋，想着该怎样补救。"我们死去的人可以从任何方位现身。儿子，我的脖子是被你砍断的吗？"

小男孩的脸膛一下子明亮起来："你第一次出现症状时，我报告给了主人，他用木盔把你的头罩了起来，还把你从进步组降级到了学习组，与我们小孩子为伍。虽然这让我脸上无光，但我很高兴可以继续监督你。没想到在夜里，你还想在我入睡后摘下头盔，继续做违背集体的事。老师说，砍断你的脖子，阻止你犯更大的错误，是符合集体的正确行为。"

"我不明白。"我说，"也许你砍断了我的脖子，导致我丢失了所有记忆，我不记得自己做错了什么。"

"你当然不记得了！你生前就不愿意承认。"男孩一脸嫌弃，愤怒地质问我，"你为什么要去转你的头？！"

离开男孩后，我立即联系大公号，请求它对所有的李子居民做一次扫描，找出可以转动头颅的人，我相信能够扭动脖子的肯定不止被大义灭亲的小男孩的父亲。第二天傍晚，大公号传来了结果，这个星球上目前至少有几千位居民可以转动身体，但能够转动脑袋的只有四位。这四位也都可以同时转动四肢，但第一位的脑袋只能向右转动九十度，他有一个养殖场，饲养着类似天方星上的家猪。第二位可以向左转动一百八十度，他的家里圈养着十几只母鸡。第三位能够向右转动二百七十度，他有一只狗形影不离。第四位可以三百六十度自由地转动脑袋，他家房间的一角拴着一条双头巨蛇。

第三天早晨，我找到了家猪农场。与肥大的躯体相比脑袋略显细小的猪倌尚未等我开口，便迫不及待地问："你是来买猪的吗？"

"当然！而且要买两只。就是你身后的那一只。"我吸取了上次与小男孩说话的教训，对我的口音加强了改进，相信现在不会有任何一个李子人会怀疑我是个外人。

猪倌如我所料，并没有扭转脑袋，而是把身子转到背后，准确无误地把那只黑猪抓到了手里。"还有这一只。"没等他把身子转回去，我就站到了他的右侧，指着另一只猪说。猪倌下意识地把头偏向我，但马上意识到了什么，又转了回去。但我还是假装震惊地叫道："你刚才是不是把头偏离了集体的方向？"

"对，你都看见了。"猪倌说，"我的任务是养好猪，也养好我自己。只要能收到我上贡的肥猪，主人不在乎我是想摆动屁股，还是扭转脑袋。"

这样的对话，不会让我有任何收获，于是我去寻找拥有十几只母鸡的那个家伙，希望他能为我提供一些线索，解开集体的谜团。与家猪农场设在一处陨石坑里不同，鸡舍位于山顶。我在屋子里转了几圈，却只闻鸡声，不见人影。我决定去林子里找找，刚走出房屋，就见到一个李子人从山下走了上来。离我还有一点距离时，他问道："你是来找鸡婆婆的吗？我是隔壁山头的狗爸爸，看见你上了山，就跟了过来。"我回答说是。

"你会转动脖子？"他又问。

我吃了一惊，反问道："何以见得？"

"因为你走路的姿势，还有你的脖子与脑袋的连接处有扭动的纹路。"

我下意识地用手摸了摸自己的下巴，又仔细地看了一眼他的脖子，果然，与其他李子人相比，他的下巴处略微松弛，而且有几道不明显的皱纹。"我确实可以看见非集体的方向，但我的头只能向两边各偏转九十度，扭转到肩膀处时就不能再动了。"

"你是来向我们打听北方集体的，因为我们的头可以扭转得更多，是吗？"就在我琢磨着该怎么回答时，一个人从林子里的一颗大树后走了出来，手里还提着十几只母鸡。我猜，他肯定就是躲藏起来的鸡婆婆了。"集体根本不住在北方。"她一露面，就冲着狗爸爸叫道。

"哦，你家母鸡告诉你的？"狗爸爸问。

"对！上次我们把一只母鸡上贡给主人，他不要，说我一直进贡母鸡，这一次集体想要公鸡，可是我只有一只公鸡，主人不顾我的哀求，还是把我仅有的那只公鸡带走了。以前我的母鸡一天到晚都是低头找虫子吃，自从公鸡被上供给集体后，她们总是心神不宁地抬头盯着西方，咕咕地哀鸣。如果集体不是把大公鸡带到了那里，我的母鸡们为什么会只盯着那个方向悲鸣呢？"

"有道理。但我家狗狗说集体就在北方。每次上贡后，他都会冲着北方的天空大声地吠叫，我猜是因为我把狗粮一起上交了的缘故，但他只冲着北方叫，这就说明集体确实是在北方，而不是在西方。我感到奇怪的是，狗子那么凶狠地嚎叫，似乎并不是只为了他的口粮，倒好像是看见了什么妖魔鬼怪。"

"对不起，我远道而来，你们所说的集体到底是什么？他是你们要上贡的主人吗？"我喜欢他俩的对话，但必须有所引导，才能得到我在寻找的答案。

"集体无影无形，他没有权力，却统治着我们所有人；他不说话，但我们所有人都听命与他。他就是我们。"狗爸爸一边安慰着手中一直对我身后的机器狗蠢蠢欲动的狗子，一边很高兴地解释说："主人却是像你我一样的人，只不过替集体管治着我们。为了集体，我们都心甘情愿地接受他的统治，把自己的一切都进贡给他。"

"你说集体无影无形，那怎么可以证明他确实存在呢？"虽然感到这个问题有些冒犯，但我还是想问个明白。

　　"集体的存在是毋庸置疑的！"两个人几乎同时嚷了起来，然后互相对视了一眼，鸡婆婆肯定地说："只要主人还在为他工作，我们就知道自己的一切会被照顾得好好的。"

　　看来孪子文明还处在权力概念和权利意识模糊不清的阶段，不明白权力就是一头猛兽，它只以权利为食。我想起了被征召之前，智能机器人统治者在天方星上发起的一场宣传运动，它们号召所有的自然人都更加主动地接受机器的统治，以便自然人和机器人可以更好地融合，实现文明的突破和涌现的诞生。为此，人类进化史权威专家考缪尼斯基论证说，人类历史上大部分时期的大部分奴隶其实都觉得自己过得非常幸福，因为他们没有烦恼，无需为任何事情做主，在农场内享有活动的自由，所以，一个叫鲁迅的作家感叹说，历史只分为"坐稳了奴隶的时代"和"想做奴隶而不得的时代"。

　　再与他们聊下去，我也不会得到比狗吠鸡叫更多的信息了，也许找到那条双头蛇后，有些疑问会得到解答，于是我说："我知道还有一个人也可以扭动脖子，而且他的脑袋可以整圈地旋转。也许他可以为你俩做一个裁断，这样的话，鸡婆婆，你的鸡就会安心地低头吃食了；狗爸爸，你的狗子也不会再整日地哀鸣。"

　　找到那位奇人花了我们三个整整一天的时间，他的问候语是："我刚刚梦见了几只鸡和一条狗，原来是你们！"

　　"那你还预见了我们为什么来拜访吗？"我问。

　　"当然！我正琢磨着自己的发现可以与谁分享。"说完，他把我们领进了他的房间，我一眼就瞧见了角落里盘着身子的双头大蛇，它那一黑一白的三角头正对着母鸡和狗狗吐着长长的信子。

"集体无影无形，可以遍布一切，也可以出现在任何地方。所以你俩的争论没有谁对谁错。"主人让我们围坐在一起，他站在中间，停顿了好大一会儿没有说话，忽然把头像只陀螺一样慢慢地转了起来，一边转，一边说："你们看见角落里的那条蛇了吗？我的头可以飞到那里，接受它的亲吻。"我们目不转睛地盯着，只见他转得越来越快，转眼间就模糊一片，看不真切了，没过一会儿又慢了下来，等完全停下后，我们吃惊地发现，他的下巴上东南西北四个方向排列着四个牙印，正往外渗出紫红的鲜血。"不用担心，这个畜生的毒腺已经被我去除了。我从集体那里把它带回来时，它还是一颗蛇蛋。当时我的头颅飞上了天空，花了整整七七四十九天才找到了集体，并在它那儿发现了一条巨大无比的毒蛇，乘它熟睡时，我偷走了它身下的一颗蛋，没想到这惊动了它，我其实已经飞出去了好远，但它还是伸长脖子，从后面咬了我一口。"说完，主人撩开头发，我们看见他脑袋后面缺失了一块头骨，大脑深深地凹陷进去，犹如一个微型陨石坑。

"你是说，集体被一条毒蛇劫持了？"我看了一眼正在发呆的鸡婆婆和狗爸爸，小心地问，"你怎么知道它缠绕着的就是集体？"

蛇主鄙夷地看了我一眼，好像我问了一个不该问的问题："我之前已经说了，集体无影无形，遍布一切，它怎么会被毒蛇缠绕呢？我认定找到的就是集体，因为我见到了它的代理人。"

我似懂非懂，接着问："既然集体遍布一切，那为什么李子人不能转动脑袋，只能面向北方呢？难道那不是集体的方向，只是代理人的方位？"

"即使我告诉你所有的真相，你们也无法像我一样摸到蛇蛋，因为你们还不能随心所欲地转动你们的脑袋。而不摸到蛇蛋，你们就得一辈子辛苦地养鸡养猪，还要一直无私地奉献。"蛇主此时已经坐到了躺椅上，晃动着身躯对我们说，"你看，我现在什么也不用饲养，什么都无需上交，我是靠你们养着。"

看来我当初的解译是正确的，李星人的集体概念就是我们天方人的佳木人本主义，这么说，这颗星球上的文明虽然尚处在原始阶段，但其统治者已经掌握了我们天方星上强大机器人统治自然人的精髓？正在这时，身后的机器狗猛地狂吠起来，接着它咬住了我的一条腿，用力把我拽出了屋子。"发生什么事了？"进入森林后，我用机器人的通用暗语问道。"你已经被紧急召回了！"它说。

机器狗话音未落，我就感到一股巨大的引力把我吸住，接着大脑一片空白，似乎所有的记忆在一瞬间都被清空了，然后快速地升起，升向来自天方星的飞船。朦胧之间，我看见船长比格布拉瑟一直把脑袋偏向右侧，他身旁的监测仪上红色警报灯闪烁不停，他好像正在与母国实时通讯，屏幕上显示的是天方星统治者的魁梧形象，它一边发布指令，一边转动着手中的两只圆球。那两只圆球与刚才蛇主描述的蛇蛋一模一样。

四十三、号子手喊道：我的卵蛋没了

　　每当炙热灼眼的父星逐渐暗淡，缓缓落向地平线时，子星上的劳工们就会放下手中的活计，站起身，静静地等待着。就连号子手骀勾也闭上了嘴，垂着双臂，同大伙儿一起目送着它躲进高山。他们明白，每一个夜晚，父星都要去同那些抛媚眼送秋波的星星们亲热厮磨，就像他们的父王会去宠幸无以计数的妃子。劳工们没有女人，但夜晚也是他们最快乐的时光。此时，天空从大红变成浅黑，各色鸟雀成双入对地回到树洞里，地下的虫子们便冒了出来。劳工们忙碌了一天，从来没有指望父王的稀粥可以填饱肚子，只有出没于夜晚的这些昆虫才可以让自己在肠胃的平静声中安然入睡。

　　劳工们四散开来，各自专注地寻找着昆虫。天空正在变成深黑色，驽蠡只是抓到了一些粉蚜，这些小东西既不能塞满他的牙缝，更没有多少营养。他加快了步伐，把脸贴近地面，更加仔细地扒拉着地上的枝叶；在上床号子响起之前，他必须找到一些足以管饿的东西。忽然，他看到前方有一团小土块在快速地移动，他的心往下一沉，接着狂跳起来。那肯定是一只红屎头，由于身体的颜色与天空完全一致，加上包裹在屎团里，它才敢在白天活动，在鸟雀们的眼皮底下肆无忌惮地滚动着屎团，没想到夜色渐暗，还会幸运地看见它。驽蠡小心地跟在后面，耐心地等待着时机，这是所有劳工们都垂涎欲滴的美食。红屎头的速度越来越快，屎团也越滚越大，越滚越紧实，弩蠹不得不轻手轻脚地迈着碎步，一边提防着他人，一边紧盯着屎团，生怕一次眨眼就被它溜之大吉。"啪！"，屎团终于撞上一块石头，崩解了，在滚动中已从虫卵孵化成熟的各种成虫互相踩踏着爬了出来，红屎头失去了屎团的保护，也露出了真容，原先紧裹着的红色盔甲被屎团压碎，脱离了身子，它那不成比例的小脑袋在重压之下也破裂不堪，里面的屎尿流了一地。弩蠹迫不及待地双手并用，忙乱地把那些试图逃走的肥胖幼虫塞进嘴里，红屎头要留到最后再吃，它将是今晚的最后一道大餐。

　　如果没有意外，这将是很长时间以来弩蠹最为幸福满足的一天，也将是疑蛰的一生中无数个平常日子的一个平常夜晚，但这一切都被骁勾伸出的那只手搅乱了。当弩蠹吃完了虫子，正要去拿躺在地上的红屎头时，另一只手却捷足先登，把它抢了过去。弩蠹抬起头，发现号子手骁勾看也不看自己，两眼紧盯着手中的美食，正准备把它吞进嘴里。弩蠹"啊"地一声大叫，跳了起来，一拳砸在骁勾的嘴唇上，然后掐住他的脖子，害得他把刚到嘴的美食又吐了出来。骁勾仗着身高体壮，掰开了袭击者的双手，一个过肩摔，把弩蠹扔到了地上，然后迈开大步，跨坐上去，左右开弓，把对手的脸颊扇成了红屎头一样红肿的肚皮。但骁勾很快就停止了攻击，因为弩蠹捡起了一块石头，用尽力气砸在了他的头上。骁勾的身子摇晃了一下，歪斜着倒在了一旁。

　　弩蠹爬起来，反坐到骁勾的身上，他想起了此前与他的多次争论。有一天他们在干活时从土里刨出来一只多节土虫，把它分着吃到肚子后，劳工们讨论起了多节土虫是如何繁殖后代的。在子星上，劳工们看见或者抓到任何一种动物或虫子，都会激烈地讨论它们的繁殖问题。驽蠡觉得这种虫子没有性器，肯定是无性生殖，无论你把它切割成多少块，每一块都会成为一个新的土虫。骆勾不以为然，他坚定地认为他们刚刚吃掉的土虫只不过是不能生育的幼崽，土虫父母可以生育无数的孩子，但除了被选定为继承人的儿子外，所有其他的孩子都不能生育。

"你是说土虫也像我们，只有父王才有女人，所有的劳工都是父王的孩子，而且我们这些孩子都被阉了，不能生育？"驽蠡打着手势问。在子星上，男性劳工们不仅一出生就失去了性器，而且还被割掉了舌头，他们只能用手语交流。

"没错，不只是多节土虫，所有其他的动物也是如此。"骆勾的手势挥舞得强劲有力，好像他无所不知，他就是这些劳工的祭司。

"那我们吃掉了正在孵蛋的鸟儿，怎么还有好多小鸟从树洞里飞出来呢？"驽蠡也学着骆勾把手势打得夸张一些，以便给其他劳工留下他很自信的印象。

"那是没有骟干净的鸟儿在父亲死后把它的一些妃子霸占了。"

驽蠡看见骆勾的手势这时有些轻飘，便趁机讥讽道："这么说，等我们的父王升天后，你也会去霸占他的一些妃子喽？"他这样说，是因为所有的劳工都认为，骆勾之所以不用像他们一样干活，被挑中成为呼号鼓劲的号子手，就是因为他的声音雄壮浑厚，很可能他的卵蛋没有被刮拉干净。虽然他也不能说话，在喊号子时只能发出简单的"啊""嚯"声，但同所有其他劳工的咿呀尖叫相比，他的呼号还是非同凡响，足以鼓舞人心。驽蠡又想起了另外一次争执。那一天早晨，劳工们刚下地开始劳作，骀勾便夸张地打着手势，兴奋地告诉大家，父王昨天夜里又喜添贵子了。大伙儿仍在回味昨晚抓住的那些虫子，没有理他，只有驽蠡放下工具，用哑语回应道："这么说，又多了一个来跟我们抢饭吃的劳工？"。骀勾仍在兴奋之中，把左手举过头顶，用力地划着圆圈，那是强力反对的意思："新生儿说不定是个王子呢？如果父王决定让他来当劳工，那他也会给我们增加供应的。"驽蠡鄙夷地向上翻动着眼珠，表示父王根本不管他们这些劳工是死是活！他宁愿多派一些侍卫来监视他们，也不会多给他们一口粮食。骀勾走到驽蠡的面前，张开他那张因为失去了舌头而空洞黑暗的大嘴，一边"哈哈哈"地吐着气，一边使劲拍打着胸脯："我们都是父王的儿子，不能因为现在做着劳工的活，就以为父王不关心我们！"驽蠡捡起了工具，开始干活，不然今天就没有他的伙食，但心里对这个自以为是的家伙厌恶到了极点。

现在把他压在身下，正好可以让他吃个苦头，长长教训，以后不要总是自以为是，以为自己就是父王的神使。驽蠡揪住了骀勾的一个耳朵，准备把它咬下来，吃到肚子里。但身后的另外一双手抓住了他的肩膀，把他揪了起来，力气之大，差点让他摔倒在地。"人们都说，吃下十个耳朵，就可以像父王一样说话了。但那只是谣传。你吃了一百只耳朵，也仍然是个哑巴。"驽蠡扭转头，看见疑蛰正像蝙蝠头上的王冠一样用八个手指在他自己的耳朵和嘴巴之间一张一合地做着动作,接着，他把那只已经不再鲜红的红屎头交到了驽蠡的手里。"赶紧吃吧！"他用另一只手打着手势，"不然还会有人来抢的。这么好的东西，谁不想一口吞到肚子里呢。据说红屎头也是劳工，只有当王星走过头顶，天空却不再是红色时，他们才能从屎团里爬起来，像我们一样站立行走。在那之前，他们只能滚动屎团，即使知道屎团会越滚越大，最终压垮自己，他们也别无选择。"

第二天，骀勾没有出现在工地，有几个劳工过来捏捏弩蠡的耳朵，向他表示祝贺。骀勾那个家伙早就应当被修理了，现在他只能躺在床上等待着脑袋上的伤疤痊愈。二十几天过去了，劳工们还是没有看见骀勾的影子。疑蛰的心里开始有些不安，虽然他拯救了骀勾的双耳却没有获得应有的谢意，但他现在担忧的是他的生命，但愿他不会在自己的房子里孤独地死去。收工后，他没有同大家一起上山去抓虫子，而是来到骀勾的房间。推开门，里面空空如也。其他劳工倒并不担心骀勾的安危，他们一致认为，自视甚高的号子手肯定是向父王告状或者表忠心去了，说不定还会像王子一样获得一个女仆的奖赏。虽然不能像父王一样行男女之实，但能活得如王子一般享受女性的伺候、甚至可以抚摸女人，那也算是莫大的荣耀，足以含笑九泉了。

又是二十几天过去了，骀勾依然杳无音信。就在劳工们几乎忘记了他们还有一个号子手时，他在一个星空深黑的夜晚走进了疑蛰的房间。认出是骀勾后，疑蛰吓了一跳。他不敢相信，原先高大健壮的号子手如今瘦削枯槁得如同一具骷髅，他正迟疑着想用什么样的手势问候，骀勾却一把抱住他，哭了起来。更让疑蛰震惊的是，他的声音没有了往日的粗犷浑厚，而是像其他劳工一样尖锐细腻。"我做不了号子手了！"，他一只手抓着疑蛰的胳膊，另一只在自己的下体处划着圆圈："我的卵蛋没了！"疑蛰觉得，自从骀勾进了房间，自己的心脏便经受着一次比一次更猛烈的冲击，不过，他现在多了一份疑惑。"你不是跟我们一样早就被骗了吗？"他不解地问，也用同样的手势在下面划着圆圈。

这都是你害的！骒勾松开疑蛰的胳膊，坐到他的石板床上，露出了血迹斑斑的内裤。他双手并用，举止夸张地开始讲述一个让疑蛰愈发感到震惊的故事。

我当初不感谢你拯救了耳朵，是因为跟驽蠡打架本来就是我故意挑起的，如果你没有阻止，我就不会失去卵蛋了。当时抢他的红屎头根本不是为了填饱肚子，纯粹是为了挑衅他。这几个月来，我有比饥饿更难以忍受的煎熬。饿了，随便抓些什么塞到嘴里，就能挺过去；而失去了器官却仍有性欲的痛苦折磨得我几乎疯狂，它就像身上的某处奇痒无比，你却够不着，难以抓挠。小时候被阉割时，我的睾丸隐藏在体内，一年前，它们掉了出来。几乎每一天，每一个夜晚，我都试图去做些什么刺激的事情，来转移这种痛苦。跟驽蠡打了一架后，我躺在床上养伤，没想到欲望也被越养越高。一天夜里，我爬山涉水，躲到了王子家的屋后。第二天早晨，他的女仆去河里取水，我偷偷地跟在后面，当她弯腰把木桶放进水里时，我一把抱住了她。她吓得大叫起来，原先以为她被我搂抱，也会感到愉悦舒服的，我还想着可以亲她，现在一下子懵了。她挣脱了我，水桶也没拿，跑了回去。被王子的家丁抓住后，我被押解到父王的皇牢里，交给了父王的验身官，终于让我的秘密暴露了出来。本来我是会被处死的，但我一再求情，验身官也替我说话，跟父王说这不是我的错，我的最大罪过是知情不报。最后，父王下令，暂且饶我一命，但必须将我彻底净身。失去一个器官的疼痛让我晕厥了好多天，我可以想象，如果当时被驽蠢吃掉了双耳，我会更早一点经历这种痛楚，也就不会去搂抱王子的女仆了。

"也许这是天意。"疑蛰尽量避开视线去看骀勾的裤裆，小心地安慰道："现在你终于有了和平，可以平心静气地为父王工作了。你也终于成为我们真正的一员，每天只有吃喝的欲望，再也没有其他的烦恼。这正是父王希望看到的。除了号子手的活计，你并没有损失什么。"

"可是与两只耳朵相比，我还是希望保留住卵蛋。"说到这里，骀勾的眼神恢复了哀伤，手势也缓和下来，"但父王要它们，我不能不给。我还是非常留恋欲望起来时那种痒痒的感觉。不过，在阉割的过程中，我又有些内疚。父王有那么多的妃嫔需要照顾，还有我们这么多儿子需要操心，我却偷瞒不报，让他老人家不得不亲自过问我的卵蛋，实在是罪该万死。我只是希望以后听到父王喜添贵子或者取得伟大成就时，我还能像有卵蛋时那样兴奋，还能体验那种陶醉的感觉！"

疑蛰想了想，坐到骀勾的身边，拉起了他的左手，用右手比划道："也许我可以把祖辈流传下来的一个神话故事传授给你，这样你会好受一些，你也会知道，即使是神也有欲望，神也喜欢与女子交媾。但你起誓，你不会传给任何一个同代人，只有在年老时，才能传给一个你看好的后生。我活不了几年了，现在正好是把它传下去的天赐良机。"

骀勾点了点头，左手的食指与疑蛰的对在了一起，这是子星上人们赌咒发誓的固定习俗。

　　很久很久以前，有一队天神坐着火球来到了我们的家园。这些天神说着我们听不懂的语言，却知道怎么用我们的手势跟我们说话。他们说，所有的天神都住在天上一个叫地球的地方，他们也有一个父星，不过他们管它叫太阳。那些天神说，他们就是坐着太阳上的神火飞过来的。那些神不像我们只有一个父王，而且一切都听命于他；他们的父王就是他们自己，每一个轮回替换一次，而且父王不但不能为所欲为，有时还要遭受诅咒和谩骂。更让我们吃惊的是，那些天神说，他们中的每一位在地球上都有自己的妃子，他们每一位都有自己的孩子。其中两位天神抓住了一只裹在屎团里的红屎头，他们向它射出一道极亮的白光，接着手掌上的一个发亮的石板便出现了一只同样的红屎头，连肚子里的内脏都一清二楚。他们在走之前把那只被照射过的红屎头丢到了地上，我们的祖辈捡起来分着吃了。他们说，那是他们吃过的最好的美食。有一个长辈壮着胆子，问他们为什么要来到这里。那些天神说，他们在星空里遨游，想要找到跟他们一样的神灵。父王得到报告后，在卫兵们的簇拥下，赶了过来。还离着很远，他就大声地叫道："我就是这里的天神！我是子星上唯一的神灵！"奇怪的是，那些驾驶着神火的天神懂得我们的手势，却听不懂父王的话语，只好由一个卫兵当作翻译。天神用手语问："你为什么说自己是神灵？"父王一边打着蹩脚的手势，一边吐沫横飞地嚷嚷："在这里只有我可以说话，只有我还有卵蛋可以同妃子交媾，只有我可以生育后代，我就是这里的神！"那些天神互相看了一眼，笑了，然后把脚下的火球变大，飞上了天空。在离开之前，他们还用手上的那个发亮石板照射了父王，把他吓得赶紧趴到了地上。

　　"那些天神对我们父王太不尊敬了！"骀勾凝视着窗外漆黑的夜空，一副愤恨的表情，"不过，我们要是能够成为天神就好了。"

　　"是啊！那些天神说，等到我们既能说话、又有想象力时，他们会再回来的。"疑蛰也看向窗外，附和他，"等有一天父王不再割我们的舌头，我们就可以说话了；但我到现在也不知道他们所说的想象力是什么。你说的对，我们要是能做神就好了，就不用像现在这样，依靠压抑自己的勇气来艰难求活，用消遣他人的不幸来获得快乐。"

　　第三天，父星一如既往地出现在地平线上，劳工们也如常来到了田里，但他们发现，骀勾回来了，而且身后还跟着一个女仆。他扭动着腰肢，得意洋洋地把一种劳工们从未见过的点心分成很多份，递给每一位品尝。鸳蠡好像已经忘记了不久前两人的打斗，一边舔着嘴唇，一边讨好地问："骀勾，你被父王封为王子了？"骀勾轻轻地挥了挥左手，又用拿着点心的右手比划起来："我还不是王子，但父王觉得我忠心耿耿，而且护法有功，就把这位美丽的女仆奖赏给我了。"这时，又有一位挤上前来，满脸笑容地打听："拯救了你耳朵的疑蛰老头有两天没有露面了，你也把他带去拜见父王了？"骀勾忽然变得严肃起来，夸张地挥动着双手："他没有拯救我的耳朵！他因为讥讽父王已经被剥皮分尸了！他再也不会回来了！他散布的那些谣言也跟着他一起被消灭了。来！让我们围着漂亮的女仆跳舞，感谢父王的奖赏！庆贺父王又一次击败了阴险的攻击！"

　　此时，父星爬出了地平线，天空的红色逐渐浓厚起来。劳工们回味着比昆虫好吃百倍的点心的味道，围成一圈，兴奋地拍着手，踢着腿，蹦跳起来。骆勾搂住女仆的腰，快速地旋转着，他觉得自己虽然没有了卵蛋，但凭着这些劳工对自己的信任和喜爱，从明天起，他还是可以继续做他们的号子手的。

四十四、救救孩子，让我们消灭寄生虫

黄明迈着大步，低头在山间小道上快步疾行，不顾头顶的烈日，不理林间的鸟鸣，他只想着如何才能找到尚黑，把村民们被收走的魂魄要回来。此时正是晌午，干瘪的嘴唇裂成了太阳脸上的两块黑痂，可是山脚下的小溪却没有一丝水滴。鸟儿的嘈杂鸣叫让他觉得愈发干渴，自从儿时见过一只叫真乡的揭皇鸟，所有其他鸟儿的叫声在他的耳中都不再是自由的歌唱，而是不自知的悲鸣。

"你是黄明吗？"他并没有注意到路边的树荫下坐着一个人，循声细看，原来是一位布道的侍者，"我没猜错的话，你是要上京城去找光兄，对吗？"光兄是官语里对尚黑的尊称。

"我是叫黄明。"

"我知道你在赶路，但不妨停下脚步，暂坐一会儿，吃块西瓜解解饥渴。"说完，他从地上的包里拿出一块西瓜，递给了黄明，手势和语气与其说是邀请，不如说是命令。"我叫铜鬶，在这里布道很多年了，去过你们的村子，也认识你们的大夫。"

黄明两三口就把西瓜连皮带瓤吃了个精光，把瓜皮吃掉既是因为饥饿，也是对施者的最大尊敬。吃完了，他才想起来要对铜鬶表示感谢。每年都有很多布道士经过村庄，但自己对这一位好心人并没有什么印象。

"西瓜已经吃了，你倒是说说为什么不能像其他的村民一样安心呆在家里，却要跑出村子去找光兄。你知道光兄不是你们这些人能够见到的。"

"村民们马上就要变成僵尸了。他们的魂都被收走了。"停顿了一会儿，黄明补充道，"我儿子也出现了症状，祖祖辈辈我们都成了无魂的僵尸，我不想他也变成行尸走肉，我希望我的后代能像个真正的人那样活着。"

"你说村民们丢了魂，可你这不是好好的吗？"布道士盯着黄明的眼睛，脸上忽然浮现了一丝笑意，不紧不慢地问，"难道你被大夫治好了？"

"大夫从来没有治好一个人，实际上，是他告诉我，村民们无神却又偏执的症状是因为被收走了魂。"他想起了几个月来自己几乎每一天都缠着大夫，要他给村民们治病，给自己的儿子治病，终于有一天，那个大夫见四下无人，便耳语说，村民们的病是治不好的，除非去找到被收走的魂魄。作为这个秘密的交换，大夫让他说说自己为什么会症状轻微。黄明没有说，虽然他心里明白这要感谢那只揭皇鸟。每次听见它的鸣唱，自己便会精神抖擞，昏沉的脑子一下子清醒了许多。正想着要不要向这位好心的布道士如实相告，他忽然感到有什么东西在胸腔里蠕动，顺着血管，一路向上，缓慢地向脑袋爬去。他心中一惊，盯着布道士的眼睛问："你在西瓜里下了蛊？"

铜彘仍然保持着原先的微笑，站起来拍了拍屁股上的青苔和尘土，又捡起地上的布袋挎到肩上，"既然你们大夫的虫子已经对你失去了效力，我想，只有光兄给我的虫王才能让你重新变成一个良民。"

　　黄明感到一阵眩晕，眼睛开始模糊，脑子也鼓胀起来，但他还是镇静地问：'你是说我们的大夫一直以来给我们服用的草药其实是控制我们的虫子？那他为什么告诉我，我们所有的症状都是因为光兄收走了我们的魂魄？"

　　铜虿此时已经迈开了步子，往山下走，黄明不由自主地跟在了身后，就听他说："光兄并不在乎你们那些破魂烂魄，他只是通过寄生虫替你们掌管好乱七八糟的思想、保护你们不受吸血鬼的伤害罢了。好了，把你手上的桃枝扔了，闭上眼，跟我走！"

　　黄明的脑子本来就有些迷乱，布道士的话更是让他感到不知所以，但他还是努力睁大眼睛，试图让自己保持着清醒。走了一段，他问："你是在带我回家？"铜虿没有回答，继续不紧不慢地往前走，终于来到了一处台阶前，他停下来，往上看了看，说："我要把你平安地送回去，顺便看看你的儿子。你说他也出现了症状，我很纳闷他为什么到现在才起反应，是不是像你一样对大夫的虫子具有免疫力。你看，上面是一所贡庙，我们今晚就在那里过夜，山里天黑得早，再往前走，就怕真要碰上吸血鬼了。"

　　前脚刚进贡庙，黄明后腿就跪了下来，对着布道士不断磕着响头，恳求他高抬贵手，不要把虫王也喂给儿子吃。铜虿从布袋里拿出干粮，咬上一口，摇了摇头，一边把食物咽进肚子，一边砸吧着嘴说："来，坐到旁边的蒲垫上，我给你说说动物界虫子的事情，也许可以帮助你理解光兄的苦衷。对付吸血鬼，我们的乡民必须既是温顺的绵羊，又是疯癫的饿狼，只有寄生虫才能让我们做到这一点。"

　　有人说，寄生虫是整个生物界进化的隐形设计师，你要是知道几亿年来这些虫子都干了些什么，你就会同意，这种说法并不夸张。比如，寄生在蟋蟀体内的铁线虫到了交配产卵的时节，会把体内的一种蛋白释放到蟋蟀的大脑里，驱使它从躲藏的阴暗角落里走出来，跳进附近的水塘，因为铁线虫只能在水里交配产卵，它们的幼虫也只有在水里才能孵化出来，并找到中介进入自己的宿主，虽然对于蟋蟀来说跳水就是自杀。还有一种水果线虫可以把蚂蚁的肚皮变成红润圆滚的水果，它还能控制蚂蚁让它把肚皮翘起来，以便让鸟儿们这些终极宿主一眼就能看见，即使从来只吃浆果不吃昆虫的鸟儿也会被诱惑，一口把它吞进肚子。采用同样策略的还有卤虫，为了能进入火烈鸟更好地寄生，它会把本来透明的虾米变成红色，好让火烈鸟更轻易地捕食。但我真正想跟你说的是宝石蜂，它可以对宿主施行神经外科手术。找到猎物蟑螂后，宝石蜂会首先给它注射一剂麻药，让它瘫痪，然后再把针剂精准地插进脑神经里。大脑被注射毒液后，蟑螂就会成为任它摆布的僵尸。宝石蜂这时候会拧断蟑螂的两个触角，啜吸里面美味的浆液，与此同时，可怜的蟑螂却只能遵从大脑里的指令开始清洁自己的身子，比如去掉身上的蠕虫和真菌孢子等等。最后，宝石蜂牵着这只可怜虫剩下的半截触角，就像农夫牵着听话的水牛一样，走向自己早已选好的产房，把卵产在它清洁一新的身上，这个身子自此也会成为宝石蜂子女出生后的美食。

　　"非常有趣，我或许比其他村民多跑过一些山林，你说的这些我多少知道一些，但这跟你之前说的我们只有被下蛊才能防范吸血鬼有什么关系呢？"黄明小心地问，身子一直保持着笔直的姿势坐在蒲垫上。

"当然有，寄生虫为了能在宿主体内繁殖后代，它必须保证宿主的安全，为此，它会让它们或者变得无比安静，尽力躲避天敌；或者变得极具攻击性，吓退任何捕食者。"

"可是你刚才举的例子里，蚂蚁和虾米却被改造成更容易被捕食者吃掉的美食。"

"那是因为这些蚂蚁和虾米只是它们体内寄生虫的中介和工具，这些虫子的最终宿主是捕食者。"

布道士话刚出口，就意识到了什么，他尴尬地抓了一大把干粮，塞进嘴里，使劲咀嚼起来。

"你一直在为光兄下蛊，那你见过他吗？"黄明又问。

铜蟊停止了咀嚼，抬起头，满含泪水的目光落在了门外漆黑的夜空里："他的形象每一天每一时都如同神灵一般指引着我！"听到这句话时，黄明的思绪正随着脑子里的虫子一点一点地往深处走，但它忽然停了下来，开始剧烈地蠕动，似乎是感应到了什么而变得极其兴奋，黄明甚至觉得它正要钻破大脑、蹦跳出来。也就在此时，他眼睛的余光瞥见门外的夜色里出现了一个颜色更深的黑影。他刚想睁大眼睛看个究竟，黑影已经跳了进来，扑到了铜蟊的身上。在杀猪一般的叫声中，黄明惊恐地发现布道士的脖子正往下流血，同时又听他喊到："错了！错了！你咬错了！"黄明心想，这个妖怪当然没有咬错，我要是它，也会喝你的血，因为谁也不想去咬一个骨瘦如柴、肮脏邋遢的贱民。但他还是没有犹豫，抽出屁股下的蒲垫向黑影掷去。蒲垫砸在它的身上甚至没有发出一丝声响，掉在了地上。黄明猛然想起原先当作拐杖的桃枝并没有扔掉，便从脚边捡了起来，双手紧握着猛劈下去，黑影像是触电一般跳到了一边，转过身子面对着攻击者。黄明这才看清，这是一个尖嘴獠牙的厉鬼，不禁心中一凛，看了看手中断为两截的桃枝，提防着它扑向自己。见它没有动静，黄明又瞄了一眼铜巍，他正一手捂着流血的脖子，一手按着起伏的胸口，嘴里嘟嘟囔囔地快速念着经文。

相持了一会儿，吸血鬼猛地甩出一支圆规，它的双腿尖利而又细长，黄明以为它是要刺向自己，没想到它在铜巍和自己的脚下各画了两个圆圈。生怕有诈，黄明马上跳了出去，去拉铜巍时，却发现他像是被钉子钉在了地上，任凭自己怎么使劲，也不能把他拽开。敢情这种双规的魔法只对布道士有效。他一边用残余的桃枝阻挡着吸血鬼靠近，一边更加用力，试图把铜巍从圈里拉出来，但依然无济于事。情急之下，他忽然想起，爷爷曾经说过，对付厉鬼只能以毒攻毒，如果没有毒，用吐沫和尿液也可以吓退它们。于是，他清了清喉咙，一口浓痰连同吐沫一起飞向了厉鬼，它赶忙用圆规抵挡，与此同时，黄明一个趔趄，原来铜巍的双脚已经松动，由于过份使力，把他拉出来的同时，自己也差点摔倒。站稳之后，他把铜巍放在身后，然后撕下上衣，为他包扎好脖子上的伤口。

自始至终，铜巍一刻也没有停止诵经，他甚至没有睁开眼睛。因为双腿圆规沾染了黄明的浓痰和吐沫，厉鬼把它丢在了一旁。它看了一会儿，忽然猛地窜高三尺，几乎碰上了屋顶，同时手里出现了一本像是法典又像是砖块的东西，猛地一抖，发出哗哗的声响，直冲着铜巍扔了下来，一下子把他砸倒在地。黄明急了，他来不及多想，掏出命根子，朝着那本法典就是一通猛喷，尿液打湿了法典，也打湿了铜巇，只见他如同一个昏迷的犯人被冷水浇醒了一般，打了个激灵，停止了诵经，摇摇晃晃地站了起来。黄明大受鼓舞，转向厉鬼，把剩下所有的尿液都洒到了它的身上，吓得它"嗷"地一声窜出了门外。

黄明刚想跟到门口去看个究竟，却被铜巇从身后一把抱住，他能感觉到布道士正在发抖，同时自己的脑子又疼痛起来，里面的虫子好像又开始往更深处蠕动。两个人就那样搂抱着，一直捱到天亮。

第二天，鸟雀刚开始鸣叫，两人便迫不及待地赶紧动身上路。铜巇分了一些干粮给黄明，又喂他喝了几口铜壶里的泉水。他们一边在嘴里慢慢地咀嚼，一边急步前行。同昨天一样，黄明低着头跟在身后。走了一段，他终于忍不住开了口："经历了昨天晚上的同生共死，你还是要去看我的儿子吗？"

布道士铜巇没有放慢脚步，过了一会儿，反问道："黄明，你说你走过很多山林，知道寄生虫的秘密，那你听说过分布式寄生吗？在有集体迷思的动物群体里，最好的寄生策略是通过中间宿主控制最终宿主，并释放一种毒素，让所有的宿主产生一种幻觉，以为控制了他们思想的寄生虫就是他们聚集在一起所形成的无形之形的躯体，而且这个躯体越强大，他们中的每一个个体就越安全，越自由，越富足。"

"我明白了，所以你的命运与我的并没有什么不同，你的所作所为也是身不由己。难怪昨天夜里你不停地念经却无济于事，因为你一直在替他布道，你念的正是他的经。"

　　"不仅如此！"铜虓停下脚步，几乎是贴近黄明的耳朵，小声嘀咕道："寄生虫控制大脑不为别的，就是为了吞精吸髓。"

　　黄明立在原地，铜虓走出去了很远，他还是没有挪动脚步，"嗯，所以昨天夜里你一直闭着眼睛，抱着我发抖，那不是恐惧，而是震惊，你不相信收魂人和吸血鬼原来是雌雄一体，是尚黑的同体异面！"

　　接一下的一路，两个人都不再说话，只顾低着头快步疾走。黄明跟在身后，虽然迈着大步，却一直在集中精力试图跟踪脑内的细微蠕动，他猜想铜虓是否也在做着同样的事情。临近傍晚时，他们看见了黄明的屋子，奇怪的是门口拴着一头毛驴，而且隐隐约约传来孩子的哭声；再走近一些，铜虓忽然嘴里喘着粗气，玩命地奔跑起来，黄明不知道发生了什么，也跟着向家里跑去。进了门，他发现铜虓已经抱住一个孩子，自己的儿子却站在门后，一脸惶恐地盯着爸爸，并没有像往常一样，扑向自己或叫喊一声。

　　"他是不是？是不是……"铜虓紧紧地搂着孩子，看向堂屋正中桌子的下面，黄明这才发现地上还坐着一个年老的妇人。只听她一把鼻涕一把泪水地回答："我正在做饭，外面有几个小孩在玩耍，我一个没留神，外孙就跑了出去，被大夫看见了，喂他吃了一颗红皮软糖。等我发现时，他已经把整个糖都吞进了肚子。我就知道不好了，使劲抠他的喉咙，但他就是吐不出来。我赶紧关了火，赶着毛驴往这里跑。"

　　"完了！一切都毁了！"铜虓抱着孩子不停地跺脚，又试图用手去抠儿子的嘴，弄得小孩扭动着身子，不停地干咳。"那你怎么找到了这里？"

　　"也是大夫告诉的。他看我火急火燎地把孩子往毛驴上拉，就阴阳怪气地说：去给黄明家的孩子吃瓜，却让自己儿子藏起来喝水，你的女婿铜巍道士可真是大公无私啊。"

　　黄明看见铜巍的脸色逐渐变成死灰，他拳头上的青筋也开始暴跳起来，心里大致明白了原委。他也曾这样保护过自己的儿子。每个孩子一出生都是可以任意飞翔的天使，没有哪个父母愿意亲眼看着他们的翅膀被折断只能匍匐在地爬行，况且无论哪种动物，它们在某种意义上活着的目的并不是自己，而是后代和未来。他想起了自己曾经怎样保护着儿子，只要他生病面露倦容就如何地提心吊胆，生怕他也丢了魂；不过现在他已经知道了真相，心里已经没有了早先的惶恐和忧虑。他牵过毛驴，把铜巍的儿子抱了过来，放到驴背上，然后拉住自己儿子的手，对铜巍说："他吃了虫子还没有多久，应当还有希望。你昨天不是问我为什么要比其他村民更清醒吗？我这就带你去寻找答案，顺便让我们的孩子接受治疗。"

　　铜巍完全失去了昨日神气的劲头，萎靡不振地点了点头，跟在了毛驴的屁股后面，甚至忘了跟孩子的外婆道别。夜色中，清脆的驴蹄声搅动着洁白的月光，让黄明想起了自己小时候跟着爷爷第一次去乡村边境的旅程。他没有回头，却顾自开了口，仿佛是对儿子，又像是对铜巍说：离我们村庄很远的天边有一片森林，那里树王的枝条遮蔽了天空，因为得不到阳光的照晒，所有鸟儿的身上都寄生了害虫。他们再也不能自由地飞翔，再也不能婉转地歌唱，每天都被体内的寄生虫驱使着做着它们要求的动作，喝水吃食只是为了保证它们的营养，清洁羽毛也是为了保护它们的健康。作为树王森林里所有鸟儿的大夫，揭荒鸟处丝已经尝试了所有的办法，却仍然无能为力。它们祖祖辈辈行医，从未遭遇过这样的打击。父亲在绝望和羞愧中心有不甘地死去，临终前，它告诉处丝，不要试图去寻找任何一种药物，不要想着怎么去把脑袋里的虫子杀死，那只会让寄生虫变得更加疯狂。他和爷爷已经试遍了所有的神丹妙方，你必须寻找另外的办法！如今，自己也已竭尽所能，却不能治愈一个鸟儿，想到这里，处丝悲从中来，飞到树王的一根枝条上，放声大哭，哭着哭着，它的哀嚎变成了吟唱，这是它从隔壁森林的蛤蟆那里听来的一首悲歌，自从所有的鸟儿都被害虫寄生之后，它们就只能鸣唱同一首高亢的颂歌，处丝也不知道自己怎么会忽然想起了这样一首哀歌，并大声吟唱起来，唱着唱着，它感到身体轻松了许多，脑子也开始变得清醒，忽然，它的歌声戛然而止，因为有一个东西好像滑进了喉咙，它伸长脖子，使劲地干咳，一条黑色的小虫钻出了它的短喙，掉到了地上。处丝跳下树枝，一刻不停地啄着这条虫子，把所有的仇恨和愤怒都集中在了尖嘴上，仿佛不把它撕成碎片，就不能为所有死去的鸟儿和爷爷爸爸报仇雪恨。第二天，见到一只鸟儿，处丝就对着它唱起那首哀歌，等寄生虫难以忍受、逃出脑袋进入嗓子时，它就用嘴把它们吸出来，吃到肚子里。渐渐地，它又发现，对于有些生性顽固的鸟儿，如果在吟唱的同时跳一支彩蝶之舞，它们也会马上治愈。为了在有生之年治愈所有的鸟儿，处丝不分昼夜地从一根枝条飞到另一根枝条，从一只鸟儿飞向另一只鸟儿。有一天早晨，它发现自己已经虚弱得挪不动步子，也张不开翅膀，它知道在吃了无数的害虫之后，自己可能已经中毒太深，病入膏肓了。

想到还有好多鸟儿没有治愈，它不禁老泪纵横，用尽最后一丝力气，在窝里下了一枚彩蛋。树王森林里的鸟儿们很快就得知了拯救他们生命的处丝大夫中毒身亡的消息，它们都飞了过来，唱起了各自拿手的歌曲，为它送行。隆重埋葬了大夫后，所有的鸟儿一致同意，每一只鸟儿每一天每一夜轮流孵化它的后代。经过九百九十九天的孵化，处丝的儿子真乡破壳而出，随着它快速地长大，鸟儿们发现，真乡的歌声千迴百转，包含了邻近森林里能听到的所有的声音；它的舞蹈婀娜多姿，融合了树王森林外所有动物奔跑的姿势，而且，只要它开了口，起了步，任何一只听见看见的鸟儿都会马上痊愈，无论它们被什么样的害虫寄生，无论它们身处何处。

铜螽不知何时已经走到前面与黄明并肩而行，他问："真乡大夫的舞蹈和歌声也能驱赶我们脑子里的虫子？"

"爷爷说，寄生虫能够控制我们的大脑是因为它们切断了我们从外界获得信息的通路，揭皇鸟的歌声和舞蹈会帮助我们打开这些通路，一旦我们的神经可以与各种被屏蔽的信息相连，寄生虫便失去了对我们大脑的控制。但人不如鸟，要想被它治愈，我们必须抛弃成见，打开心扉，无论真乡的歌声在我们的耳中多么尖锐难听，无论它的舞姿在我们的眼中多么怪异出格，我们都要试着接纳，应当明白，我们心底升起的任何反感和厌恶，都是寄生虫试图阻碍我们重新成为自己大脑主人所释放的毒素。而且，要想彻底治愈，我们必须在这里住上整整六十四天，否则我们的神经就会被僵而不死的寄生虫重新封闭。"

他们跋山涉水，八天九夜之后，终于见到了绵延不绝、高大宽厚的木栏，那是乡村的边界，是将他们隔绝于世的高墙，也是来自天边森林的揭皇鸟的临时家园。他们在木栏内坐了下来，等待着墙外真乡大夫的奇妙歌声，期望着能跟随真乡大夫一起尽兴地舞蹈。

四十五、二维警察追缉三维逃犯

　　接到头儿的指令时，我以为这又是一次再简单不过的抓捕，直到破门而入遍寻无人，才意识到遇上了真正的麻烦。头儿说，孤居者潘逆哲今天并没有把脑袋交给圆首，接受他的指导和教诲，这已经触犯了平面国的法律，必须抓捕归案，绳之以法。在平面国，只有圆首是一个圆圈，所有其他国民都是四方。为了从长方成长为正方，我们必须每一天都主动把脑袋交给圆首，由他予以矫形，矫形的方法就是每一个四方的脑袋瓜条缓慢穿过圆首的圆圈，在圆首的话雨中来一场洗礼。根据平面国宪法第一条之规定，凡是不主动送交脑袋者，必须立即抓捕归案，接受死刑判决，因为他们只要有一日不接受圆首的洗礼，就再也难以成为圆满的正方，就失去了在平面国存在的意义。而今天，潘逆哲是唯一没有送交脑袋的长方。

　　往常，我和搭档上门抓捕大多是例行公事，因为缺席者不是已经在家里散了架死去多时，就是脑袋那条边不知所终，我们只需在家耐心等待，那支糊涂的脑瓜条子总会颤巍巍地飞回，那时就将它连同其他三边一起押解回府。如果脑袋三日不归，他留在家里的三边身子就会僵硬变形，我们只需带上无头尸体回去结案即可，因为在我们这个二维的国度，单边的一维存活不了三日，他那条脑袋的命运必将是化为尘烟。可是今天，潘逆哲既没有在家里散架，也没有留下身子，而是整个人的四边都已经不见了踪影。这是再糟糕不过的情形了。我们去隔壁问问。搭档老龚在屋里转了一圈，边往外走边对我说。

邻居老头在我们面前有些局促不安，他竭力想收缩一条腿，因为这条腿与另一条相比有些过长，已经成了他转为正方的障碍。我早就知道他会出事，昨晚回来的路上我更是觉得他有些不对劲。老头的话语里满含着惊恐。他肯定是被鬼魂抓去了，因为他早就中了邪！

我和老龚对视了一眼，刚才发现罪犯没有在家已经让我们有些六神无主，邻居的话更是加剧了我们的恐慌。多年的抓捕生涯里，我们走南闯北，也听过一些妖魔鬼怪的故事，有些讲述者甚至打赌发誓，说那是他亲眼所见或亲身经历的真事，如今它竟成了罪犯逃脱的缘由，我们不由得暗中叫苦，知道无论如何是无法以此为借口结案的。那你详细说说，昨天晚上到底是怎么回事！老龚命令道。

昨天晚上好天气，地面铺满了洁白的月光。我和老潘下班后，像往常一样沿着初心大道往家走。老爷们你们都知道，我们这些不规则长方走路很慢，只能缓缓地一条边接着一条边地丈量着地面往回挪。刚走出没有多远，老潘就停了下来，对我说：你看，前边不远的天上有一个灰色的圆圈。他以前经常说些胡话，我就没有理他，继续往前走。他又说，你快停下来，那个圆圈正在往下落，你走过去，会正好被它套住。我还是没听，没好气地怼他：你就是一个二维长方，哪来的本事能看到天空，而且还是什么灰色！圆首说了，我们这个世界只有正与反、好与坏、对与错、友与敌和黑与白。他可没说有什么灰色，我也从来没见过灰色！老潘跟了上来，说：你没见过灰色，是因为在我们的教导中一切非白的颜色都是黑色。他还说，他也不知道为什么忽然能看见天空了，而且每一天都能看得更高一些。听说，上面有一只又大又白的盘子，而且能变换形状，地上的月光就来自那个盘子。老潘觉得他马上就能看见那只盘子了。我听了，赶紧加快了脚步，还对他说：你这是中邪了，明天跟圆首好好忏悔，说不定他能治好你的病。唉，没想到还没有得到矫正，他就被鬼魂带走了。

那你昨晚看见他进门了吗？我刚要开口，老龚抢先问道。

他一直在后面神神叨叨，一会儿说什么没有美丑，只是角度的不同；一会儿又说什么没有左右，唯有坐标的差异，等等我听不懂的胡话。我吓得再也没有理他，忙不迭地跑回了家。进门时，还听到他在后面嘀嘀咕咕，但我并没有留意他是不是回了家，如果家里没人，那八成是被鬼魂掳走了。

我安抚老龚在地上平平地躺好，然后问：你之前说你早就知道他会出事，然后又说他以前经常说些胡话。你跟我们详细说说，除了昨晚之外，他在过去都有哪些不正常的言行举止。

呃，老爷们知道，我们这些长方的记忆只有四五天，再久远的事就记不住了。我怀疑老潘的不幸都与一起事故有关。有一天他在工地上摔了一跤，脖子差点都断了，我猜他那时候不是脑子摔坏了，就是摔倒的地方不干净。自那以后，他的胡话就多了起来。一开始，他说能把头抬起来看到一些稀奇古怪的东西，或者低下去吃一些闻所未闻的食物。两天前，在下班的路上，他偷偷递给我一个东西让我尝尝，我觉得就是有些苦而已，他却说那是辣椒，是辣味，不是苦味。接着他又让我尝另一个东西，我说是甜的，他却说是酸菜。我不知道他为什么不觉得世上的味道只有两种：苦或者甜，他却神秘兮兮地告诉我，自从脑袋能自由地抬起来后，他就能看到、听到和尝到各种各样稀奇古怪的东西，他还说，我们可能都被圆首骗了，我们其实是三维立体的，但圆首的说教把我们的脑子简化了，把我们的思维固定在了二维平面上，他的语言是我们的眼界平面化和简单化的元凶，还劝我不要每天去向圆首报到……

够了！老龚厉声喝道。不要再说了！与案情无关紧要的事情勿需多谈！

或许是出于技术官僚的本能，我的心中升起了两个不详的疑问，这两个问题可能会彻底颠覆我们平面国的立国之本。也许在脖子摔伤后，老潘的头可以病态地抬起，从而看见一些我们二维平面人看不见的东西，但不管那些东西是什么，他怎么会看见一个圆形的东西飘在空中呢？根据平面国大百科全书和宪法，我们世界的生命只存在两种形式：圆与方。天生地，圆生方。没有天就没有地，天圆地方，所以没有圆就没有方，也所以圆只有一个，而方却可以生出无数。我们的圆首是这个世界里唯一的圆，是生养、规范和矫正我们所有方的父母。也许罪犯潘逆哲确实中了邪，他所看见的那个圆只是他的幻觉。但邻居老头的意思，正是这个来历不明的圆带走了他，那说明它又是真实存在的。还有，根据我们平面国大百科全书和宪法，世界是对立统一的，任何事物都具有正反两面，不是苦就是甜，不是左就是右，不是白就是黑，而潘逆哲却说他看见的那个圆是灰色的。我们甚至想象不出那是一种怎样的颜色，只能理解为那是黑色在他恍惚眼神里走了形。可是，我们唯一的圆首是而且永远是白色的呀。

他不会是叛逃了吧？我示意老龚走出邻居的房子，到了外面后，小声地问。在平面国，我们一般用叛逃来代指大河的另一边。据说那里的四方不承认自己只有四条边，还说天不是圆的，而地是圆的，也就是说，他们不愿意成为我们的同胞，更不想接受我们圆首的领导和指正。他们就是与我们平面国二维世界对立的黑和恶，丑与敌。

如果真是那样，那也是他自作孽不可活，他一个白四方，到了黑色世界，不被当作异类打死才怪了。老潘说，可是我们得找到证据，才能回去交差。

这时，我们俩同时注意到邻居老头正在屋里费尽地摘下自己的脑袋，原来今天向圆首报道的时间到了。我们赶紧也跟他一起让脑袋脱离三边身子，然后紧贴着地面，飞向圆首府。洗礼过程并不复杂，方子们的脑袋排着队，一个个缓缓穿过正圆，圆圈会释放出一些我们已经耳熟能详的词句和话语，不断地教诲和指导方子们该如何把长边收短，把短边拉长，以便四边对齐，成为理想的正方。只有正方会用正反两面辩证地看待任何问题，而长方总是会胡思乱想，生出一些非对立、非辩证的偏颇念头，比如，我们从来没有见过其他平面国的四方，为什么要去恨他们，等等。作为圆府的警察，我和老龚当然已经接近于正方，在我们平面国，四方永远只能是无限接近于正方，永远接受圆首的教诲。对于我们来说，把脑袋交上去几乎成了一种日常的仪式,谁不想成为根正苗红的正方呢？因为成为正方就意味着思维的成熟和一致。接受洗礼之后，我感到脑子清醒了一些，原先乱七八糟的念头一扫而空，坚信潘逆哲消失不见一定是他的脑子出了问题，而不是我们平面国或我们的思维有任何不妥。他的所见所闻都只不过是他的幻觉，我们的任务是把他抓捕归案，消除任何不良影响。

　　虽然毫无线索，但每条路上都有标语和口号指引方向，我和老龚走出圆府，见到的第一个标语写在墙上：绝不让西风的宣传压倒东风的话语，因为语言即思想，话语即权力。我看了看老龚，抬腿往西走，老龚却一把拉住我，走向东面。我挣脱了他，说，西风代表着恶，而罪犯是恶，所以他只可能躲藏在西面。由于是二维平面，老龚无法摇头，他用一个锐角使劲戳了我一下，说：不错，西面是恶，是敌人，所以我们在任何情况下都不能踏入一步。潘逆哲虽然是罪犯，但这是人民内部矛盾，他只会出现于东面。我没有再争辩，否则便会犯下方向性的路线错误。跟随老龚往东走了没多远，来到一处岔路口，只见一条路上的大牌子写着：外来语言必须当地化、平面化，必须当作圆首话语的佐证或注释。我和老龚对视了一眼，又一起看向另一条路上的标语：四方即是人民，人民即是平面，与人民同呼吸、共命运、心连心，是圆的初心，也是圆的恒心。我们心有灵犀地一直同意，第二个标语更具有指导意义。但我们对它的理解却再一次截然相反。我觉得，既然是人民内部矛盾，罪犯潘逆哲依然是人民，他肯定还混迹于我们平面国市民之中，因而我们应当顺着这条大路，去往前方的市集寻找他的踪迹。老龚却觉得，罪犯虽然还是人民，但从他不把脑袋上交起就已经违背了圆首的初心，就走到了平面的反面，因而，我们应当顺着小路反向走，他必定躲在人少的郊外。这一次，我坚持己见，不再动摇。老龚有些理屈词穷，恼怒之下又用锐角使劲地戳了我一下，正好扎在脖子上，我感到身子一麻，几乎失去了知觉。过了好大一会儿，才缓过劲来，试着爬了几步，脑袋还是疼痛无比，尤其是脖颈的根部变得异常松动，好像与身体要脱节了一样。我担心从此成为一个废人，再也做不了皇警了，便没好气地说：我说老龚，我们俩是平等的搭档，可是为什么每次有分歧我都要听你的？为什么每次有争执你都要对我下狠手？这都多少次了，你总是用锐角戳我，你就是成心想把我废了，是吧？我知道你是怎么想的！你一心想成为我们平面国的第一个完美正方，所以在一起接受圆首洗礼时，你故意挡住我的耳朵，不让我听到圆首的教诲；去年圆首奖励给先进分子每人一本他的小红书，你帮我代领了却藏着不给我，就怕我会学到更多的圆首话语。你说，你是不是一直在排挤我、暗算我？

老龚往我走近了一步，作出与我对质的样子：难道你不想成为正方吗？别虚伪了。圆首说了，我们平面国只有二分法，所以成为正方的不是你就是我，你一样在背后算计我！

我更加生气了，提高语气回答：你举个例子！你能举一个例子吗？我才不稀罕成为正方呢！成为正方又怎么样？还不是一个四方，还不是成不了像圆首一样的正圆！

老龚张大了嘴吃惊地看着我，我一下子意识到自己刚才的话有些反动，也张大了嘴不知如何是好。我知道，老龚肯定会上报的，而且会添油加醋地说这是我内心不纯洁的写照。正在这时，远处传来嘈杂的叫嚷声，我们一时分不清它来自何方，过了一会儿，声音越来越大，越来越近，我们才听出来，是两种不同的声音来自交汇的两条不同道路。很快，无数根脑瓜条子从东西向和南北向的两条路上汇聚在了我和老龚所处的路口，他们吵嚷着迅速纠缠在一起打了起来。有很多甚至爬到了我们身上，就听老龚喊道：老其，快来帮我，我的脖子好像被勒住了，但我看不见有什么东西，快帮我把它们解开！情况紧急，我已经顾不上什么个人恩怨，奋力甩开身上的那些一维线条，挤到同事身旁，发现果然有十几个脑瓜条子正你缠我我绕你地围在老龚的脖子上撕扯在一起，我一边大喊"我们是圆府警察"，一边手脚并用，三下五除二就把这些脑瓜条子扔了出去。这些贱民！简直是反了！老龚喘过气来后，气急败坏，连声吆喝：老其，来！我们把他们都给绑了！敢聚众斗殴还袭警阻碍公务！不要命了这是！我们捆了几十个脑袋后，剩下的都各自分开，躺在了两条不同的路上。老龚揪起一个被绳索捆得脸色发紫的家伙，打了他两个耳光，问道：说！为什么要聚众闹事、堵塞交通、扰乱秩序还袭击警察？嫌犯小声回答：报告长官！我们接受了圆首的洗礼后，在回家路上交流心得。可是对面帮派的人竟然歪曲圆首的指示，我们为了捍卫圆首语言的纯洁和神圣，便同他们作了坚决的斗争！地上另一个被绑的家伙忽然蹦了起来，嚷道：放屁！你们才是曲解圆首话语的人，而且是故意为之！我们所有这些人都可以作证，我们听到的正是圆首当时亲口说的！

我向老龚使了个眼色，或许是出于救命之恩的感激，老龚让到一旁。我先问脸色发紫的家伙：你说说，圆首当时的指示是怎么说的。嫌犯和躺在南北向路上的脑瓜条子异口同声地答道：作为天选之圆，我永远同四方躺在一起。圆将无圆，不负四方！我点了点头，说：很好。那你们呢？所有躺在东西向路上的脑袋们也一起高声背诵起来：四方必须有很强的看齐意识，经常、主动向圆看齐，向圆的语言和词汇看齐！我皱了皱眉，问道：圆首昨天真地这么说了？我听到的怎么同他们听到的是一样的？我用手指着南北向路上的脑袋们，忽然有人把我的手指按了下去，原来是老龚，就听他说：不对，圆首确实是告诉我们要向圆的语言和词汇看齐，他根本没提圆将无圆，要是没有圆，我们四方怎么可能存在呢？这句话一听就是反动分子捏造的，是对圆首的诋毁和攻击！我倒吸了一口凉气，觉得老龚在我的棺材板上又钉下了一枚钉子，可是我当时明明白白、真真切切地听到圆首确实这样说了，他那特有的腔调现在依然在我的脑中回响。你平时对圆首念出错字别字都暗自腹诽，怎么可能记住圆首的每一句语呢？老龚靠近了一步，恶狠狠地对着我的眼睛说。我确实在内心里计较过，但老龚是如何看出来的呢？我更加慌张了，为了掩饰，也为了不让自己在如此众多的贱民们面前出丑，我把被抓的四方们松了绑，又朝两条马路的两个方向挥了挥手，说：你们都赶紧回去吧，要是耽误了晚上的洗礼，我们可就要上门抓捕了！

你真的听到圆首那么说了？等所有脑瓜条子都慌里慌张地飞走后，我陪着小心问老龚。

请不要怀疑我对圆首的忠诚。老龚有些愤怒，但我能看出来那是他精心伪装的：我能一字不差地背诵出圆首过去几十年来每一天的教诲。

那就怪了。我露出真诚迷惘的神情，说：你看，不是我一个人听到了不同的话语。除非真像那个邻居老头说的，我们都中邪了，不然这一段不会有那么多的脑瓜条子丢下家里的身子不要，凭空消失了。现在又出现了像潘疑哲那样的整个人都不知所踪的案件，真的是邪了。

　　老龚更加气愤了，但这一次是真心的：我们是圆首的子民，我们从来不信邪！我们平面国没有妖魔鬼怪，只有河对面的敌人才会有！

　　既然我们不信邪，那肯定是哪里出了什么问题。我怕了怕老龚的右臂，让他平静下来，说：我以前是为圆首做词库管理的，还做了一段语词修饰工作，知道圆首在给子民洗礼时他的言词是如何作用于每一颗脑袋的。如果我们同意我们确实听到了不同的教诲，而且我们也同意我们平面国没有邪魔，那么产生语言偏差的可能只有两个：不是圆首的语词修饰在从词库读取时发生了偏差，就是四方们的脑袋在听取语句时生成了误读。老龚甩开我的手，将我摔了一个趔趄，就在我即将倒地时，无意中瞥见了天空和天空中的一个白色圆盘。我心中一惊，难道自己也中邪了？就听老龚斩钉截铁地喊道：圆首的词库绝对不会有什么故障！我再次示意他冷静，说：圆首的所有言词都是基于他的词库内核，这个内核的代码是锁定的，永不改变。但圆首对我们的教诲语句却一直在变，因为我们的环境每天都会不同，就连一天里的同一时辰都会有千变万化，有可能，我是说，这只是一种可能，负责圆首修饰词的人在我们接受洗礼的时候根据情境临时改变了已经发出的语句？绝无可能！老龚斩钉截铁：圆首向来一言九鼎，怎么会让我们在同一天的洗礼里听到两种完全相反的指示？问题只可能出在你们这些人的榆木脑袋里！更具体地说，出在你们是否接受圆首语言的意愿上！语言对我们思维的决定性作用体现在两个方面：它利用重复和反复强制我们思考什么内容，它将现实分类并赋予标签从而设定我们的思考范围和世界。你们因为缺少忠诚，对圆首和圆首的语言存在敌意，不想接受它的塑造和束缚，所以在洗礼时故意曲解圆首的指示，臆造出完全相反的语句。就凭这一点，我可以将你立即逮捕！

　　老龚一边说，一边已经捉住了我的一条边。我奋力挣扎，想要摆脱他的束缚，就在来回撕扯时，我无意中看向老龚，发现他竟然从扁平的二维变成了立体的人形。我吓了一跳，猛地挣开他的双手，蹦到一边，仔细地定睛观瞧，可不，老龚已经不是紧贴地面的四边形，而是有头有身子有腿的三维立体人。我不敢相信自己的眼睛，揉了揉再次确认，他的身形变得更加清楚了，而且他身后的各种草木和天空居然呈现出不同的形状和色彩。我吃惊地指点着他，结结巴巴地喊道：老龚！你怎么变形了？你成了三维立体人！老龚鄙夷地回道：别给我耍花招！我生是圆首的人，死是平面国的鬼。你才是立体人，是河对岸的间谍和走狗。我往后退了几步，试着抬头，竟然可以抬起来！而且我看见天空湛蓝，看见阳光耀眼，看见鸟儿在飞翔。我果然没有看错！老龚迈着小步，向我逼近：你会抬头，这就是你与对岸敌国勾结的证据！我没有理他，沉迷在广阔视野和七彩世界的玄幻里。就在老龚再次捉住我的一只手时，我看见了潘逆哲，他正在远处向我们走来。我对着老龚大叫：快！我看见嫌犯了！他在那儿！老龚松开我的手，顺着方向看了半天，说：你又在耍我。我没有看见任何人，没有犯人的一丝影子。我再次对他喊道：他就在那儿！老龚几乎是被我拖拽着跑到了离河不远的田埂上。潘逆哲站在那里，停下脚步，等着我们走近。现在你看见了罢，我说：我没有骗你。老龚还是一副狐疑的神情，我只看见一个人形的影子，他说。他是看不见我的！潘逆哲开了口：他也听不见我说话，因为他是二维的平面，而我是三维的立体人。我急不可待地反驳道：不对！他也是立体的！你看，他就站在那儿，长宽高都有！潘逆哲摇了摇头：他在你的眼中是立体的，因为你已经有了初步的三维意识，而他自己仍然陷在二维的平面思维里。一个只有二维视野的人是看不见听不见三维物体的。

我有些迷惑，自己什么时候学会了三维意识？就在你能抬起头并对圆首的语言有些动摇的时候。潘逆哲似乎能读懂我的心思，轻声说道。我看向老龚，他正匍匐着爬向潘逆哲的身影，然后对着影子一顿拳脚，又拿起手铐试图将它锁住。可悲啊！潘逆哲看着老龚说：他完全不知道我们这个世界是三维的，不知道在这个世界里二维的东西只有两样：物体的影子和无知者的思维。他们被自己的平面思维遮蔽了双目，竟然会对我们视而不见。我恍然醒悟，难怪此前有很多失踪的脑袋我们遍寻不见，原来是他们觉醒后成为了真正的立体人，而我们以自己的平面思维难以看到他们。可是，你说我现在三维立体了，为什么老龚还可以看见我呢？

在你三维意识觉醒之后，他看见的就不再是你，而是你之前留在他心中的幻像。潘逆哲解释道。我和他同时看向老龚，他正一边随着影子左蹦右跳，试图将它抓住，一边对着旁边大喊：快来帮我，把这个犯人逮捕归案后，你就可以将功赎罪了！我看了一眼潘逆哲，抱了抱拳：那就对不住了！我是官差，今天必须把你捉拿回去！否则我无法向圆首交代。话没说完，我就欺身而上，使出平日里的擒拿手法，准备将他的脑袋按住，谁知扑了个空，刚要转身，却觉得有人从背后将我搂住，接着一个抱摔，将我惯倒在地。潘逆哲骑在我身上，哈哈大笑：你虽然有了朦胧的三维意识，但内心里还是没有摆脱二维的惯性思维。我告诉你，你已经回不去了！在你能看见我而且不被老龚看见后，你就回不去了。即使你押着我去向圆首交差，他也不会认账，因为你和我在他的眼中都是空气。退一步说，即使圆首能看见你，他也会想尽办法让你尸首无存，因为在平面国里任何高于二维的存在都是妖魔鬼怪，都是险恶的敌人。他不会允许平面国里有任何人看见或知道还有三维的存在，还有立体的存在，除了二元对立的世界观，还有多维多彩的世界。

我躺在地下蹬腿、挺胸、抓挠，想要翻身弓腰站立起来，却被他压在身下动弹不得。你要知道，我们每天把脑袋交给圆首接受洗礼就是一个被他格式化并二维化的过程。潘逆哲说，他用自己垄断的语言塑造了一个不真实的世界，一个符合他们利益的虚幻世界，在这个世界里，我们思维的形式是平面的，二元的，内容是模糊不清、大而无当的。我们每天都以為知道自己在說什麼，我们以為對方瞭解我們說什麼，但其實我們不是真懂，因為我們對不同詞彙有各自不同的定義。所有人好像都懂了，其实没有人真正的懂，即使懂了，也是各有各的理解。我们根本不知道他们在说什么，我们又在听什么，但我们依然照本宣科，鹦鹉学舌。马路上那些大而无当的标语口号就像是我们挂在墙上的水墨画，写意却没有细节，不懂阴影法而缺少立体感。我觉得潘逆哲的反动言论与我这两天的思考有些契合，便不再反抗，对他说：你让我起来，我有话要问你。

我知道你要问什么。潘逆哲虽然这样说，但还是放开了我。你想说，成为立体人有什么好处，是吗？既然拥有了三维意识而在平面国不受待见，还会引火烧身，那我们干嘛不入乡随俗、甘愿平庸？我点了点头，因为被他看穿了心思而有些尴尬。潘逆哲也点了点头，用手指着仍然在地上与影子搏斗的老龚，说：你愿意像他一样如此无知却又无畏吗？你愿意接受一个像圆首那样的恶魔控制你的大脑吗？圆首其实是一根光秃的羽毛，它首尾相衔，自成一圆，因为是二维，是平面，所以他与外界唯一的通道就是既能说话的嘴巴，又会拉屎的肛门。你愿意把脑袋交给他让他的语言塑造你的思维吗？我摇了摇头，潘逆哲接着说：我们必须剥夺他的话语特权，让所有平面国的人民都拥有自己的语言，决定自己的思维，这样这个国家就不会再有精神分裂和族群纷争了。可是圆首控制了一切，国民的思维已然二维僵化，我们什么也改变不了！我嘴上说着比较客气，内心却嘲笑他幼稚天真。潘逆哲没有搭腔，拉着我爬上山丘，在山顶之上，我发现，我们俩的倒影落在田野上，被树林草木切割得奇形怪状。在这个世界里，一切都是三维的，除了物体的阴影和某些人的思维。我们可以利用影子来改变这些人的思维。看见我张大了嘴，潘逆哲接着说：虽然圆首垄断了语言，但他无法独断所有的文字。我们可以把传播真相的文字作为阴影投射到大地上，让所有人看见，让他们知道，圆首的语言是有毒的，被它塑造的思维是有害的。在二维之上，还有着一个更加多姿多彩的世界，而他们有权利活在那样的世界里。

　　见我的嘴依然没有合上，潘逆哲盯着我的眼睛，一字一句地说：如果雄鸡一直在鸣叫，而天就是不亮，闭眼者会依然沉睡，恼怒者将砍下公鸡的脑袋，而清醒者知道，这将是乌云蔽日的一天，他会怎么做呢？我没有躲避他的凝视，回道：他会起床，下地，种下向日葵的种子。因为他知道，雄鸡整日只知道低着头用脚向后刨食，当它抬起头，也只是为了炫耀打鸣。

不对！理智的清醒者会在黑暗里为二维脑袋写下可以阅读的文字。他说。

四十六、达尔文的回信

在《物种起源》即将付梓前夕，达尔文忧心忡忡。五年前火地岛上的考察几乎推翻了自己的理论，无论从哪一方面来看，那些长尾猴以尿映日、抱头沐浴的怪异行为都难以用物竞天择、适者生存的演化理论来加以解释。如今，在这个石破天惊的理论行将发表之际，它们仍然像噩梦一样萦绕在自己的心头。思来想去，他决定还是回到火地岛，做一次更为详尽彻底的考察，同时给出版商写一封加急快信，暂缓著作的出版。

当年搭乘小猎犬号考察，火地岛本来并不在计划之列，进入它完全是出于好奇。智鲁岛上的居民说，邻近的岛上有一种长尾猴，它们有时会把自己的头颅摘下来，不过不是像苍蝇一样放在地上转着把玩，而是一动也不动地对着太阳照晒。达尔文觉得，这只不过是当地土著为了跟自己换取食物而信口雌黄的胡扯，或者至多是他们流传下来的想象或者传说，但出于学术上的好奇，他还是雇了一位向导，踏上了那座神秘的岛屿。

火地岛上的生态与此前考察过的其他岛屿并没有什么显著的不同，一天之后，他们在森林里终于见到了猴子的踪影，这是一些新大陆长尾猴，擅长于把尾巴当作第三只手臂来抓握树枝或者摄取食物。向导示意达尔文跟他一起躲到树丛里，等待着太阳抵达中天，因为老人们说，只有在正午烈日的直射下，这些毛猴才会举行摘头仪式。好在此时已近晌午，不用等待太久，灼热的阳光直直地从天顶照射下来，二人大气不敢出，忍受着蚊虫的叮咬躲在树丛里，汗水早已浸湿了衣裤。果然，一只肥胖臃肿、毛色暗淡的老猴子从树上爬了下来，站立到一块没有树荫的空地上，用一只手掌掸去一块石头上的树叶，然后对着它的凹槽撒起尿来。与此同时，一群猴子猴孙从四周的树上跳下，面对着凹槽围聚在了一起。等猴王将尿撒完之后，它们一个个俯下身子，用双臂抱住脑袋，对着尿液动也不动。一开始，达尔文以为它们在啜吸猴王的琼浆，但在小心地用单筒望远镜仔细观察之后，他得出结论，这些猴子是在利用尿液对正午阳光的反射进行大脑日光浴，因为它们每一只都紧闭着双眼，面孔被反射的光线映照得通红；当然，它们也可能是在利用这些灼热的阳光洗濯大脑、驱除寄生虫。不管怎么说，达尔文不明白，它们举行这个仪式为什么不选择完全曝晒的树顶，而是阳光有限的地面，而且必须是面对着猴王的尿液；更主要的，他一时难以理解，这个行为因何进化而来，又对猴群的生存与繁衍有何助益？

接下来的一周，达尔文都呆在火地岛上，试图找出问题的答案。有一次，为了获得标本，他让向导用流星索砸晕了一只，然而，即使昏死过去，它那长长的尾巴还是死死地缠绕在树枝上，无论如何也无法把它从上面取下，只好把整个树枝砍断，一起带回了帐篷。达尔文发现，小岛的西面还有另外一支猴群，它们就没有这种怪异的行为，而是与智鲁岛上的同类相似。它们也已经学会了保存香蕉的技巧。每年夏末秋初，海上都会形成几场可怕的飓风，不是把成串的香蕉打落，就是把蕉树整个吹断甚至拔地而起。为了保存这些心爱的食物，智鲁岛还有火地岛西面的猴子们收集了一些紫藤，把相邻的香蕉树捆扎在一起，有些树木甚至是用死去的猴子们的尾巴捆扎的。这不但加固了树木，也给很多鸟类和其他的小动物比如松鼠制造了难题，因为它们很难进入紧密包扎在一起的树枝盗取美味的香蕉。对西面猴群的考察，加深了达尔文心中的疑惑，他不明白，在这么小的岛屿上，在同一个环境下，为什么会进化出同种同属却行为迥异的猴群？他实在找不出任何一个自然的因素能够解释东面猴群的集体行为，也不理解这个行为对它们的生存有何助益。

　　五年之后，再次回到火地岛，一切依然如故。在给赫胥黎的信中，达尔文失望地写道：我满心期待着那群古怪的猴子能够自然消失，或者至少被西面的那些更加聪明、知道如何改造自然为己所用的猴群同化或取而代之，这样我就无需对我业已成熟的理论进行任何修补了，但我的希望落了空。它们的群落既没有消失，也没有缩小，抱头仪式依然在每一个正午如常举行，只不过尿液来自一个新的猴王罢了。

　　但第二次考察也并非一无所获，达尔文至少有了两个重要的发现。在东面猴群生活的树林里，有一两颗香蕉树被简易的藤蔓胡乱地缠绕在一起，这说明，它们之中已经有个别的猴子开始学习另外一个部落的先进技术了，不知道这是猴王的命令，还是某个成员的私下尝试。而在西面，那些毛发金黄的猴群也取得了更大的进步，它们把捆扎技术推广到了其他的果树上，根据同类果树往往聚集在一起的现象来推断，这些猴子说不定已经掌握了把吃完的果核埋到地下来栽培更多果树的技术，虽然还没有像人类先祖那样明白什么是培育，但跨出自主栽培这一步已经是令人难以置信了，这是摆脱大自然控制的重要一步。接下来的几周，达尔文在岛的东西两面来回穿梭，试图找出两个猴群之间的生理不同或习惯差异。他给每一只都编了号，详细记载着它们的一举一动。有一天，他吃惊地发现，在西岸靠近飓风登陆的水边，有大约十只猴子组成的小队正在拆解绑缚着蕉树的藤条，然后把它们分成两组，粗壮的藤条被扔到了地上，细弱的藤条则被用来连接同一颗树上的不同树枝。最后，它们跳到地面，用那些粗大的枝条把三颗蕉树的根部捆扎在一起。达尔文明白了，捆扎根部可以让树木能够更加牢固地抵御飓风，而把树冠散开，只连接树枝，可以让香蕉接受更多阳光的照晒，从而成熟得更快或者更甜，也能减少霉变坏死的几率。看来，为了获取更多更好的食物，这个猴群一直在尝试不同的方法来改变自然。

　　在东面，达尔文也有了一些暗自惊喜的发现和思考。由于食物完全来自环境的赏赐，而大自然喜怒不定，这个种群与西面的同类相比略微有些瘦小，但更大的不同是它们更加喜欢互相梳理毛发，每一天除了寻找食物和举行以尿照头的仪式之外，它们的大部分时间都花在了这上面。达尔文在当天的笔记里写道，如果可以用一句话来区分东西两面的猴群的话，那就是西面的猴子每天在摆弄环境，而东面的却热衷于搞好关系。也许，后者的行为可以用物种起源一书里的雌雄选择理论来加以解释。那些雄鹿头上沉重的犄角或者雄孔雀尾部巨大的屏风并没有任何进化优势，也不是大自然正常选择的产物，唯一合理的解释，是它们可以凭此得到雌性的青睐，在与其他同性的竞争中获得更多交配的机会。扩展开来，那些群居的动物除了需要接受大自然的选择，还需要适应各自的"社会"，接受社会的挑选。东面猴群的集体仪式可能正是它们的群落挑选的结果，那些不遵守仪式或叛逆的个体已经被淘汰了。

达尔文为自己的这个发现感到无比的振奋，看来物种起源无需修改，只需加上一段特别的说明。他马上提笔写信，准备把这个好消息分享给一直以来自己最忠实的辩护者赫胥黎，没想到正好收到了他的来信。

亲爱的查理，赫胥黎写道，希望你此时还没有离开火地岛，因而能够收到这封来信，也希望你再次踏上那个该死的小岛能够有所收获。老实说，我个人并不觉得你所说的那个什么猴群抱头仪式是对进化论的一个挑战，它可能会招来一些质疑，但并不会从根本上动摇《物种起源》里的基本观点。在看了你的手稿后，尤其是在与你的多次交谈中，我愈发地觉得，你的理论已经完全成形了，而且无懈可击，我唯一的疑问或者说好奇是我们人类在未来的进化将是什么样的。如果允许我套用你书中的观点，动物和植物往往会发生一些未知的变异，这些变异要么被自然接受或选择，要么被自然拒绝或抛弃，那些被选中的变异帮助其主体成了进化的赢家。这不禁让我联想到我们大英帝国的成就，在某种意义上，工业革命正是一种变异，而且很幸运地成了人类进化的方向，帮助我们确立了今天的殖民地位。当然，与动植物不同的是，我们的变异是主动的，有目的的。那些落后的民族和部落正是因为抱残守缺、拒绝求变，才成了被历史淘汰的群体。我现在所思考的，是工业革命之后大英帝国该何去何从，我们能否先于他国实现另一场变异，而且是能被大自然选中的变异，我知道你可能不会完全同意我的看法，所以，非常期待着你平安返回，更期待着我们可以就此进行热烈的探讨。

读了好友的来信，达尔文思考良久。第二天，他坐在帐篷外，观看着大海，琢磨着是写一封回信，还是回去之后再与他长谈。一方面，他的私心是不想再引出更多的问题来；另一方面，他又觉得如鲠在喉，想要马上跟好友分享再次登岛以来自己的更多发现与思考。最后，他觉得，无论是出于文明礼节，还是为了学术交流，写一封回信都是得体和必要的。

亲爱的汤姆，达尔文写道，谢谢你的来信。在这个荒芜人烟的小岛上，你知道除了猴子的吠叫和向导的古怪英语之外，剩下的只有可怕的寂寞。你在信中的鼓舞和支持让我深受感动，我感到你仿佛就在这个岛上，就在我的身边，与我一起研究这些有趣的长尾猴。首先我想跟你分享一个好消息，我想我终于理解了岛屿东面猴群的古怪仪式，就像你在信中说的，它并不违背我的自然演化理论。如果方便，请告知我的出版商可以放心地出版《物种起源》了；如有必要，回来之后，我会另外再写一篇论文，单独讨论火地岛上猴群的不同演化路径。很高兴你不但理解了我的理论，还开始学着应用它。确实，在动植物的演化史中，变异是随机的，中性的，它可能具有生存优势，也会让自己灭绝，所以自然选择才是关键。我曾在智鲁岛上见过一只多网蛛，它利用三颗相邻的灌木织造了三个蛛网，当时我为它的发明暗自鼓掌，纳闷它这个技术为什么没有得到普及，或者，多网蛛为什么没有淘汰掉那些单网蛛，因为管理着多个蛛网的蜘蛛按理说应当会捕获更多的猎物，因而更具有生存优势。我不理解在智鲁岛上它为什么还是孤单影只，遍及岛屿的依旧是那些只拥有一个蛛网的蜘蛛。后来，同岛上的原住民聊天，才得知其中的原委。很久以前，多网蛛确实遍布各个角落，它们有的可以织造多达十个蛛网。这些蛛网各自独立，却又有丝线相连，任何一个网上有稍许动静，躲在其中一个网上的蜘蛛就会感知到，爬过去把猎物吃掉。可惜，这些蛛网为主人提供了更多的食物，但也暴露了它的行踪，招来了它的敌人。岛上有一种叫嘲鸫的鸟儿把蜘蛛当作美食，它们一旦看见有成片的蛛网，便飞到邻近的一颗树上，朝下面拉屎，等到蜘蛛因为感知到蛛网的触动而赶过来时，它们便一跃而下，把猎物吞进肚子里。那些只织造单个蛛网的蜘蛛就没有这么大的生命危险，因为单个蛛网透明、隐蔽，嘲鸫很难察觉。

　　亲爱的汤姆，我从来没有怀疑过自然选择理论的有效性，但我会极力控制自己想把它应用到人类进化的冲动。在这一个多月的二次考察里，我一直在思考群体和社会这个第二自然的演化问题，我虽然还没有完全思考透彻，但我知道第二自然的选择与演化同原生自然的选择与演化肯定有所不同。在搭乘小猎犬号的考察途中，我接触了很多原始部落，他们并不像我们大英国民这样试图去掌控和改变自然，但他们非常聪明，很快就掌握了我们教给他们的各种技术。这一次经过其中的一个部落时，我发现他们已经完全运用自如了，虽然他们依然把大部分时间都花在了人际关系上，并没有打算去弄清楚这些技术背后的原理，更不要说去改良它们。大英帝国的工业革命当然是我们成功的动因，但人类社会的历史与动植物几亿年的演化史相比，简直不值一提，因而很难说我们的主动变异就一直会被原生自然或第二自然选中，而那些看似消极却懂得在我们身后吸取教训的部落或社会就一定会被历史抛弃。想想上面的那个多网蛛与单网蛛的故事和它们的不同命运，也许，有些种族就是善于变异，而有些只是喜欢守成，但到底谁会在原生自然和第二自然的双重选择中胜出，我们谁也无法预测；或者二者都会生存下来，但后者成了像工蚁一样服务于蚁后的工具或劳工，也未可知。我想，只有历史的长河在几千几万年的演化之后，才能给出我们一个答案吧。